Scarlet
스칼렛

Scarlet

스칼렛

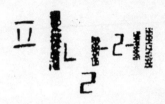

피클

1판 1쇄 찍음 2012년 7월 3일
1판 1쇄 펴냄 2012년 7월 6일

지은이 | 이현성
펴낸이 | 정 필
펴낸곳 | 도서출판 **뿔미디어**

편집장 | 이재권
기획 · 편집 | 손수화, 주종숙
편집디자인 | 이진선
관리, 영업 | 김기환, 임순옥

출판등록 | 2002년 9월 11일 (제1081-1-132호)
주소 | 부천시 원미구 상3동 533-3 아트프라자 503호 (우)420-861
전화 | 032)651-6513 / 팩스 032)651-6094
E-mail | BBULMEDIA@daum.net
카페 | http://cafe.daum.net/scarletR

값 9,000원

ISBN 978-89-6639-760-0 04810
ISBN 978-89-6639-759-4 04810(세트)

이현성 장편 소설

SCARLET ROMANCE STORY

피날레 1

Scarlet
스칼렛

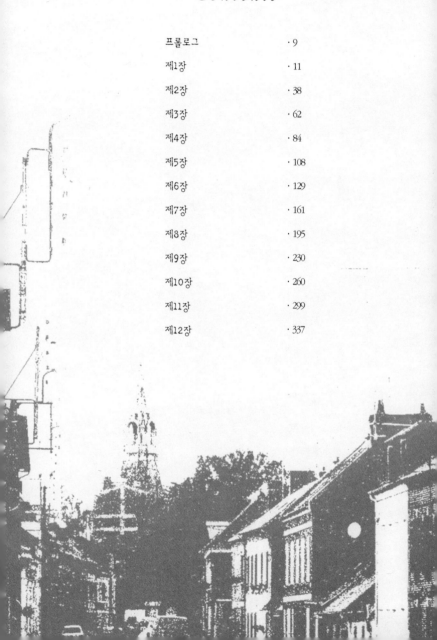

Contents

내 인생 마지막 무대
피날레

운명의 여신은 그다지 공평하지 않다.

어쩌면 너무 바빠서 형평성을 생각할 여유가 없는지도 모르겠다.

이해를 못 하는 건 아니다. 한국에만 인구가 몇인데, 전 세계를 통틀어 형평성 따져가며 운명을 손봐주기에는 일손이 딸리기도 할 거다.

물론 이쪽은 별다른 특징이 없는, 너무 평범해서 시선이 안 가는 가족이기는 했었다. 하지만 '운명'이라는 중요한 것을 손에 넣고 있다면, 아무리 바빠도 이 평범한 가족에게 시선 한 번쯤은 돌려줄 수 있는 것 아닌가.

부모님이 돌아가시고, 믿었던 고모에게 전 재산을 빼앗겨 길거리로 내앉았을 때만 해도 운명의 여신이란 작자를 믿었다. 언젠가는,

그래, 언젠가는 이쪽에도 관심을 가져주겠지.

하지만 그렇게나 싸가지가 없었던 고모의 딸이 모델로 데뷔해 승승장구하는 모습을 보는 순간, 내 머릿속엔 딱 하나의 생각만 남았다.

뭐, 이런 엿 같은 경우가 다 있어?

제1장

영우가 음주운전 사고를 냈다.

평생 법 없이 살 사람이었기 때문에 도저히 믿어지지가 않았다. 하지만 팩트는 팩트. 영우가 음주운전을 해서 사람을 쳤다는 사실은 변하지 않는다.

피해자는 대학교 2학년의 여대생으로, 연희보다 한 살이 많았다. 차에 치인 채 밀려가 벽 사이에 끼는 바람에 하반신을 사용할 수 없게 됐다고 했다. 피해자 가족은 합의를 해주지 않겠다고 했지만, 빌고 또 빌어 간신히 합의를 이끌어냈다. 병원비 전액 부담과 위로금 5천만 원.

유치장에 갇혀 "미안하다, 연희야." 라고 말하는 영우를 보며 다짐했다.

그래, 운명의 여신. 당신이 날 내치겠다면 나도 당신을 내치겠어. 이 몸이라도 팔아서 당신 따위의 가호 없이도 살아가주겠어.

—야, 야. 내가 돈 후딱 버는 법 알려줄까?

작년이었던가. 종합반 학원을 다닐 때 같은 학원 여학생 하나가 했던 말이 있었다.

—강남에 OO커피숍이 있는데, 거기 들어가면 창가 쪽 제일 구석 자리에 하얀 테이블이 있대. 다른 데는 다 검은색 테이블인데, 거기만 하얀 테이블이라나봐.

커피숍의 커다란 창문 안쪽으로 흰색 테이블 하나가 보였다. 학원 학생이 말한 것처럼 다른 곳은 전부 검은색인데 그곳만 하얀색이었다.

—거기 혼자 가서 앉아 있으면 남자가 온대. 뭐, 커플끼리 앉거나 그래도 상관은 없는 자리이긴 한데, 여자 혼자 있을 땐 딱 그거라고 알려져 있나봐.

원조교제, 혹은 하룻밤 상대. 다른 세계의 이야기 같은 그런 일들이 사실은 심심치 않게 벌어지고 있다. 학원 학생의 말로는, 자기네 친척 동생이 그런 짓을 하고 다니다가 담임한테 딱 걸렸다고 했다. 그것도 참 웃기는 게, 담임이라는 작자도 거기에 여자를 사러 나갔다가 친척 동생을 발견한 거라고 했다.

세상 말세다.

그때는 그런 생각을 하며 웃어넘겼는데, 사람이 절박해지니 지푸라기라도 붙들고 싶었다.

―어리면 어릴수록 비싸게 불러도 되나봐.

중, 고등학생들이 잘 팔린다고 했다.

―남자가 맞은편에 앉아서 물어본대. '얼마?' 그러면 군말 없이 대답하면 되는 거야. '삼십.' 일단은 남자 쪽에서도 고를 수 있는 입장이니까. 앉아 있는 여자가 마음에 안 들면 가버리면 되는 거고, 마음에 들면 와서 말 거는 거니까 여자 쪽에서 제시한 가격이 너무 많지 않으면 거의 대부분 수락하나봐. 남자가 대답 안 하고 일어나면 거기서 끝인 거고, '저녁 먹을까?'라고 물어보면 오케이인 거래.

전투에 나가는 사람 같은 표정으로 흰색 테이블을 노려봤다. 안에서 서빙을 하던 알바생이 연희와 눈이 마주칠 때마다 흠칫거리며 놀랐지만 연희는 눈을 떼지 않았다.

살면서 절대로 안 할 거라고 다짐했던 일이 딱 두 개 있다.

첫 번째는 몸 파는 거, 두 번째는 도둑질.

하지만 사람이 절박해지니, 일생의 다짐 따위는 안중에도 없고 어떻게든 끈을 잡아야만 한다는 생각밖에 안 남는다.

합의금 5천만 원만 해도 어마어마한 돈인데, 피해자의 병원비까지 감당하려면 말도 못 하게 큰 금액이 필요할 것이다. 있는 사람들이야 가만히 있어도 굴러 들어오는 게 돈이겠지만, 없는 사람인 연희는 몇 년을 아등바등 살아도 못 벌 돈이었다. 그렇다고 어디 가서 빌릴 곳도 없었다. 돈을 빌리려면 담보로 할 만한 것이 필요한데, 연희가 가진 것이라고는 몸뚱이 하나뿐이었다.

'오늘 난 두 개를 다 하게 되겠구나.'

연희는 계획을 세웠다.

몸을 판다. 그리고 도둑질을 한다.

돈이 꽤 많아 보이는 남자가 걸려들면 함께 모텔이든, 호텔이든 가준다. 그리고 남자에게 샤워를 먼저 하라고 권한 후에 남자가 샤워를 하는 동안 지갑을 가지고 튄다.

그게 연희의 계획이었다.

몹쓸 짓이라는 거 안다. 하지만 이런 곳에 어린 여자애를 돈 주고 사러 오는 놈들도 좋은 놈들은 아니다.

결국은 자기 합리화일 뿐이라는 걸 알지만, 이렇게라도 생각하지 않으면 살 수가 없을 것 같았다. 운명의 여신이 눈을 돌린 현실은 너무 무겁고 버겁고 아팠다.

'들어가자.'

연희는 주먹을 꽉 쥐었다.

'시작이 반이라고 했어. 일단은 해보는 거야. 뭐, 하다가 걸리면 나까지 범죄자 되는 건가?'

쓴웃음을 지으며 걸음을 옮기려다가, 커피숍 입구에 서 있는 남자를 발견했다.

진회색 슈트와 반짝거리는 구두가 잘 어울리는, 호리호리한 남자였다. 검은 머리를 깨끗이 뒤로 빗어 넘겼고, 반듯한 이마에서 이어지는 콧날이 깎아내린 듯 날카로웠다.

부티, 라는 것이 있다. 가끔 있는 사람들은 '부티' 라는 것을 철철 흘리고 다닌다. 커피숍 앞의 남자가 그랬다.

자신도 모르게 남자를 향해 다가갔다.

남자는 누군가를 기다리는 듯, 신경질적으로 손목시계를 확인했다. 시계는 번쩍거리는 금색. 도금 따위가 아닌, 진짜 금으로 만들어진 것처럼 보였다.

"저기요."

연희의 부름에 남자가 고개를 돌렸다.

가까이서 보니, 남자답다기보다는 곱상하게 생긴 얼굴이었다. 쌍꺼풀이 없는 갸름한 눈매는 여자의 것보다 매혹적이었고, 매끄러워 보이는 피부와 얇은 입술이 인상적이었다.

"혹시 여자 필요하지 않으세요?"

도전적으로 묻는 연희를 향해 남자는 고개를 옆으로 살짝 기울였다가 작게 웃었다.

15

"필요하지. 아주 많이."

의외의 대답이었다. 남자는 여자가 궁할 것처럼 생기진 않았다. 의외로 쉽게 들려온 대답에 당황했지만, 정신을 차리고 물었다.

"그럼 절 사지 않으실래요?"

"얼만데?"

"얼마처럼 보여요?"

남자의 눈이 가늘게 휘어졌다.

"내가 먼저 물었는데?"

연희는 대답 대신 검지를 쭉 펴서 남자의 얼굴 앞에 들이밀었다.

"백만 원?"

"아니요. 일억."

"일억?"

남자가 다시 웃었다. 차갑게 생긴 얼굴인데, 의외로 웃음이 헤프다.

"생각보다 싼데? 따라와."

이번엔 진짜로 당황했다.

일억을 불렀다. 말도 안 되게 큰돈이다. 그냥 한번 던져본 말인데, 남자는 너무 쉽게 수락했다.

'이 남자, 어디 이상한 거 아냐?'

혹시 뭔가를 오해하는 게 아닌가 걱정이 됐다.

"저기요, 뭔가 오해를 하시는 것 같은데요. 제가 팔려는 게 제 장기라든가 그런 게 아니라……."

"승호 씨."

내장을 팔려는 게 아니라, 나와의 하룻밤을 팔려는 거예요!

라는 말을 끊으며 뒤에서 여자의 고음이 들려왔다. 뒤를 돌아보자, 무릎 위로 살짝 올라온 치마 정장이 잘 어울리는 여자가 있었다. 여자는 연희가 안중에도 없다는 듯, 또각또각 걸어와 연희를 밀치고 승호의 앞에 섰다.

"아직 영화 시간은 안 늦은 거지?"

"영화는 안 늦었지만 넌 늦었어."

"승호 씨한테 예쁘게 보이려고 꾸미다보니 그랬어. 애교로 좀 봐줘."

"애교? 얼굴이 못나서 꾸며야 봐줄 만한 거라면 부지런하기라도 해야. 5분은 교통 문제 정도로 봐줄 수 있겠지만, 10분은 못 봐줘. 오늘 약속은 없던 걸로 하지."

"어휴, 진짜 왜 그래? 이런 일로 일일이 화내면 쫌생이 취급받는다?"

늦은 주제에 고자세를 유지하는 여자의 모습이 기가 막혔다. 저런 여자가 진짜로 있구나.

신기해하며 여자를 쳐다보는데, 승호가 연희를 향해 손을 내밀었다. 반사적으로 그 위에 손을 얹자, 승호가 씩 웃었다. 그제야 여자는 연희를 돌아보더니 인상을 찌푸렸다.

"뭐야, 얘는? 승호 씨 동생이야?"

"아니."

연희의 손을 잡은 승호의 손에 힘이 들어갔다.

"내 보석."

승호가 향한 곳은 고급 호텔이었다. 별 다섯 개짜리 호텔로, 드라마에 나오는 걸 몇 번 본 적이 있다. 이런 곳에 실제로 오는 사람들이 누군지 궁금했는데, 바로 이 남자였다.

승호가 예상보다 돈이 많은 사람이라는 걸 알게 되자 걱정이 앞섰다. 돈이 너무 많은 사람들을 건드리는 건 좋지 않다. 그냥 적당히 있는 사람들이야, 여자 하나 사려다가 도둑질을 당하면 미친개에 물렸다고 생각하고 잊어버릴 것이다. 하지만 돈이 넘치도록 많은 사람들은 오히려 자존심에 상처를 입었다고 생각하고 어떻게든 도둑을 찾아내려고 달려들지도 몰랐다.

'어떡하지?'

도망치고 싶었다.

"안 타나?"

엘리베이터에 탄 승호가 열림 버튼을 눌렀다.

"저기요…… 아저씨, 돈 많아요?"

"보면 모르나?"

"그렇구나. 그럼 전 이쯤에서 가봐야겠어요."

승호가 미간을 좁혔다.

아까는 몰랐는데, 꽤나 차가워 보이는 얼굴이다. 역시 이 사람은 건드리지 않는 게 좋겠어.

"지금 나랑 장난하자는 건가?"

"아직 아저씨가 저한테 돈을 준 것도 아니고…… 아무튼 저도 바쁜 사람이라서…… 시간 뺏은 건 죄송하게…… 으앗!"

승호가 연희의 팔을 잡아 안으로 끌어당겼다. 몸이 엘리베이터 안쪽으로 옮겨지자마자 닫힘 버튼을 눌렀다. 엘리베이터라는 좁은 공간에 승호와 단둘이 갇혔다. 연희는 눈을 크게 뜨고 승호를 올려다봤다.

"왜 이러세요?"

"그건 내가 묻고 싶은 말인데?"

"그러니까 저, 바쁘다니까요."

"그래?"

승호가 차갑게 웃으며 연희를 엘리베이터 벽에 밀어붙였다. 연희는 침을 꿀꺽 삼키며 시선을 피하려 했지만, 승호가 한 손으로 연희의 턱을 잡아 자기 쪽으로 얼굴을 고정시켰다. 승호의 검은 눈동자는 똑바로 마주하기 힘들 만큼 어둡고 깊었다. 눈동자에 삼켜질 것 같은 기분이 들어 오싹해졌다.

"이름이 뭐지?"

"제 이름은 알아서……."

"이름이 뭐지?"

"……김연희요……."

"김연희라."

승호가 허리를 굽혔다. 승호의 입술이 연희의 목덜미에 살짝 닿았다가 천천히 올라가 귓가에 머물렀다. 뜨거운 숨결이 귓바퀴를 간질였다.

"잘 들어, 김연희. 난 누가 날 가지고 노는 걸 좋아하지 않아."

"……."

"보아하니 고등학생 같은데…… 난 청소년보호법이라는 것도 좋아하지 않지. 어리다는 이유로 뭐든 다 용서받을 수 있을 거라고는 생각하지 마."

"고등학생…… 아니에요……."

아무 말도 하지 않고 있다가는 이 남자에게 잡아먹힐 것 같았다. 간신히 내뱉은 말에 승호가 몸을 떼고 굳은 표정으로 연희를 내려다봤다.

"고등학생이 아니라고? 그럼 중학생인가?"

"대학교 1학년."

"……스무 살…… 이라고?"

"한국 나이로는 스무 살이죠."

"이런……."

승호의 얼굴에 낭패란 표정이 떠올랐다.

"나이가 너무 많군."

기가 막혔다. 승호의 나이가 몇 살인지는 모르겠지만, 아무리 적게 봐도 20대 중반은 되어 보였다. 그런데 스무 살이 많은 거라고?

"저기…… 몇 살이세요?"

"스물여덟."

"하? 스물여덟? 그런데 제가 나이가 많다구요? 혹시…… 어린애 좋아하세요? 중학생, 뭐 이런 애들?"

"중학생? 어리면 어릴수록 좋지."

"하아?"

세상엔 없어져야 할 인간들이 몇 종류 있는데, 그중 하나가 돈 많은 변태다. 그것도 돈 많은, 어린애 좋아하는 변태.

"이봐요, 아저씨. 미쳤어요? 아무리 그래도 그건 아니죠. 어린애들은 새싹이에요, 새싹. 나 정도만 돼도 꽃이니까 꺾어도 되겠구나, 하겠지만 걔들은 잘못 건드리면 시들어버리는 새싹이라구요. 어부들도 새끼 물고기는 놔주는 거 모르세요? 사람이 지켜야 할 도리라는 게 있는 거예요, 도리."

"흐음."

"우와, 이 아저씨. 진짜 무서운 아저씨였네. 스물여덟이나 돼서 중딩을 밝히고……. 아저씨, 정신 차려요. 아무리 돈 많아도 그런 짓 계속하면 훅 가요."

승호의 표정이 묘하게 변했다.

연희는 어떻게든 승호에게서 떨어지고 싶었다. 변태의 몸에 닿는 건 절대 사절이다.

하지만 엘리베이터에는 몸을 피할 만한 공간이 없었다. 연희는 여전히 승호의 두 팔과 엘리베이터 벽 사이에 갇힌 상태였다.

"저기요, 아저씨. 좀 떨어져주실래요?"

연희가 가슴께에서 손을 팔락팔락 움직이며 말했다. 당신 같은 변태랑은 가까이 있고 싶지 않다는 제스처였지만, 이 남자는 자존심도 없는지 낯빛 하나 바꾸지 않았다.

딩.

작은 알림음과 함께 엘리베이터 문이 열렸다. 문이 열렸는데도 승호는 움직이지 않았다.

"저기요, 문 열렸는데요."

연희가 손가락을 눈높이로 올려 승호의 뒤쪽을 가리켰다. 승호가 천천히 고개를 돌려 뒤를 확인했다. 승호의 시선이 떨어지자 숨통이 트였다. 승호가 먼저 엘리베이터에서 내렸다. 이대로 엘리베이터 문이 닫혔으면 좋겠다고 생각했지만, 연희의 생각을 눈치챈 듯 승호가 밖에서 버튼을 누르고 기다렸다. 계획적인 남자 같으니. 연희는 고개를 저으며 엘리베이터에서 내렸다.

15층, 제일 끝에 있는 방으로 향했다. 복도를 걸어가는 동안, 연희의 머릿속엔 오만 가지 생각이 다 들었다.

저 방에 누군가 기다리고 있는 건 아닐까. 어쩌면 인신매매 같은 것일지도 모른다. 한국의 젊은 여자를 외국으로 팔아넘기는 브로커들.

거기에 생각이 미치자 연희는 움직일 수가 없었다. 차라리 장기가 뜯겨 팔리는 게 낫지, 말도 안 통하는 곳으로 가서 노예처럼 사는 건 죽어도 싫다.

"왜 그러지?"

연희가 따라오지 않는 걸 깨달은 승호가 뒤를 돌아봤다. 진한 눈썹이 신경질적으로 휘어 있었다. 고급스런 정장에 비싸 보이는 시계. 왜 진작 생각을 못 했을까? 저렇게 젊은 남자가 저런 부유함을 누리려면 어마어마한 유산을 상속받았든가, 법적으로 허용되지 않는 일을 해 왔든가, 둘 중 하나일 것이다.

만약 유산을 상속받았다면 굳이 여자를 돈 주고 살 필요는 없을 것이다. 가만히 있어도 여자가 꼬일 테니까.

여자를 일억이나 주고 사고, 심지어 어린 여자를 원한다. 답은 하나다. 저 남자는 단순한 변태가 아닌, 인신매매 브로커다!

연희는 슬쩍 뒤를 돌아봤다. 엘리베이터는 여전히 15층에 멈춰 있었다. 승호와의 거리는 열 걸음. 도망치려고 마음만 먹으면 못 도망칠 것도 없다.

'엘리베이터가 움직이기 전에 도망쳐야 돼.'

그 생각이 들자마자 연희는 휙 돌아서서 달리기 시작했다. 하지만 엘리베이터에 도착하기 전, 승호에게 팔을 붙잡혔다.

"아악!"

의도하지 않았는데, 비명이 터져 나왔다. 날카로운 목소리가 복도를 울렸지만 나와 보는 사람은 아무도 없었다. 비싼 호텔이라 그런지 방음 한번 죽인다. 하지만 질 수 없다. 인간의 목청이 위인지, 인위적인 방음이 위인지 어디 한번 겨뤄 보자는 심정으로 입을 벌리는데, 승호의 커다란 손이 연희의 입을 틀어막았다.

상황이 이쯤 되니, 진짜로 무서워졌다.

이 남자, 진짜 위험한 남자였구나.

연희는 울고 싶은 심정이 되었지만, 이런 상황에서 운다고 해결

되는 건 아무것도 없다는 걸 알고 있었다. 울음을 참고 발버둥을 쳤지만, 호리호리한 승호는 보기와는 달리 힘이 셌다. 승호에게 붙잡힌 손목이 끊어질 듯 아팠다.

"도대체 왜 이러는 거지?"

승호가 분노한 듯, 이를 악물고 나직하게 물었다.

왜 이러느냐고?

승호의 질문에 기가 막혔다.

왜 이러긴! 그쪽이 날 팔아넘기려고 하니까 이러지! 이런 상황에서 순순히 끌려가주는 게 이상한 거 아냐?

"연예인 생활을 할 생각을 하니 갑자기 두려워졌나?"

귀를 의심했다.

뭐라고? 연예인?

연희는 버둥거리는 걸 멈추고 승호를 올려다봤다. 흑진주 같은 눈동자는 더없이 진지했다.

연희가 소리를 지르지 않으리라는 걸 확인한 승호가 입을 막고 있던 손을 떼었다. 하지만 한쪽 손은 여전히 연희의 손목을 붙잡은 채였다.

"연예인이요?"

"그래."

"갑자기 여기서 연예인이 왜 나와요?"

승호가 미간을 좁혔다. 인상을 찌푸리는 게 버릇인 듯, 승호의 미간 사이에는 깊은 주름 세 개가 내 천(川) 자로 새겨져 있었다. 승호의 곱상한 얼굴에서 유일하게 남자다운 부분이었다.

"설마…… 내가 누군지 모르는 건가?"

"……아저씨가…… 누군데요?"

"하? 기가 막힌 아가씨군. 그럼 진짜 섹스 파트너로 일억을 요구했단 말인가?"

"그럼 아저씨는…… 뭘 생각했는데요?"

"문승호라고 한다."

승호는 자신의 풀네임을 밝히며 연희의 표정을 살폈다. 연희가 알아듣는지 확인하려는 듯했지만, 연희는 문승호란 이름을 듣고도 떠오르는 게 없었다. 승호가 한숨을 쉬며 연희의 팔을 놔줬다. 그리고 지갑에서 명함 한 장을 꺼내 연희에게 내밀었다. 연희가 명함을 확인하기도 전에 승호가 말했다.

"MS 엔터테인먼트의 대표를 맡고 있지."

MS 엔터테인먼트.

연희는 그대로 굳어버렸다. 한참 동안 승호를 응시하다가 천천히 고개를 숙여 손에 들린 명함을 바라봤다. 명함 상단에는 진남색으로 Miracle Star라는 단어가 박혀 있었고, 오른쪽 아래에 대표 문승호, 라고 쓰여 있었다.

명함에서 눈을 뗄 수 없었다.

MS 엔터테인먼트는 Miracle Star라는 이름에 맞게, 기적적인 스타들만 키워내는 국내 최대의 기획사였다. 연예인에 관심이 많은 십 대 아이들이라면 모두가 알고 있는, 싫어도 알 수밖에 없을 만큼

이야깃거리가 되는 기획사로, 그곳의 대표인 문승호의 이름 역시 심심치 않게 들어왔다. MS 엔터테인먼트 출신의 아이돌들이 TV 프로그램에서 '우리 문 대표님은……' 으로 시작하는 이야기를 자주 했기 때문이다.

"다 놀랐으면 이제 들어가줄 텐가?"

승호가 턱으로 복도 끝의 방을 가리켰다. 연희는 눈을 휘둥그레 뜬 채로 고개를 주억거렸다.

호텔 룸이라기보다는 고급스러운 오피스텔을 연상케 하는 방이었다. 침대는 보이지 않았고 푹신한 가죽 소파와 유리가 덮인 테이블, 냉장고와 바(bar)가 있었다.

연희가 소파에 앉자, 승호는 능숙하게 바에 가서 잔과 양주를 꺼내 왔다. 마실 거냐는 듯 살짝 병을 흔들어 보이기에 연희는 고개를 저어 거절했다. 술을 마실 기분이 아니었다.

문승호. MS 엔터테인먼트의 대표.

자신의 눈앞에 있는 남자가 연예계의 미라클, 살아 있는 전설이라 불리는 그 사람이라는 사실을 여전히 믿을 수가 없었다.

잔에 호박색 양주를 따른 승호는 느긋하게 다리를 꼬고 연희를 응시했다. 연희는 멍하니 승호를 바라봤다.

"MS 대표라는 걸 알고 나니, 새삼 다르게 보이나?"

승호가 빈정거리듯 물었다.

"네, 그냥 악질 변태, 아니면 인신매매범인 줄 알았는데."

"……."

"갑자기 막 뒤에서 광채가 나는 것 같네요. 하마터면 계속 변태 인신매매범이라고 생각할 뻔했어요."

"……."

"그런데 절 왜…… 데리고 오신 거예요?"

"일억에 사달라며?"

"무, 물론 그런 말을 하긴 했지만……."

"그냥 쉽게 몸이나 팔 생각이었는데 그게 아니라서 당황스럽나?"

"아니, 아저씨는 말을 뭐 그렇게 해요?"

"그럼 아닌가? 일억짜리 아가씨."

"……."

"이 자리에서 다시 한 번 말하자면, 난 너랑 그런 거 할 생각 없어."

"그런 거?"

"섹스."

승호가 담담히 대꾸했다. 연희는 얼굴이 붉어지는 걸 느꼈다. 친한 친구들이랑 야한 농담을 자주 하기는 하지만, 승호의 입에서 흘러나오는 '섹스'라는 단어는 어째서인지 더 야하게 느껴졌다.

"아쉽겠지만 그건 이해하는 게 좋을 거야. 난 아무 여자랑 자진 않거든."

"저도 아무 남자랑 자진 않아요."

"그러시겠지. 일억 주고 하룻밤 섹스 상대를 구하는 남자는 없을 테니까."

"네, 아저씨가 제 첫 고객님이세요. 자부심을 가지시는 게 좋겠네요."

"정말 기가 막힌 아가씨군."

승호가 입술에 잔을 댄 채 작게 웃었다. 잔에 눌린 붉은 입술이 놀랍도록 섹시했다.

저 남자, 위험해. 너무 섹시해.

남자를 보면서 섹시하다는 생각이 든 건 처음이다. 난다 긴다 하는 연예인들의 상의 실종 사진을 봐도 섹시하단 느낌을 받은 적은 없었다. 그런데 잔에 눌린 입술 하나로 섹시함을 뿜어내다니.

연희는 승호의 입술에서 시선을 떼며 물었다.

"그래서요. 아저씨가 저한테 원하시는 게 뭔데요? 설마…… 연예인을 하자거나, 뭐, 그런 건……."

"그 설마야."

승호가 테이블 위에 잔을 내려놨다.

"김연희, 나랑 계약하지."

"계약……이요?"

"그래, 내가 널 모델로 만들어주겠어."

"모델이요?"

"귀가 잘 안 들리나? 왜 자꾸 확인을 해?"

"그거야 믿어지지가 않으니까 그렇죠. 처음 본 사람한테 뜬금없이 연예인 제안을 하는 사람이 어딨어요?"

"처음 본 사람한테 일억을 요구하는 사람도 있는데, 연예인 제안이 뭐가 어때서?"

"아저씨는 진짜 얄밉게 말을 하네요."

"그렇게 따지자면 자네가 더한 거 아닌가? 변태 인신매매범이라며?"

"……그거야, 아저씨가 오해할 만하게 행동했죠."

입술을 비쭉거리고 있는데, 딩동, 초인종이 울렸다. 호텔 방에 초인종까지 있는 줄은 몰랐다.

"실례."

승호가 일어나 문으로 향했다. 승호가 문을 살짝 열었기 때문에 찾아온 사람이 보이지 않았다.

"대표님, 말씀하신 계약서 가지고 왔습니다."

"그래, 가봐."

문틈으로 흰색 서류 봉투가 들어왔다. 서류 봉투에도 Miracle Star Entertainment라고 쓰여 있었다.

승호가 문을 닫고 돌아왔다.

"네 나이가 생각보다 많은 게 흠이기는 하지만……. 어쨌든 좋아, 보석을 발견한 건 처음이니까."

승호가 봉투에서 두꺼운 서류 뭉치를 꺼냈다.

"계약하지."

"저기요. 전 계약하겠다고 말한 적 없거든요."

"싫다는 건가?"

"싫다기보다는…… 그렇잖아요. 애초에 전 텔레비전에 내가 나왔으면 정말 좋겠네, 라는 노래도 좋아한 적 없어요. TV에 나오는 걸 동경해본 적도 없고, 연예인이라는 거에 관심도 없었는데 갑자기 모델이라니. 저야 돈 필요하니까 일억에 계약해주신다면 완전 감사 베리 땡큐죠. 하지만…… 괜찮으시겠어요?"

"뭐가?"

"아저씨가 손해만 왕창 볼 수도 있어요."

승호가 피식 웃었다.

"내가 왜 살아 있는 전설이라는 말을 듣는 줄 아나?"

"살아 있는 전설이셨어요?"

"……."

기분이 상한 것 같아 보여 얼른 물었다.

"왜 그렇게 불리시는데요?"

"돌멩이를 보석으로 만들었거든."

"돌멩이를 보석으로……."

"그래, 다른 기획사에서 버린 돌멩이들을 데려다가 보석으로 만들었지. 인간이라는 건, 어떻게 다듬느냐에 따라서 보석도 되고, 돌멩이도 되는 법이거든."

"전 그 돌멩이도 안 될 거라니까요?"

"그래, 맞아. 넌 돌멩이가 아니지. 넌 보석이야, 김연희."

승호의 시선은 강렬했다. 이상하게도 승호와 눈이 마주치면 안절부절못하게 되는, 척추 부근이 간질간질한 느낌이 들었다. 연희는 승호의 시선을 슬며시 피했다.

"제가 왜…… 보석이에요? 살면서 예쁘다는 말 들어본 건, 부모님이랑 오빠한테서밖에 없는데."

"보석의 값어치를 어떻게 정하는지 아나?"

"얼마나 예쁜가?"

"아니."

승호가 천천히 일어나 허리를 굽혀 앉아 있는 연희와 눈높이를 맞췄다. 승호의 코끝이 닿을 만큼 가까워져서, 연희는 숨 쉬는 걸 멈췄다. 자신의 숨결이 승호의 코에 닿을까봐, 승호의 숨결과 섞여 들어올까봐.

승호는 흑진주 같은 눈동자로 연희를 빤히 응시하며 말했다.

"얼마나 빛나는가."

곱상한 외모지만 목소리만큼은 바리톤이었다. 음악과도 같은 목소리가 연희의 몸을 휘어 감았다. 연희는 마른침을 삼키며 고개를 돌리려 했지만, 승호의 시선에 사로잡혀 눈을 뗄 수가 없었다.

승호의 눈은 몹시도 아름다웠다. 그리고 그 안에 가득 담겨 있는 자신의 모습도.

"제가…… 빛이 나요?"

승호의 목소리에 비해 자신의 목소리가 형편없이 느껴졌다. 승호는 연희에게서 눈을 떼지 않은 채 대답했다.

"그래, 아주 반짝반짝."

입을 꽉 다물었다. 그러지 않으면 뛰는 심장이 입 밖으로 튀어나올 것만 같았다.

이 아저씨, 정말 뭐야?

연희는 당혹스러웠다. 심장이 이토록 격하게 뛰는 건 태어나서 세 번째다. 부모님의 사고 소식을 들었을 때, 영우가 일으킨 음주운전 소식을 들었을 때, 그리고 바로 지금.

지금의 두근거림은 이전의 두 번과는 그 느낌이 다르다. 이전의 두근거림이 반쪽으로 쪼개질 것 같은 통증을 동반한 두근거림이라면, 지금의 두근거림은…….

'나비가 들어온 것 같아.'

간지러우면서도 아픈, 한 번도 느껴 보지 못한 기묘한 느낌이었다.

승호가 다시 소파에 앉은 후에도 두근거림은 멎지 않았다. 승호가 계약서를 연희의 앞으로 밀었다.

"사인해."

나직한 음성에 정신을 차렸다.

"아…… 사인……."

"일단 계약서 내용 읽어보고."

"아, 그, 그렇죠."

"언어장애 있나? 왜 말을 더듬어?"

"그, 그거야…… 뭐…… 아저씨가 갑자기 얼굴을 막 들이밀고 그러니까…… 아, 왜 얼굴을 들이밀고 그래요? 심장 떨어질 뻔했네."

"이상한 데서 신경질적이군. 칼슘이 부족한가?"

"원래 그렇게 막, 의학적으로 말하는 거 좋아해요?"

연희는 투덜거리며 계약서를 집어 들었다. 흰색 A4용지에는 까만 글씨가 **빽빽**하게 담겨 있었다.

갑과 을이 어쩌고저쩌고 블라블라.

계약서라는 걸 접해보지 못했기에 두통이 생기려고 했다. 연희는 한참 동안 계약서를 노려보다가 말했다.

"요약본이 필요해요."

"하아……."

승호는 한숨을 쉬고는 다른 한 부의 계약서를 집어 들었다.

"중요한 것만 말하자면…… 계약 기간 5년. 5년 동안은 온전히 MS에 귀속이 될 것. MS는 김연희가 모델이 될 수 있게 모든 지원을 할 것이며, 초기 준비 비용과 계약금 명목으로 1억을 지급. 계약 기간 동안은 일절의 스캔들을 조심할 것이며 연애 금지. 이 정도면 요약됐나?"

"그러니까…… 아저씨가 절 모델로 만들어주기 위해 1억과 그 이외의 모든 것을 지원해주시겠다는 거죠?"

"그렇지."

"정말 이해가 안 되네요. 제 어디를 보고 그러시는 건지……."

"말했잖아. 넌 보석이라고."

"그러니까 제 어디가 보석인지를 모르겠다니까요."

투덜거리기는 했지만 더없이 좋은 기회라는 걸 알고 있었다. 다른 곳도 아니고 MS 엔터테인먼트다. MS 소속 연예인 중 뜨지 않은 연예인은 한 명도 없다.

게다가 계약금 일억.

영우를 유치장에서 빼내 오기 위해서는 그 돈이 꼭 필요했다.

"좋아요, 계약할게요."

"아, 하나 말 안 한 게 있군. 계약을 함과 동시에 넌 과거를 버려야 돼."

"과거를…… 버리라고요?"

"그래, 김연희와 관계된 것은 버려. 사인을 하는 순간부터 넌 루나, 라는 이름으로 불리게 될 거야."

"루나? 그건 또 웬 오타쿠 같은……."

"루나가 무슨 뜻인지 모르나?"

"……?"

이번에도 승호는 테이블 너머로 허리를 굽혔다. 승호의 입술이 귓가에 닿을 듯 가까워졌다. 승호는 그 매혹적인 음성으로 속삭이듯 말했다.

"달, 이라는 뜻이지."

"달……."

승호가 다시 자리에 앉았다.

"김연희라는 이름은 너무 평범해. 마케팅을 위해서는 가명을 사용하는 게 좋아."

"뭐라고 부르든 상관은 없지만…… 과거를 버리라는 뜻은……?"

"가족들도, 친구들도 만나지 말 것."

"5년 동안?"

"적어도 1년 이상. 루나라는 이름이 제 위치를 다질 때까지."

"하지만 그건 너무……."

"그럼 몸 팔고 다니던 과거를 떠벌리면서 사는 게 좋은가?"

"아, 누가 떠벌리겠대요? 그리고 아저씨가 첫 고객님이라니까요? 과거를 버린다는 게 말이 안 되잖아요. 과거를 어떻게 버려요? 전, 김연희예요. 김연희로 살아오고, 그 과거가 있었으니까 지금 이렇게 말도 하고, 생각도 하고 있는 거구요. 제가 과거를 버리면, 저 완전 백치가 될 텐데요?"

승호가 빙그레 웃었다.

처음 봤을 때부터 느낀 건데, 이 남자가 웃는 건 꼭 바람이 부는 것처럼 느껴진다. 공허한 바람. 진심이 조금도 담기지 않은 미소.

"백치가 되면 더 좋지. 그 비어버린 머리에 나 하나만을 채워 넣을 수 있으니까."

역시 위험한 사람이야.

연희는 오한을 느끼며 두 손으로 몸을 감쌌다.

"사인 안 하나?"

"과거를 버리는 건 싫어요. 친구도, 가족도 자주 만나지는 않을게요. 하지만 그걸 다 끊어내야 하는 건 싫어요."

"고자세로 나오는군."

"보석이라면서요."

연희가 턱을 살짝 치켜들었다.

"보석이라면 이 정도 고집은 있어야 하는 거 아니에요? 물러터진 보석, 아저씨도 싫을 거 아니에요."

승호가 또 묘한 표정을 지었다.

"좋아. 아주 가끔, 나를 동행해서 만나는 것만 허락해주지."

"……그게 만나지 말라는 말이지, 뭐."

"김연희, 난 너무 강도가 센 보석도 좋아하지 않아."

"……."

연희는 입을 다물고 계약서를 노려봤다.

모델이라.

한 번도 생각해본 적 없는 길이었다. 패션쇼는 가본 적도 없었을 뿐더러, 패션 자체에 관심이 없었다.

'하지만 사람들이 다 관심 있는 것만 하고 사는 건 아니잖아.'

승호는 돌을 보석으로 만드는 연예계의 전설이다. 승호가 '보석'이라고 말했다면 그만한 이유가 있는 거겠지.

어차피 지금 다니는 대학을 졸업해봐야 할 수 있는 일이 별로 없다. 게다가 이제 막 대학에 입학했는데, 졸업해서 돈 벌려면 아직도 멀었다. 합의금을 마련하려면 사채라도 써야 할 것이다.

'이것 봐, 운명의 여신. 당신이 날 봐주지 않아도 내 앞에 기회가 생겼어. 이걸 당신이 준 기회라고 하지 마. 당신은 날 버렸으니까.'

다가온 기회라면 붙잡자.

연희는 결심했다.

되든 안 되든 해보는 거다. 사람이 절박하면 지푸라기라도 씹어

먹는데, MS 엔터테인먼트에서 지원을 해주는 모델? 이건 지푸라기가 아니라 황금 사과다.

연희가 승호에게 손을 내밀었다. 승호는 가느다란 연희의 손을 물끄러미 응시하다가 차갑게 말했다.

"미안하지만 손 잡아줄 사람이 필요한 거라면……."

"펜, 달라고요. 사인해야죠."

"……."

승호는 상의 주머니에서 펜을 꺼내 연희에게 건넸다. 금박으로 '문승호'라는 글자가 쓰인 고급스런 펜이었다.

연희는 펜 뚜껑을 열고, 계약서에 사인을 했다.

제2장

　승호와 일주일 후에 처음 만났던 커피숍 앞에서 만나기로 약속을
하고 헤어졌다. 계약금은 바로 지급해줄 거라고 했다.

　이틀 후, 경찰에게 연락이 왔다. 피해자 측이 원하는 합의금은 병
원비까지 합쳐서 9천만 원이라고 했다. 생각보다 적은 돈이었다. 1
억 이상은 될 거라고 생각했기 때문이다.

　피해자의 부모를 만나 사과를 하고, 합의서를 작성했다. 피해자
의 동생은 연희의 뺨을 때리며 울부짖었다.

　"우리 언니, 우리 언니는 못 걷게 됐는데! 너는! 너는!"

　사고를 낸 건 연희가 아니었지만, 피해자 동생의 분노는 멀쩡하
게 걷고 있는 연희에게로 쏟아졌다. 연희는 그녀를 이해했다. 원래
견디기 힘든 시련이 닥치면 눈앞에 있는 누군가에게 분노를 쏟아내

고 싶은 법이다. 영우가 이 자리에 없으니, 멀쩡한 그의 동생에게 화풀이를 하는 건 당연했다.

벌겋게 부은 얼굴로 합의금은 곧 입금시키겠다고 말했다.

"조사받을 게 좀 남아서 집에 돌아가는 건 늦어질 거요."

음주운전에 사람까지 치었기 때문에 바로 집에 돌아갈 수는 없다고 했다. 연희는 유치장으로 영우를 만나러 갔다.

며칠 새에 해쓱해진 영우의 모습에 가슴이 저몄다. 잠을 못 잤는지 눈 아래가 거뭇했다.

"연희야……."

"오빠, 합의금은 마련했어. 피해자 쪽에서 9천만 원 불러서, 오늘 그거 입금시킬 거야."

"그 돈을 어디서……?"

"계약금이야."

"계약금?"

"응, 나 모델이 될 거야."

"모델?"

영우가 눈을 크게 떴다.

"응, 모델. 고맙게도 MS 엔터테인먼트 대표가 제안을 해줬어."

"MS 엔터테인먼트?"

어린 나이에 부모를 잃고 생계를 책임져야 했던 영우는 연예계의 일을 전혀 몰랐다. 그 모습에 왈칵, 울음이 터져 나올 뻔했다. 연희는 침을 삼키듯 눈물을 삼켰다.

"응, 되게 큰 기획사야."

"사기꾼들은 아니고?"

"응, 대표님도 직접 만났고 사인도 했어. 계약금으로 1억 받았어."

"이, 일억이나?"

"합의금 내도 천만 원이 남아. 그걸로 집 이사하는 게 좋겠어. 난 이제 다른 곳에서 지내게 되니까, 작더라도 전세방을 구해. 곰팡이 없는 집으로."

"다른 곳? 어디?"

"숙소에서 지내야 한대. 이것저것 연습할 게 많아질 테니까."

"연희야……."

"걱정 마, 오빠. 난 모델이 될 거야. 되기로 했으니까, 이왕 되는 거 최고가 될 거야. 그리고 미안해하지도 마, 오빠. 날 위해서 일하다가 그런 거잖아."

연희는 철창 사이로 영우의 손을 꽉 잡았다.

"이 철부지 동생, 부모님 안 계셔도 공주처럼 살게 해주려고 무리하다가 그런 거잖아. 그러니까 괜찮아. 오빠가 하던 그거, 이제는 내가 좀 나눠 가질게. 나도 성인이잖아. 더 이상은 모르는 척하지 않을 거야."

"미안하다, 연희야."

"아니, 오빠."

연희가 희미한 미소를 지으며 고개를 저었다.

"미안하다고 하지 말고, 힘내라고 말해줘."

영우는 연희의 손을 꽉 잡았다.

"그래, 연희야. 힘내라."

"응, 오빠. 힘낼게."

✳ ✳ ✳

승호가 기분이 좋아 보여서, 지태는 너무너무 불안했다. 당장이라도 사무실에서 뛰쳐나가고 싶은 심정이었다. 심지어 승호는 미소까지 짓고 있었다.

"문승호."

"왜?"

"그만 좀 웃으면 안 되겠냐?"

"내가 웃고 있었나?"

승호가 의아하다는 듯 자신의 얼굴을 문질렀다.

"그래, 엄청! 너, 지금 웃고 있다! 아주 무서워 죽겠어!"

"덩치도 큰 놈이 별걸 다 무서워하는군."

"너 같으면 안 무섭겠냐? 너 웃을 때마다 네가 무슨 짓을 벌였는지 기억 안 나?"

승호는 전혀 기억 안 난다는 듯 고개를 갸우뚱했다.

지태는 울고 싶었다.

중학교 때부터 알아온 문승호라는 친구는 웃는 얼굴이 매력적인 만큼 위험한 녀석이었다. 문승호가 웃으면 사람이 죽는다, 는 소문이 돌 정도였다. 괴롭힘당하기 십상인 계집애 같은 외모를 가졌는데도 아무도 승호를 괴롭히지 못한 건 승호의 악랄함 때문이었다. 문승호는 누구든 자기를 건드리면 그 다섯 배로 갚아주고, 두 배 정도는 잘 묵혀뒀다. 다음에 이자를 붙여서 다시 한 번 갚아주기 위해.

그 이자라는 것을 갚아줄 때마다 승호는 웃었다.

"도대체 왜 자꾸 실실 웃어대는 거냐? 누구, 죽일 사람이라도 생겼냐?"

"이상하군. 딱히 웃을 일은 아닌데."

승호가 다시 얼굴을 문질렀다.

"그럼 무슨 일인데?"

"보석을 하나 건졌지."

"……승호야, 사람들은 그런 좋은 일이 있을 때 웃곤 한단다."

"그런가?"

"그래! 그리고 네가 보석을 건지는 게 한두 번이냐? 허구한 날 건지는 보석."

"아니, 내가 건진 건 늘 돌멩이였지. 난 그 돌멩이를 깎아서 보석으로 만들어줬을 뿐이야. 이번에 건진 건 진짜 보석."

"진짜 보석? 어디서 난 건데?"

"주웠어."

"주워?"

"그래, 강남에서 주웠지."

지태가 벌떡 일어났다. 190이 넘는 거구의 지태가 일어나자 사무실이 꽉 찼다. 위협적인 모습이었지만, 승호는 느긋하게 다리를 꼰 채로 지태를 올려다봤다.

"왜 그래?"

"너, 원래 길거리 캐스팅 안 하잖아!"

"맞아."

승호가 여유롭게 담배를 꺼내 입에 물었다.

"내가 캐스팅을 한 게 아니라, 보석이 내 발끝으로 굴러 온 거야. 난 그걸 주웠을 뿐이고."

"그걸 길거리 캐스팅이라고 하는 거거든?"

"다르지. 길거리 캐스팅은 내가 몸소 나서서 보석을 파내야 하지만 이번 경우는 내 앞으로 굴러 온 거니까."

"그래, 네 말이 다 맞다. 내가 무슨 말을 하겠냐."

"이번에야말로 옷을 만들어주고 싶을 거다."

승호가 도전적으로 말했다. 지태는 낮게 웃었다.

"확신하지 않는 게 좋을걸."

"아니, 이번엔 확신해."

승호의 눈동자가 전에 없이 빛났다. 지태는 호오, 하고 감탄사를 내뱉었다.

"이번엔 진심인가 본데?"

"그래, 진심이다. 내가 주운 보석이 네 무대의 피날레를 장식하게 하겠어."

"푸핫!"

힘이 단단히 들어간 승호의 모습에 지태가 웃음을 터뜨렸다. 이 친구는 냉랭하고 무섭지만, 가끔가다 좀 이상할 때가 있다. 그럴 때면 같은 남자인데도 말할 수 없이 귀엽게 느껴졌다. 그런 이유 때문에 승호와 질긴 인연을 유지해왔는지도 모르겠다.

JS라고 쓰고 젤로 스무스Jello Smooth라고 읽는다.

23살의 나이로 Jello Smooth라는 브랜드를 만들어, 동양인은 들어가기 힘들다는 밀라노의 패션 무대를 휩쓴 인물이 바로 성지태였다.

중학교 때는 성적이 바닥을 기었고, 고등학교 때는 교실 제일 끝자리에 앉아 그림을 그리다가 교사와 싸우고 자퇴를 해버렸다. 젤로 스무스의 디자이너가 성지태라는 걸 알게 된 지인들은 다들 경악을 금치 못했다. 성적과 자퇴 때문이 아니었다. 젤로 스무스의 이미지와는 전혀 어울리지 않는 지태의 외모 때문이었다.

지태는 강남 어느 구역 조직의 조폭처럼 생겼다. 사람 많은 거리에서도 지태만은 쾌적함을 누렸다. 사람들이 지태의 체구와 외모를 보고 슬슬 피했기 때문이다.

젤로 스무스는 조폭까지도 눈을 피할 외모를 가진 지태가 만들었다고 하기엔 너무 달콤했다. 솜사탕 같은, 혹은 비가 막 갠 후의 새파란 하늘 같은 이미지를 연상케 하는 달콤하고 말캉말캉한 젤로 스무스의 옷들은 십 대 소녀들에서부터 2, 30대 아가씨들의 정신을 쏙 빼놓았다.

"말했잖아. 내 무대, 사람이라면 아무나 설 수 있다니까?"

지태가 말했다. 승호가 미간을 좁히고 지태를 노려봤다.

"하지만 내 소속 모델들은 아무도 서지 못했지. 뭐가 문제지? 저번 쇼 때 네 무대에 세웠던 JAM 모델들은 우리 모델들보다 훨씬 급이 떨어졌어!"

"말했잖냐. 사람이라면 아무나 설 수 있다고. 네가 보낸 애는 인간이 덜됐어."

"그게 무슨 상관이지? 무대에 서는데 인격을 따질 이유는 없잖아. 오너들이나 기자들이 보는 건 인간성이 아니라 몸매와 외모야. 그리고 카리스마."

"그래서? 이번에 네가 골랐다는 그 보석은 어떤데?"

"내 보석? 글쎄……."

승호의 입가에 다시 미소가 떠올랐다. 지태는 경악을 금할 수가 없었다.

문승호, 저 자식! 왜 자꾸 웃는 거야! 무섭게스리.

"아무튼 기대해라, 성지태."

"언제 보여줄 건데?"

"조만간 찾아와."

"어디? 너네 사무실?"

"아니, 우리 집."

"너네 집?"

"그래, 같이 살 거거든."

승호는 굳어버린 지태를 놔두고 유유히 사무실을 떠났다. 지태는 닫힌 문을 바라보며 생각했다.

'누군지 몰라도…… 진짜 불쌍하게 됐네.'

＊　＊　＊

"같이 살자고요?"

연희는 자기 귀를 의심했다. 자기 귀가 잘못된 게 아니라면, 승호가 그럴싸한 농담을 던진 걸 거라고 생각했다. 하지만 승호의 표정은 진지했다.

"문제 있나?"

"그걸 말이라고 해요? 문제, 아주 많죠!"

승호를 만난 지 일주일이 지났다. 일주일 만에 만난 승호는 전에 봤을 때보다 훨씬 멋있어 보였다. 아마도 MS의 대표라는 사회적 지위를 알고 만났기 때문이리라.

강남 커피숍 앞에서 만나 MS 사무실로 향하는 동안 영우의 생각이 머리를 떠나지 않았는데, 사무실에 앉자마자 승호가 던진 말에 머릿속이 하얗게 비었다. 승호는 연희가 소파에 앉자마자 말했다.

"나랑 같이 살게 될 거다."

이러저러해서 그렇게 됐다는 설명조차 없었다.

"저기요, 아저씨. 그거 진짜 말도 안 되는 말이라는 거, 아저씨가 더 잘 알죠?"

"왜 말이 안 되지?"

"당연히 안 되죠! 한창때의 남자랑 여자랑 같이 사는 게 말이 된다고 생각하세요, 지금?"

"한창때의 남자는 여기 있는데, 한창때의 여자는 어디에 있지?"

승호의 눈이 연희의 비루한 가슴으로 향했다. 두 팔로 얼른 가슴을 가리고 승호를 째려봤다.

"이 아저씨 좀 봐. 요새는 쳐다보는 것만으로도 성희롱 감인 거 몰라요?"

"보이는 것도 없는데."

"아저씨, 진짜 얄밉다."

"대표님."

"뭐가요?"

"앞으로는 대표님이라고 부르도록."

"아저씨가 편한데."

"그리고 한 번에 '네.' 라고 대답하도록."

"진짜 요구하시는 거 많네요."

"쯧."

승호가 가볍게 혀를 찼다. 연희가 말대답을 할 때마다 승호가 인상을 찌푸렸는데, 연희는 그때 승호의 미간에 생기는 주름을 보는 게 좋았다.

"아무튼 아저씨, 우리 같이 사는 건 진짜 아닌 것 같아요."

"대표님이라고 했지."

"뭐가 됐든요."

"같이 사는 게 왜 안 되는지 설명해봐. 한창때의 남자, 여자. 그런 무의미한 거 빼고."

"그게 가장 의미가 있는 거거든요. 저야, 뭐…… 아직은 일반인이니 그렇다 쳐도, 아저씨는 어떻게 감당하시게요? 여자랑 동거한다는 거 소문나면, 아저씨 이미지만 망가지는 거 아니에요?"

"뭔가 오해를 하는 것 같은데, 넌 여자가 아니라 상품."

"네?"

"상품이라고."

심장 부근에 가벼운 통증이 일었다. 순식간에 생겼다가 순식간에 지나가서, 그게 통증인지도 자각하지 못했다. 그저 무의식적으로 가슴께에 손을 올렸을 뿐이다.

"상품…… 이라고요?"

"그래, 네가 벌거벗고 내 앞에 서 있어도 성욕 같은 거 안 생기니 안심해도 좋아."

"과연?"

"같이 사는 게 안 되는 이유를 설명할 수 없다면, 내가 같이 살아야 하는 이유를 설명하지."

"해보세요, 어디."

연희는 승호를 따라 느긋하게 다리를 꼬고 턱을 살짝 치켜들었다. 연희의 도발적인 모습에 승호가 희미한 미소를 지었다.

"데뷔 전까지 너의 컨셉은 시크릿이야."

"시크릿…… 이요?"

"그래, 완성될 때까지 철저히 너에 대해 감출 거고, 모든 것이 완성되었을 때 세상에 내보일 거지. 그리고 내 집은 그 모든 것으로부터 보호받기에 딱 좋은 곳이고."

"그럼 아저씨로부터는 누가 보호해줘요?"

"말했을 텐데. 넌 그저 상품일 뿐이라고."

이번엔 좀 더 확실하게 통증이 느껴졌다. 가슴이 아플 만한 상황은 아니었기에 연희는 고개를 갸웃하고는 말했다.

"뭐, 제가 상품일 뿐이라도…… 아저씨가 갑자기 헤까닥 돌아서 그 상품을 부숴버리고 싶어질 수도 있잖아요."

연희의 거친 말투에 승호가 미간을 좁혔다.

"넌 말투부터 교정해야겠군."

"제 말투가 어때서요?"

"일단은 대표님, 네, 그 두 개는 확실히 하도록. 그리고 그 거친 말투도 고치도록 해. 어릴 적에 국어 안 배웠나?"

"배우긴 했는데, 국어 선생님도 가끔 이런 말투 쓰시더라고요."

"하아, 우리나라 교육이 어떻게 돼가고 있는 건지."

"그러게 말이에요. 근데 요새 애들도 무서운 게, 선생님이 혼내면 그거 동영상 찍어서 인터넷에 올리고 그런데요."

"내가 왜 너랑 우리나라 교육 현실에 대해 논해야 하는 거지?"

"아저씨가 먼저 시작했거든요?"

"대표님이라고 하랬지?"

"……."

도저히 대표님이라는 소리가 나오질 않았다. 대표님이라고 부르려 할 때마다 입술이 간질간질한 게, 인터넷 언어로 말하자면 '오글' 거렸다.

"짐은 챙겨 왔나?"

"네."

연희는 자기 옆에 있는 자그마한 가방을 가리켰다.

"그게 단가?"

"갖고 올 게 뭐가 있겠어요? 김연희, 버리라면서요."

"그랬지."

승호는 흡족해 보였다.

"저 대학도 그만뒀어요."

"그래?"

"네, 돌아갈 곳이 없는 편이 더 절박할 거고, 절박해야 더 열심히 할 테니까. 이왕 시작한 거, 최고가 될 거예요. 아저씨가 쓴 일억, 아깝지 않도록."

승호가 말없이 연희를 응시했다. 때때로 승호가 이렇게 쳐다볼 때면 민망해져서 연희는 자꾸만 쓸데없는 말을 하게 됐다.

"아저씨가 원하는 대로, 대표님이든 뭐든 다 불러드릴 테니까 최고로 만들어주세요."

"좋아."

승호가 일어났다.

"따라와."

서울에 이런 곳이 있는 줄은 몰랐다.

도로에서 오른쪽으로 꺾이는 오르막길을 올라가면 자그마한 방범
초소가 보였고, 거길 지나서면서부터 지금까지와는 다른 분위기의
정경이 펼쳐졌다. 나란히 늘어서 있는 높은 담벼락과 담벼락 너머로
언뜻언뜻 보이는 지붕. 약간은 이국적인 분위기의 동네였다.

나열된 집들 중 한 대문 앞에 차를 세운 승호가 리모컨을 누르자,
차고로 연결되는 문이 열렸다.

"내리지."

마당으로 통한 차고의 문이 열렸다.

가장 먼저 3층 집이 보였다. 통나무로 지어진, 고풍스러운 분위
기의 집이었다. 그 후에 넓은 마당이 눈에 들어왔다. 담을 따라서
나무가 심어져 있고, 그 안쪽으로는 잔디가 있었다. 오른쪽에는 화
단이, 왼쪽에는 연못이 있는 마당이다.

"우와!"

탄성이 절로 나왔다.

TV에서나 보던 정경이다.

"너무 좋다!"

연희는 마당으로 뛰어나갔다.

아직 쌀쌀한 날씨에 잔디들은 힘이 없었지만, 잘 관리되고 있다
는 느낌이 들었다. 바닥에 털썩 앉아 손으로 잔디를 쓸었다.

"조심성이 없군."

옆으로 다가온 승호가 차갑게 말했다. 승호의 말투를 무시하고 벌러덩 드러누웠다. 만지면 젖어 들듯 새파란 하늘이 펼쳐져 있었다.

"마당이 있는 집에 살고 싶었어요. 이렇게 넓은 마당."

"……."

"이런 데서 살게 되면 커다란 강아지를 키우고 싶었어요. 그, 뭐라더라? 맹인들이랑 같이 다니는 애, 누렁이 있잖아요. 커다랗고 착해 보이는 애."

"골든 레트리버."

승호가 연희의 옆에 앉으며 대답했다.

"그래요, 그거! 걔 키우면서 같이 정원에서 뛰어놀고 밥도 주고…… 그렇게 살 수 있으면 참 좋겠다고 생각했었거든요."

"소박한 꿈이군."

"아저씨 같은 사람한테는 소박할지 모르지만, 저 같은 애한테는 되게 큰 꿈이에요."

연희가 눈을 감았다. 아직 서울인데도, 시골에 내려온 듯 청량한 공기가 코끝에 감돌았다.

"저 열심히 해서 최고의 모델이 되면, 그렇게 살 수 있을까요?"

이마에 따뜻한 것이 내려앉았다. 승호의 손이었다.

냉랭해 보이는 얼굴이라서 몸도 차가울 줄 알았는데, 승호의 손은 옛날에 잡았던 아빠의 손처럼 따뜻했다.

"그래, 그 이상의 것을 가질 수 있게 될 거야."

손의 따뜻함 때문일까?

목소리마저도 승호답지 않게 다정해서 연희는 콧등이 찡해졌다. 심장이 또 뛰기 시작했다. 수백 마리의 나비가 날갯짓을 하는 것처럼 파드닥파드닥.

연희는 눈을 뜰 수가 없었다.

'상품'이라는 말을 들었을 때, 가슴에 느껴졌던 통증. 그 통증의 정체를 이제야 알 것 같았다.

'어떡해……'

연희는 울고 싶었다.

'나 이 아저씨 좋아하나봐.'

❀ ❀ ❀

집에 들어온 후, 십 분째 자리에도 못 앉고 승호를 노려봤다. 승호 역시 눈을 피하지 않았다. 독한 남자다. 그래, 이렇게 독하니까 MS를 정상까지 올렸겠지.

연희는 주먹을 꽉 쥐며 단호하게 말했다.

"제가 1층. 그건 정말 양보 못 해요!"

"네 방, 2층에 꾸며놨다고 몇 번을 말해야 돼? 그걸 다시 다 아래로 옮기라는 건가?"

"전 2층 안 된다니까요!"

"그러니까 그 이유가 뭐냐고 묻잖아."

'뭐긴 뭐예요. 매번 오르락내리락하기 귀찮아서지.'

라고 생각하며 말했다.

"저, 고소공포증이 있거든요."

"창문 닫아놓으면 2층인 줄도 몰라."

"어떻게 사람이 창문을 꽁꽁 닫아놓고 살아요? 햇빛 못 받으면 울적해질 거고, 울적해지면 짜증이 날 거고, 짜증이 나면 아저씨한테 거친 말 쓰게 될 텐데."

"쯧……."

"아저씨랑 한집에 사는 건 제가 양보했잖아요. 그러니까 1층은 저한테 양보해주세요."

"이런 집에서 사는 게 소원이었다며?"

"저 혼자서, 사는 게 소원이었다구요."

"하아. 내 보석은 정말 기가 막히게 고집이 세군."

승호의 입에서 흘러나온 '내 보석'이라는 호칭에 심장이 덜컥 내려앉았다.

'으아!'

휙 돌아섰다. 얼굴이 붉어진 게 확실하게 느껴졌다.

"그럼 1층은 양보하지. 단, 네가 대표님이라고 꼬박꼬박 부르는 조건에서."

"쪼잔해."

"루나."

"알았어요. 앞으로는 대표님이라고 꼬박꼬박 부를게요. 그런데 저, 둘이 있을 땐 그냥 이름 불러주면 안 돼요?"

"안 돼. 이제부터 넌 김연희가 아닌 루나야. 앞으로 누구를 만나든, 너 자신을 소개할 때는 루나라고 하도록."

"두 글자 이름은 써본 적이 없어서 되게 이상해요. 오글오글."

오징어 흉내를 내며 오글오글을 온몸으로 표현하는 연희의 모습에 승호는 고개를 저으며 작게 중얼거렸다.

"난 네가 더 이상해."

❋ ❋ ❋

미쉘은 긴장한 채로 시간을 확인했다. 한 시간쯤 지났을 줄 알았는데, 이제 고작 30분이 흘렀다. 승호와의 약속 시간까지는 아직 30분이 남았다.

—개인 트레이닝을 해줬으면 좋겠군.

며칠 전, 승호가 찾아왔다.

—개인 트레이닝? 누군데?
—내 보석.

내 보석.

그렇게 말하는 승호의 표정이 더없이 달콤해서 심장이 철렁했다. 미쉘이 아는 승호는 그런 달콤한 표정을 지을 줄 모르는 남자였다. 승호에게서 그런 표정을 이끌어낸 여자가 누군지 너무 궁금해서 며칠 동안 잠도 못 잤다.

"어떤 애인 거야? 거리에서 주웠다고 들었는데……."

승호는 당분간 이 사실을 함구해달라고 말했지만, 미쉘은 승호가 돌아가자마자 동료에게 전화를 걸어서 말했다.

—야, 있잖아. 내가 어마어마한 사실 하나 알려줄까?

—뭔데?

—승호가 어떤 애를 내 보석이라고 부른다?

—에이, 거짓말.

동료는 더 들을 것도 없다는 듯 딱 잘라 말했다.

당연한 반응이었다. 미쉘은 실제로 눈앞에 두고도 믿을 수가 없었으니까.

"아, 궁금해 죽겠는데 이 인간은 시간을 왜 이리 잘 지키는 거야?"

승호는 약속한 시간 정각에 도착했다. 미쉘은 두근두근하는 심정으로 승호의 뒤를 따라 들어온 여자를 쳐다봤고, 보는 순간 크게 실망했다.

승호가 '루나'라고 소개한 그 아이는 키가 크고 얼굴이 작았다. 긴 머리가 잘 어울리는, 앳된 외모를 가지고 있었지만 그뿐이었다. 예쁘장하기는 해도, 거리에 널리고 널린 수준의 소녀. 특별할 것은 아무것도 없었다.

"안녕하세요, 김연희······."

"루나."

승호가 습관처럼 본명을 소개하는 연희의 말을 끊었다.

"어우, 되게 칼 같네. 안녕하세요, 루나입니다."

"아, 그래. 난 미쉘."

"우와, 외국인이세요?"

"그러는 넌 외국인이니?"

실망스런 마음에 톡 쏘는 말투가 되었다. 하지만 연희는 그다지 상처받지 않은 표정이었다.

"그러게요. 그럼 언니도 가명이에요?"

"본명이야."

"우와, 이름 되게 특이하시네요!"

손뼉을 짝 마주치며 말하는 연희가 귀여웠다. 모델로서는 실망을 했지만 인간적으로는 좋았다.

"외국인 맞아. 미국에서 살다 왔어."

"아, 미국 좋아요? 한 번도 못 가봤는데."

"햄버거가 맛있어. 아이스크림도 맛있고."

"꼭 가보고 싶네요. 성공하면 꼭 미국에 갈 거예요."

"성공하면 일 때문에라도 미국에 가야 할 걸."

"진짜요? 우와, 진짜, 꼭, 반드시, 완전 성공해야겠네."

"몇 살이야?"

"스무 살이요."

"스무 살?"

미쉘은 눈을 크게 뜨고 승호를 노려봤다. 승호가 어깨를 으쓱했다.

스무 살이라니.

한숨이 나왔다.

이 세계에서는 어리면 어릴수록 좋다. 키가 일찍 자란 아이들 중에는 중학교 저학년 때부터 모델 트레이닝에 들어가는 애들도 많다. 아무리 늦어도 고등학교 저학년, 열일곱쯤에 시작을 하는 게 보통이다. 스무 살이면 너무 늦었다.

"승호, 너 나 좀 보자."

미쉘은 승호를 끌고 사무실 밖으로 나갔다.

"너, 여기가 좀 이상하게 된 거 아냐?"

미쉘이 자기 머리를 살짝 건드리며 말했다.

"왜?"

"스무 살? 모델에 대해 아무것도 모르는 애라며. 그런데 스무 살? 난 고작해야 열일곱 정도 된 줄 알았는데……."

"루나가 어려 보이긴 하지."

"흐뭇하게 웃을 때가 아니야! 스무 살이면 힘들어. 일단 자세라든가, 근육 같은 게 다 굳어버렸을 거야. 저거 교정하려면 일 년도 넘게 걸릴걸?"

승호는 대답 없이 손가락 여섯 개를 펴 보였다.

"육 년?"

"아니, 육 개월."

"너 진짜로 머리가 이상하게 됐구나?"

"체력, 자세 교정은 삼 개월 내로, 워킹은 육 개월 내로 끝내."

"그게 말이 된다고 생각해? 힘들어. 스물이 넘었잖아. 십 대 애들 데리고도 힘든 게 자세 교정인데……."

"할 수 있어. 너 자신을 그렇게 못 믿나?"

"이건 믿고 말고의 문제가 아니라……. 문승호, 진짜로 무리라구. 아무것도 모르는 애 데려다가 이런 짓 시키는 거, 너 싫어하잖아. 게다가 쟤, 모델로서 대단할 게 없어. 저 정도면 키도 평범이고, 외모도 평범이야. 도대체 뭘 보고 네 보석이라고 하는 거야?"

미쉘의 질문에 승호가 도리어 모르겠다는 표정을 지었다. 승호의 눈빛은 말하고 있었다.

그러는 넌 저 애가 보석이라는 게 안 보인단 말이야?

미쉘은 속으로 혀를 찼다.

여자들은 여섯 번째의 감이 발달해 있다고 한다. 미쉘은 자기에게 여섯 번째의 감 따위 없을 거라고 생각했는데, 오늘 처음으로 그 육감이라는 게 발휘됐다.

'문승호, 이 인간…… 설마 저 애한테 반한 거 아냐?'

하지만 곧 그 생각을 떨쳐냈다.

승호가 이 업계에서 전설이라고 불린 데는 이유가 있다. 승호는 늘 다른 사람들이 '갠 절대 안 될걸.'이라고 말하는 애들을 데려다가 갈고닦아 보석으로 만들어 세상에 내보냈다. 연희에게도 미쉘이 발견하지 못한 무언가가 존재할 것이다.

"알았어, 문승호. 네가 된다면 되는 거겠지. 어쨌든 해볼게. 근데 육 개월 만에 워킹 끝내는 건 정말 무리야. 자세 교정만으로도 육 개월은 걸릴 거야."

"넌 할 수 있잖아."

"넌 꼭 그런 식으로 말해서 사람 뿌듯하게 하더라."

"그게 진실이니까."

"에이씨."

승호는 늘 진지하고 덤덤하게 칭찬을 했다. 본인은 그게 칭찬인지도 자각하지 못하는 것 같지만, 그렇기에 그 칭찬이 더 탐스럽게 느껴졌다. 이번에도 미쉘은 승호의 칭찬에 낚였다. 저 얼음장 같은 얼굴로 칭찬을 하면 안 낚일 수가 없다.

"그럼 난 가보지."

"매니저는 누구 시킬 거야?"

승호는 몸을 돌리며 대수롭잖다는 듯 대답했다.

"권강우 씨."

하지만 미쉘의 반응은 그렇게 덤덤하지 못했다. 입을 쩍 벌리고 멀어져가는 승호의 뒷모습을 응시했다.

"가, 강우 씨를 끌어들이겠다고?"

12년 전, 혜성처럼 등장한 남성 모델이 한 명 있었다. 그는 순식간에 CF계를 사로잡고 연예계를 휩쓸었으며, 그 당시로서는 쉽지 않았던 해외 진출까지 성공했다. 그러나 행운은 길지 않았다. 불행하게도 교통사고가 그를 덮쳤고, 그로 인해 그는 많은 것을 잃었다.

목에서 얼굴까지 징그러운 흉터가 생긴 그를 불러주는 곳은 없었다. 모델 생활을 계속할 수 없었던 그를 다시 모델계로 끌어들인 것이 승호였다. 누구의 도움도 없이 최단기간에 최고의 자리에 섰던 그의 재능이 다른 곳에서도 빛을 발할 것이라 생각했고, 승호의 생각은 맞아떨어졌다.

탑모델이었던 강우는 모델 제조기라는 별명을 얻었다. 강우가 만지면 돼지도 모델이 된다는 말이 생겨날 정도였다.

"하지만……."

미쉘은 고개를 돌려, 사무실 창문 안으로 보이는 연희를 쳐다봤다.

"강우 씨는 절대로 여자 모델을 키우진 않을 텐데."

5년 전의 교통사고. 그때, 강우는 모델이라는 이름을 잃음과 동시에 함께 타고 있던 사랑하는 약혼녀를 잃었다.

강우가 평생에 단 한 번 사랑하고 싶은 사람이라고 말했던 그녀는 모델 지망생이었다.

"도대체 어떻게 설득을 할 생각이지?"

제3장

강우는 거만한 포즈로 앉아 있는 승호를 물끄러미 응시했다. 승호는 다리를 꼰 채로 느긋하게 강우의 대답을 기다리고 있었다. 얄미운 놈이지만 고마운 점도 있는 놈이니 화를 내지 않기로 결정했다.

"싫어."

강우의 거절을 예상했다는 듯 승호가 고개를 끄덕였다.

"역시."

"거절할 걸 알면서 왜 찾아온 거냐?"

"제 부탁이라면 거절하지 않을 줄 알았습니다. 저, 권강우 씨한테 고마운 사람이잖습니까."

"고마운 사람이긴 하지. 하지만 그걸 언제까지 우려먹을 생각이냐?"

"권강우 씨가 세 번 환생할 때까지."

"그거 참 끔찍한 말이네. 그럼 세 번 환생할 때까지 너란 놈을 알고 지내야 한다는 거냐?"

"당연한 거 아닙니까? 저한테서 벗어나는 건 쉽지 않을 겁니다."

"하아…… 아무튼 네가 데리고 오는 녀석들은 다 받아줄 수 있지만, 이건 거절한다."

"그렇다면 전 그 거절을 거절하죠."

"……나 장난치는 거 아니다."

"권강우 씨, 지금 제가 장난치는 걸로 보이십니까?"

강우는 승호를 빤히 응시했다. 흔들림 없는 검은 눈동자를 볼 때마다 딱 하나를 생각했다.

저놈은 도대체 무슨 생각을 하고 있을까?

"권강우 씨 마음을 모르는 건 아닙니다."

"모르는 게 아니라는 놈이 이래?"

"아니까 더 이러는 겁니다. 언제까지 과거의 망령에 붙들려 계실 생각이십니까?"

승호의 어조는 높낮이가 없었다. 흡사 로봇과 대화를 하고 있는 느낌이 들었다. 강우는 아랫입술을 질끈 깨물었다. 그러지 않으면 욕설이 튀어나올 것 같았다.

"지금 권강우 씨가 하는 건 의리를 지키는 게 아닙니다."

"그만해라, 문승호."

"그녀도 이런 걸 바라지는 않을 겁니다."

"문승호!"

강우의 언성이 높아졌다. 승호의 표정은 얄미울 정도로 똑같았다. 강우는 고민했다. 여기서 저놈을 한 대 때려도 될까? 대답은 노우, 였다. 승호의 말대로 그녀는 그걸 바라지 않을 것이다. 그리고 강우가 아는 문승호는 절친이라고 해도 고소를 불사하는 냉정함을 지닌 놈이었다.

"너, 정말 잔인한 놈이구나?"

"제가요? 전 합리적일 뿐입니다. 죽은 사람은 죽은 사람. 세상에 있지도 않은 사람을 위해 인생을 포기할 필요는 없지 않습니까?"

"……."

"그럼 해주시는 걸로 알겠습니다."

"이번이 마지막으로 하자. 이 일 끝나면, 난 더 이상 모델계에 발을 들여놓지 않을 거야. 네 부탁이라고 해도."

"아, 그러십니까? 그럼 그렇게 하죠."

"약속한 거다?"

"네, 물론입니다."

승호가 옅은 미소를 띠었다. 강우는 오싹함을 느꼈다. 승호가 웃을 때면 꼭 안 좋은 일이 일어나곤 했다. 뭘 꾸미고 있는 걸까? 눈을 가늘게 뜨고 승호의 속을 가늠해보려 했지만, 어둡고 깊은 눈동자에서 읽어낼 수 있는 건 아무것도 없었다.

"난 네가 진짜 싫다."

"그거 유감이군요. 전 권강우 씨가 좋은데 말입니다."

좋아하는 사람을 이따위로 대해!

라는 말을 꿀꺽 삼켰다. 무슨 말을 하든 좋은 소리는 듣지 못할 게 뻔하다. 미친놈은 피하는 게 상책이라는 말도 있으니, 상대를 안 하는 게 낫겠지.

"그럼 내일 소개시켜드리겠습니다."

"몇 살이야?"

"스무 살입니다."

"어디서 활동하던 앤데?"

"활동 경력은 없습니다."

"……어디서 배우다 왔어?"

"배운 적도 없습니다."

강우가 인상을 찌푸렸다. 강우의 얼굴에 있는 흉터가 근육의 움직임을 따라 일그러졌지만, 승호는 눈썹 하나 까딱하지 않았다.

"설마…… 생초짜는 아니겠지?"

"생초짜입니다."

"……"

"덧붙이자면…… 모델 쪽에 관심이 있었던 적도 없다고 하더군요."

"제정신이 아니군. 지금 나보고 스무 살짜리 생초짜를 관리하라는 거냐?"

"나쁠 건 없지 않습니까? 다른 데서 배우다 오면 그거 교정하는데 시간이 더 걸린다고 하셨던 것 같은데."

"스무 살이잖아! 스무 살이면 몸 자체가 굳어 있어! 그리고 모델에 관심도 없었다며? 그런 애가 왜 갑자기 모델이 되겠다고 나선 건데?"

"저한테 빚이 있거든요."

한 번도 본 적 없는 상대에게 동정심을 느꼈다. 하필이면 문승호에게 빚을 지다니. 스무 살 인생이 불쌍하게 됐다.

"전 그 애를 젤로 스무스 피날레에 세울 겁니다."

"젤로 스무스 피날레? 젤로 스무스 쇼는 개인 피날레 안 하잖아."

"하게 만들어야지요. 하고 싶게 만들고 말 겁니다."

"도대체 왜 그렇게까지 젤로 스무스에 집착하는 거지? 물론 성지태가 유명하긴 하지만, 젤로랑 비슷한 급의 패션쇼들 많이 있고, MS 모델들 중에서 그 쇼들 피날레에 선 애들도 많이 있잖아. 성지태가 네 라이벌이라도 돼?"

"성지태가요? 에이, 무슨 그런 말씀을 하십니까? 그놈은 제 발끝에도 못 미치는 놈이에요."

강우는 지태도 불쌍했다.

"다만…… 성지태, 그놈이……."

승호는 자기가 말을 너무 많이 했다고 생각했는지, 거기까지만 말하고 입을 다물었다. 뒷얘기가 궁금하긴 했지만 굳이 다시 묻진 않았다.

"그럼 내일 데리고 인사드리러 오겠습니다."

"아니, 데리고 오지 마. 내가 가지."

"어디 사는지도 모르시면서."

"지금 가르쳐주면 되잖아!"

❀ ❀ ❀

연희는 힘든 훈련을 묵묵히 소화해냈다. 체력 단련을 위한 훈련을 시키며 미쉘은 연희를 찬찬히 뜯어봤다.

동양적인 둥근 얼굴에 고양이 같은 아몬드형의 눈매는 확실히 매혹적이다. 또래 남자애들에게 인기가 많을 것 같다. 늘씬한 팔다리와 잘록한 허리도 모델을 하기에 알맞았다. 하지만 저 정도의 몸매는 흔하디흔하다. 모델이 되려면 '뭔가'가 있어야 한다. 보는 이로 하여금 감탄사가 나오게 하는 무언가.

화장품 모델은 아름다움과 고운 피부가, CF용 모델에게는 예쁜 얼굴과 청량함이, 잡지 모델에게는 옷빨과 생기발랄함이 필요한 것처럼 패션쇼용 모델에게는 그것이 필요했다.

카리스마.

'저 애한테 그게 있을까?'

연희는 거리에서 흔히 볼 수 있는 여대생이었다. 얼굴이 앳된 여대생. 친구들과 깔깔거리며 대화를 하고, 떡볶이를 사 먹는 게 어울릴 것 같은 순수한 여대생.

패션쇼 현장에서 대중을 사로잡을 만한 카리스마는 조금도 보이지 않았다.

승호는 연희가 한창 스트레칭을 하며 비명을 지르고 있을 때 돌아왔다.

"으아아악! 어, 언니. 거긴 정말…… 아악! 저 죽어요!"

"시끄럽군."

차디찬 목소리에 고개를 번쩍 든 연희가 이를 아득 갈며 말했다.

"그럼 대표님도 한번 해보시죠? 어디 비명 지르나, 안 지르나 보게."

연희의 되바라진 말투에 미쉘은 등골이 서늘해졌다. 승호는 이런 식의 행동을 그냥 보아 넘기는 남자가 아니다.

"난 안 질러."

하지만 승호는 예상 밖의 행동을 보였다.

"과연, 말로는 누가 못 해. 한번 해봐요. 제 앞에서."

"모델이 되는 건 내가 아니라 넌데, 내가 왜 해야 되지?"

"대표님은 진짜……. 어휴, 뭐라 말로 표현할 수 없는 남자네요."

"그런 소리 많이 듣지."

"좋으시겠어요."

연희의 말에 표정도 구기지 않고 일일이 대꾸를 해주는 승호는 '보통 남자'로 보였다. 미쉘은 벌어진 입을 다물 수가 없었다.

'저 문승호, 내가 아는 그 문승호 맞아?'

두 눈으로 보면서도 믿을 수가 없었다. 동료들에게 전화를 걸어, 오늘 목격한 사태를 말해주면 다들 똑같은 반응을 보일 거다.

'거짓말.'

그만큼 승호의 모습은 경이로웠다.

"어때? 할 만한가?"

너무 놀라느라 승호가 자신에게 질문을 던진 줄도 몰랐다.

"미쉘, 귀가 잘 안 들리나?"

"아, 어…… 어어…… 뭐라고 했지?"

"할 만하냐고."

"뭐, 못 할 거야 없지. 일단 루나가 하라는 대로 제대로 따라와
주니까. 그런데 강우 씨는 어떻게 됐어? 하시겠대?"

"응."

"뭐? 정말? 어떻게? 강우 씨, 원래 여자 모델은 안 키우잖아."

오늘 놀랄 일 여러 번 생긴다.

"평소의 인덕 덕분이겠지."

"인덕? 너한테 그런 게 존재하긴 했어?"

"존재하지 못할 게 있나? 일단은 체력이랑 자세 교정이 우선이니
까 필요한 시간이랑 스케줄 짜서 강우 씨한테 전달하면 될 거다. 루
나는 이만 데리고 가도록 하지."

"어, 그래. 야, 근데 진짜야? 너 혼자 막 꿈꾸고 있는, 그런 거 아
니지?"

승호는 미쉘을 노려봤다.

그래, 이런 눈이다. 승호가 너무 평범하게 연희와 대화를 해서 잊
고 있었다. 이렇게 싸늘한 눈빛을 가진 남자라는 걸.

"아, 그래. 알겠어, 알겠어. 무서워서 말도 못 하겠네."

"그죠? 되게 폼 잡는다니까요."

연희가 투덜거리며 일어났다.

"그럼 언니, 저 가보겠습니다. 오늘 고생하셨어요. 가요, 대표님. 가는 길에 햄버거 먹고 가요."

"그러지."

승호가 순순히 대답하며 먼저 걸음을 옮겼다. 미쉘은 기가 막혔다.

'뭐야, 이 극심한 차별 대우는. 문승호, 진짜…… 저 애한테 반한 거야?'

※　※　※

맥도날드의 문승호는 한정식 식당의 스테이크처럼 어울리지 않았다. 고급 정장을 입어 부티가 좔좔 흐르는 승호를, 맥도날드 안의 사람들이 흘끗흘끗 쳐다봤다. 특히 여자들이 심했다. 소녀들도, 아가씨들도 승호에게서 눈을 떼지 못하고 멍하니 바라보는 걸 보니, 이 남자와 있을 때 두근거리는 게 이상한 일이 아니라는 걸 알겠다.

가느다란 턱 선과 오똑한 코, 그저 존재할 뿐인데도 섹시하게 느껴지는 갸름한 눈.

"대표님은 화장하면 정말 예쁠 것 같아요. 한번 해보고 싶다."

자기도 모르게 내뱉은 말에 승호가 미간을 좁혔다.

"이상한 걸 좋아하는군. 혹시 본인은 남장하는 걸 좋아하나?"

"해본 적은 없지만 잘 어울릴 것 같지 않아요?"

"글쎄. 그냥 이대로도 좋은데?"

승호가 아무 생각 없이 뱉은 말이 연희의 심장을 조몰락거렸다. 약간은 과장된 연인 간의 칭찬보다 덤덤하게 흘러나오는 "이대로도 좋은데."라는 말이 훨씬 더 강력했다.

눈을 마주치지 못하고 햄버거 포장을 벗겼다. 승호의 시선이 느껴졌다. 승호와 함께 있는 건 가끔 버겁게 느껴졌다. 사람이 민망할 정도로 뚫어져라 쳐다보기 때문이다.

"대표님은 안 드세요?"

"뉴스 안 보나?"

"뉴스요?"

패티가 두 개 들어간 커다란 햄버거를 한입 베어 물며 승호를 쳐다봤다. 승호는 무슨 생각을 하는지 알 수 없는 무표정한 얼굴로 느긋하게 연희를 응시하며 말했다.

"어디서 실험을 했는데, 패스트푸드점에서 산 햄버거, 2주가 지나도 썩질 않는다고 하더군. 곰팡이도 안 끼고, 벌레도 안 먹고. 그래서 방부제 검사를 했더니, 방부제도 나오질 않고."

"……."

"썩지도 않는 그런 수상쩍은 걸 먹고 싶나?"

"……그런 말씀은 먹기 전에 해주셨어야 하는 거 아니에요?"

"상관없잖아. 내 입에 들어오는 것도 아닌데."

눈을 가늘게 뜨고 승호를 노려봤다.

농담이야, 진담이야?

표정이 없으니 도대체가 웃어야 하는 건지, 화를 내야 하는 건지 가늠할 수가 없다.

"어서 먹지?"

"대표님 덕분에 입맛이 아주 뚝 떨어졌어요. 다이어트가 절로 되겠네요."

한 입밖에 안 먹은 햄버거를 도로 내려놨다. 승호는 미안한 기색도 없이 일어났다.

"그럼 저녁 어떻게 해요? 대표님도 저녁 드셔야 하잖아요."

차에 타서 물었더니 승호가 시간을 확인했다.

"집에 내려줄 테니까 집에서 먹어. 밖에서 조미료 덩어리 먹지 말고."

"대표님은 어디 가세요?"

"회사."

"바쁘시네요."

"바쁘지."

"바쁘신데 저 이렇게 태워다주고 그런 거 안 하셔도 돼요. 저도 대중교통이라는 걸 이용할 줄 아는 대중교통의 달인이랍니다."

승호가 백미러로 연희의 얼굴을 흘끗 쳐다봤다.

"루나."

"네?"

"넌 보석이야. 그것도 나, 문승호의 보석."

백미러로 보이는 승호의 눈은 한없이 진지했다. 차라리 가볍게 말을 하면, 목소리가 조금 더 높으면 이렇게 두근거리지는 않을 텐데. 나직한 바리톤의 음색이 진지하게 흘러나와 연희의 심장을 움켜쥐었다.

"보석이면 보석답게 행동해."

"보석답게…… 행동하는 게 어떤 건데요?"

백미러에서 눈을 떼며 물었다.

"최고의 것만 누리고, 최고의 것을 요구하고, 최고의 것을 얻기 위해 명령해. 좀 더 오만하게, 어깨를 펴고 턱을 들고, 모든 사람을 네 아래로 보도록 해."

연희는 잠시 창밖을 응시했다. 빠르게 지나가는 건물을 보며 연희가 입을 열었다.

"알았어요. 대표님 뜻이 정 그러하시다면……."

연희가 고개를 휙 돌려 승호를 똑바로 응시했다.

"문 대표, 운전 솜씨가 왜 이래? 나 배고프니까 좀 더 빨리 달려!"

끼이이이이익!

승호가 급브레이크를 밟았다. 빵빵, 뒤에서 차들이 클랙슨을 울렸지만, 승호는 아랑곳하지 않고 연희를 노려봤다. 연희가 왜 그러나는 듯 고개를 갸우뚱했다.

"왜 이래, 문 대표. 운전 한두 번 해봐?"

"너……."

"왜? 명령하고, 내 위엔 사람 없게 행동하라며? 얼른 출발해!"

"……루나……."

"뭐, 문제 있어?"

고양이 같은 눈을 반짝반짝 빛내는 연희를 노려보던 승호는 결국 고개를 절레절레 저으며 다시 차를 출발시켰다. 승호에게 한 방 먹여줬다는 생각으로 희희낙락한 연희의 귀에 승호의 나직한 음성이 들려왔다.

"난, 빼고."

승호는 정말 바쁜지 연희가 내리자마자 휑하니 가버렸다. 어쩌면 아까 명령을 내린 일로 삐쳤을지도 모른다. 그 이후로 얇은 입술이 아주 보이지 않을 만큼 꽉 다물고 한 마디도 안 했다.

'A형인 게 분명해.'

오늘 저녁은 걸러야겠다.

요리는 꽤 잘하는 편이지만, 자신만을 위해 하는 요리는 그다지 좋아하지 않는다. 영우가 늦게 퇴근을 해서 같이 밥을 먹는 일은 드물었지만, 연희가 해놓은 요리를 맛있게 먹는다는 걸 알기에 요리하는 시간이 즐거웠었다. 하지만 자신이 한 요리를 먹어주는 사람이 없을 때면 말할 수 없이 외로워졌다.

오래전의 일이 떠올랐다. 하루 중 딱 이맘때, 이렇게 해가 떨어지고 있을 때 친구들과 놀다가 집에 들어가면 또각또각, 도마와 칼이 부딪치는 소리가 들려왔다. 조용히 들어간다고 들어간 건데도 주방에 있는 엄마는 기가 막히게 눈치를 챘다.

"꽃돼지야, 꿀돼지야?"

엄마는 연희를 꽃돼지로, 영우를 꿀돼지로 불렀다.

"꽃!"

하고 대답하면, 앞치마를 두른 엄마가 나와 연희를 꽉 끌어안았다.

"우리 집 꽃 왔어?"

엄마는 무엇보다도 가족 간의 스킨십이 중요하다고 생각하는 사람이었다. 친구들은 연희가 아직까지 아빠 볼에 뽀뽀한다는 말을 들으면 진저리를 쳤지만, 연희는 진저리를 치는 친구들이 더 이상하게 생각됐었다.

"엄마."

연희는 고개를 들었다. 급작스레 눈물이 날 것 같았기 때문이다.

"보고 싶어."

그 시절의 생각을 했기 때문일까. 현관문으로 들어갔을 때, 또각또각, 칼질하는 소리가 들렸다. 된장찌개를 끓이는 짭조름한 냄새도 함께였다.

'내가 이제 서서히 미쳐가는구나.'

아무도 없는 집에서 소리가 들리고 냄새가 나니, 폴터가이스트 현상이 아니라면 머리가 잘못된 게 분명하다. 연희는 고개를 휘휘 저으며 망상을 떨쳐내려 하다가, 현관문 앞에 가지런히 놓여 있는 신발을 발견했다. 연두색 라인이 들어간 운동화였는데 크기로 봐서는 남성용이었다.

이 집에 누군가 있다.

연희는 오싹함을 느끼며 숨을 죽였다.

승호는 이 집에 다른 사람이 산다고 말해준 적이 없다. 아까 둘러 봤을 때도 다른 사람이 사는 것 같지는 않았다.

'누구지?'

연희는 손을 뒤로 뻗어 현관문을 잡았다.

'일해주는 사람일 리는 없어. 신발이 너무 최신 유행이야. 게다가 남자 신발이고. 혹시…… 문승호 스토커?'

그럴 법도 했다.

문승호는 스토커가 생길 것 같은 외모의 소유자다. 약간은 냉혹 해 보이지만 곱상한 얼굴, 부티가 흐르는 자태, 힘을 풀면 섹시하게 보이는 눈매. 약간 정신 나간 놈이 여자라고 오해하고 따라다닌다고 해도 이상할 게 없다.

스토커가 자신을 따라다니다 못해 집 안까지 들어와서 요리를 한 다는 걸 알면, 그 얼음 같은 남자는 어떤 반응을 보일까? 조금 궁금 해졌지만 일단은 이 집에서 벗어나는 게 우선이다.

달칵.

현관문 여는 소리가 유독 크게 들린 이유는, 이제껏 거실을 채우 고 있던 또각또각 칼질 소리가 멈췄기 때문이었다.

'들켰다?'

"누구세요?"

뛰쳐나가려고 몸을 돌리기 전, 주방에서 나온 남자와 눈이 마주 쳤다. 눈에 익은 얼굴.

'어디서 봤던 얼굴인데. 아는 사람인가?'

도망치는 걸 관두고 남자의 얼굴을 물끄러미 응시하던 연희는, 앞치마를 입은 남자가 누군지 깨닫는 순간 입을 쩍 벌리고 말았다.

"우와……!"

실례라는 것도 잊고 검지로 남자를 가리켰다.

"연예인이다……!"

"네, 연예인이에요."

한경인, 이라는 이름의 모델이었다.

남자라기보다는 소년이라는 단어가 잘 어울리는 18살이지만, 퇴폐적인 외모와 눈빛에 담긴 카리스마 때문에 어리다는 느낌이 들지 않았다. 친구들 중 몇 명인가가 한경인의 팬이었다. 연예인을 실제로 보는 건 처음이었기 때문에 벌어진 입을 다물 수가 없었다.

TV에 나오는 경인은 웃는 일이 거의 없었는데, 눈앞의 경인은 장난스러운 미소를 짓고 있었다. 웃으니까 조금은 제 나이 또래로 보였다.

"근데 누구세요?"

경인이 물었다.

"아, 저는…… 혹시 대표님한테 얘기 못 들으셨어요?"

"네? 무슨 얘기요?"

경인이 고개를 갸우뚱했다. 무신경한 건지, 자신감이 넘치는 건지, 경인의 입장에서는 낯선 여자가 무단침입을 한 상황인데도 여유로워 보이는 모습이 승호와 닮았다는 생각이 들었다.

뭐라고 소개를 해야 할까?

잠시 망설였다.

승호의 동거인. 예비 모델. 모델 지망생.

수많은 단어가 떠올랐다가 사라졌다.

"저는……."

연희는 턱을 살짝 치켜들고 어깨를 폈다.

"문 대표님 보석이에요."

섹시해 보이는 경인의 눈이 반달 모양으로 휘어졌다.

"왜 웃어요?"

"사실 대표님한테 들어서 알고 있었어요."

"뭘요?"

"그쪽 존재."

"근데 왜 모르는 척했어요? 난감했다구요."

"그냥요. 뭐라고 소개하나 듣고 싶어서요."

"대표님은 절 뭐라고 소개했어요?"

"그쪽이랑 똑같이."

"나랑 똑같이?"

경인이 눈을 살짝 내리깔고 흠흠, 목청을 가다듬더니 나직한 목소리로 말했다.

"내 보석."

승호를 따라 한 건가보다. 연희는 푸핫, 웃음을 터뜨렸다.

"대표님이랑 하나도 안 똑같아요."

"당연히 안 똑같죠. 전 대표님보다 감정이 풍부하니까."

"TV에서 봤을 땐 되게 차가워 보였는데."

"사실은 다정하고 뜨끈뜨끈한 열혈 청소년이랍니다. 그런데 뭐라고 부를까요?"

"대표님이 뭐라고 부르래요?"

"루나."

"그럼 그렇게 불러요."

"하지만 평소에도 루나, 라고 부르는 건 너무…… 뭐랄까. 좀…… 오글거리잖아요."

마음이 통하는 사람을 만났다.

연희는 환호하고 싶었다.

"그쵸? 완전 오글거리죠? 아, 진짜…… 활동할 때만 루나라고 하면 되지."

"이름이 뭐예요? 가명 말고 본명."

"김연희요."

"앗! 내 친구 중에 이름 똑같은 사람 있는데."

"내 이름 흔한 거 알거든요?"

"그럼 대표님 없는 데서는 연희라고 부를게요."

"내가 그쪽보다 두 살 많은 걸로 알고 있는데."

"어엇!"

경인이 놀란 표정을 지었다.

"왜 그래요?"

"내 팬이구나? 내 나이도 알고."

"아니요. 내 친구들이 그쪽 팬이에요."

"와아, 너무 솔직하시다."

"거짓말해봤자 서로 피곤하잖아요."

경인은 연희를 물끄러미 응시하다가 물었다.

"연애해본 적 없죠?"

"연애랑 거짓말이랑 무슨 상관이에요?"

"원래 연애하면 싫어도 거짓말을 하게 되거든요."

"거짓말 안 하고 연애할 수도 있죠, 뭐."

"그럴 수도 있지만, 거짓말하는 게 더 편할 때도 많아요."

"예를 들자면?"

"내 여자친구가 살이 찐 거 같을 때?"

"푸핫!"

"진짜예요. 전에 사귀던 여자애가 좀 찐 것 같아서, 살찐 것 같다고 말했다가 얼마나 욕먹었다구요. 여자 마음도 모르는 바보 멍청이라고."

"그건 말하는 방법에 문제가 있었던 거 아니에요?"

"아니에요. 진짜 상냥하게 말했어요."

"어떻게?"

"너, 살 좀 빼야겠다. 옷이 꽉 껴."

"……정말 그게 상냥하다고 생각하는 건 아니죠?"

"상냥한 거죠. 말투, 되게 부드럽잖아요."

경인은 진심인 것 같았다. 어째 연예계에는 평범한 사람이 없는 것 같다. 연희는 고개를 절레절레 저으며 신발을 벗었다.

경인은 키가 커서 연희가 살짝 고개를 들어야 눈높이가 맞았다.

"키 크네요."

"모델이니까요."

경인이 빙그레 웃었다. 확실히 TV에서 볼 때와는 이미지가 딴판이다. TV에선 정말 싸늘해 보였었는데.

"그런데 여긴 어쩐 일이에요? 요리하고 있었죠?"

"응, 저 여기 요리 담당."

"요리 담당?"

"네, 대표님이 조건을 걸었거든요."

경인이 주방으로 향했다. 연희는 어쩔까 망설이다가, 경인이 계속 얘기를 하고 싶어 하는 것 같아서 경인의 뒤를 따라 들어갔다.

"무슨 조건?"

"연애를 허락하는 대신 저녁 식사는 제가 차리기로."

"에엑?"

"거짓말 같죠? 근데 진짜예요. 대표님이 의외의 면에서 깐깐하거든요."

"아뇨, 그냥 대놓고 깐깐한 것 같아요. A형인 게 분명해."

"어? 어떻게 알았어요?"

"그죠? 되게 쪼잔하더라구요."

연희는 요리를 하는 경인의 뒤에 앉아, 아까 차에서 있었던 일을 설명했다. 연희가 진짜로 명령을 내렸다는 부분에서 경인은 국자를 내려놓더니 배를 잡고 웃었다. TV에서 보던 카리스마는 조금도 찾아볼 수 없는 모습이었다.

"우와! 진짜 걸작이다. 누나, 진짜 대단해요. 푸하하하하하! 우와, 진짜…… 어떻게 그랬어요? 대표님 안 무서워요?"

"무서운 점도 있긴 하지만…… 어쨌든 저한테 명령을 내리라고 한 사람은 대표님인데요, 뭘. 하라는 대로 한 건데 무서워할 필요는 없잖아요."

"와아. 누나랑 친하게 지내야겠다. 뭐 먹고 싶어요? 먹고 싶은 거 다 해줄게요."

"요리 잘해요?"

"엄청."

보통은 겸손을 떨기 마련인데, 자신만만하게 대답하는 경인의 태도가 마음에 들었다.

"그럼 난 랍스타 버터구이?"

"……농담이죠?"

"진담인데요? 대표님이 명령을 내리라고 그랬다니까요."

"알겠어요."

경인이 앞치마를 벗었다. 물 빠진 청바지에 회색 티셔츠가 몹시도 잘 어울렸다. 이래서 모델인가보다. 넓은 어깨와 약간은 마른 듯한 허리 라인을 정신없이 쳐다보고 있는데, 갑자기 쭈그리고 앉아 연희와 눈을 맞춘 경인이 말했다.

"나가요. 랍스타 대접해드릴게요."

농담으로 한 말이었는데, 진짜로 나갈 기세인 경인 때문에 당황했다. 연희는 두 손을 휘휘 저으며 괜찮다고, 준비한 된장찌개를 먹자고 했지만 경인은 연희의 거절을 무시하고, 벌떡 일어나 연희의 팔에 팔짱을 껴서 연희를 일으켜 세웠다.

"가요. 앞으로 당분간은 외식할 기회도 없을 텐데."

"외식할 기회가 왜 없어요?"

"다이어트해야 하잖아요."

"다이어트?"

"네, 날씬하지 않으니까."

날씬하다는 말을 많이 들었다. 아니, 날씬하다기보다는 말랐다는 말을 많이 듣는 편이었다. 경인의 말에 기분이 나쁘다기보다는 황당해서 경인을 올려다봤다.

"여자 모델들 몸매 못 봤어요?"

"보긴 봤는데……."

"TV로만 봤죠?"

끄덕끄덕.

"TV는 실제로 봤을 때보다 1.5배 더 쪄 보이게 해요. 나 봐요. TV에서 봤을 때보다 더 말랐잖아요."

제4장

다이어트를 해야 한단 말이야?

싫어하는 게 두 개 있다.

첫 번째, 맛있는 거 앞에 두고 못 먹는 거.

두 번째, 다이어트.

세상엔 먹고 싶어도 없어서 굶는 사람 많은데, 왜 굳이 먹을 수 있는 상황에서 굶어가며 노력을 해야 한단 말인가.

원래 체질 자체가 살이 안 찌는 체질인 데다가, 워낙 움직이는 걸 좋아해서 살이 찔 틈이 없었다. 다이어트라는 것은 연희의 인생 계획 중에 포함되어 있지 않았다.

'하긴, 생각해보면 모델도 내 인생 계획에는 없었지.'

경인이 데리고 간 곳은 승호의 집에서 별로 멀지 않은 곳에 있는 레스토랑이었다.

"여기가 사람도 별로 없고 맛있어요. 아마 내일부터는 먹고 싶은 거 다 먹을 수 없을 테니까, 오늘 많이 먹어둬요. 뭐든 다 쏠게."

연한 금빛 조명 아래서 경인이 시원스레 말했다. 연희는 영어로 쓰인 메뉴판을 읽어 내려가며 물었다.

"왜 이렇게 나한테 잘해줘요?"

"문 대표님 보석이니까."

"대표님한테 점수 따려고?"

"그게 50퍼센트."

"나머지 50퍼센트는?"

"누나가 내 스타일이라서?"

경인은 여전히 싱글싱글 웃고 있었다. 승호가 무표정이라서 생각을 읽을 수 없다면, 경인은 너무 웃어서 생각을 읽을 수가 없다. 농담일 거라고 생각하며 다시 메뉴판으로 시선을 옮겼다.

"뭐, 쏜다니까 감사하게 고를게요. 이거랑 이거랑 이거요."

메뉴를 손가락으로 집으며 말했다.

"그게 뭔지는 알고 시키는 거예요?"

"왜 이래요? 나 대학 다녔던 여자야. 며칠 전에 자퇴하긴 했지만."

"오오. 멋지다. 역시 내 스타일."

경인이 벨을 눌러 종업원을 불렀다. 주문을 끝낸 경인을 향해 연희가 말했다.

"TV에서 보던 거랑 많이 다르네요. TV에선 되게 차도남 같았는데."

"그래서 실망이에요?"

"아니, 난 뭐든 상관없어요."

"진짜 냉정하시다. 뭐, 원래 TV랑 똑같은 사람은 아무도 없을걸요. 강나은 알죠?"

"강나은?"

"응, 우리 기획사 모델."

"아아, 그 강아지처럼 생긴 애?"

"걔, TV에선 진짜 착해 보이잖아요. 근데 실제로 보면 진짜 왕싸가지."

"정말? 완전 순진한 것 같던데."

"절대. 걔가 예전에 다른 기획사에서 가수로 데뷔한 적 있었잖아요. 그때 걔 백댄서였던 애가 배가 너무 고파서, 걔가 팬한테 받은 김밥을 하나 먹었나봐요. 그랬다고 그 백댄서 뺨 때리고 김밥을 얼굴에 집어 던졌어요."

"실제로 봤어요?"

"응, 그 백댄서가……."

경인이 자기를 가리켰다.

"정말?"

"정말. 가수 연습생이었거든요. 원래 연습생들, 다른 가수 백댄서로 서는 경우도 많으니까요. 진짜 서러웠죠. 먹을 거 엄청 많아서 김밥 한 줄 정도는 양보해줄 수 있는 줄 알았는데."

요리가 나왔다.

버터를 발라 구운 랍스터와 닭가슴살에 유자 드레싱을 뿌린 샐러드, 살짝 익힌 스테이크였다. 경인은 크림소스를 뿌린 연어 스테이크 하나만 시켰다.

"그거 다 먹을 수 있어요?"

"이거 다 먹고 후식도 먹을 수 있어요."

"진짜 매력 넘친다."

경인이 스테이크를 썰며 웃었다.

이런저런 얘기를 하며 분위기 좋게 식사를 하는데, 그녀가 등장했다. 호랑이도 제 말 하면 나타난다는 속담이 틀릴 게 하나도 없었다.

갸름한 계란형 얼굴에 선량해 보이는 커다란 눈, 도톰한 입술이 귀여운 나은이었다.

"한경인, 너 또 여자 바꿨니?"

인사도 없이, 나은이 날카로운 목소리로 물었다. 연희 쪽은 아예 쳐다보지도 않았다.

연희는 나은의 무례한 행동에 기분이 상했다. 자신을 무시해서가 아니라, 경인을 향한 무례함 때문이었다. 경인이 아무리 여자를 많이 갈아치운다고 해도, 다른 여성을 만나고 있을 때 또 여자가 바뀌었냐는 질문을 던지는 건 무례하기 짝이 없는 행동이었다. 경인을 무시한다고밖에는 생각할 수 없었다.

"응, 또 바꿨어."

종종 있는 일이었는지, 경인은 느긋하게 말했다.

"작작 좀 바꿔. 너무 그러다가 연예계 생활도 못 할걸?"

"걱정 마. 너랑은 절대 안 사귀니까."

"아, 누가 너랑 사귀고 싶대? 근데 너 이런 취향이었어? 너무 별
론데?"

드디어 나은이 연희를 쳐다봤다. 연희는 그런 나은을 물끄러미
응시하다가 살짝 고개를 저었다.

"경인 씨, 이 격 떨어지는 애는 누구예요?"

연희는 경인을 향해 물었지만, 반응은 나은에게서 나왔다.

"뭐야? 너 나 누군지 몰라? TV 안 봐?"

"TV는 보는데……. 아, TV에 나온 적 있어요?"

"뭐?"

나은의 얼굴이 붉어졌다. 경인은 흥미진진하다는 듯 두 여자를
쳐다봤다.

"아, 어디서 봤는지 알 것 같아. 그…… 무슨 거리 인터뷰, 그런
데 나오지 않았었어요? 그쵸? 어쩐지, 어디서 좀 본 거 같긴 하더
라."

4년 전에는 성공하진 못했지만 음료수 광고를 한 번 찍어본 적도
있는 아이돌 가수였고, 2년 전 MS에서 모델로 데뷔해 '모델 강나
은'이라고 하면 인정을 해줄 만큼 알려졌다. 얼마 전에는 유명한 드
라마 작가가 쓴 드라마에 주연급 조연으로 출연하기도 했다.

자신의 인기에 자부심을 가진 나은이었다. 때문에 존댓말을 하면서도 나은을 전혀 모르는 듯한 연희의 행동이 욕설보다 더한 치욕감을 안겨주었다. 차라리 연희가 이년, 저년 욕이라도 하면 같이 욕해주면 되는데, 생글생글 웃으며 모른다고 말하는 연희에게는 도무지 할 말이 없었다. 모르는 게 죄는 아니지 않은가.

나은의 성격을 잘 아는 경인은 연희가 점점 더 마음에 들었다. 모델이 된 후, 이 여자, 저 여자 많이 만나 봤지만 연희 같은 여자는 처음이다.

승호의 집에 저녁을 하러 왔다가 승호의 전화를 받았다.

[내 보석이 갈 거다.]

일단은 승호와 똑같은 목소리가 '내 보석' 이라는 달콤한 단어를 사용하는 것에 놀랐고,

[밥 잘 챙겨주도록.]

승호와 똑같은 목소리가 '챙겨줘.' 라는 인간적인 언어를 구사하는 것에 놀랐다.

그래서 자신에게 걸려온 전화가 장난전화이거나, 승호와 목소리가 똑같은 누군가가 자신을 혼란스럽게 만들기 위해 건 전화일 거라고 생각했다. 하지만 정말로 승호가 '보석' 이라고 말한 여자가 들어왔다.

처음 봤을 때만 해도 평범하게 생겨서 실망했는데,

'문 대표님 보석이에요.'

라고 자신을 밝히는 연희의 모습에서 매력을 느꼈다. 그리고 같

이 있은 지 몇 시간 지나지도 않았는데, 아까 느꼈던 매력보다 세 배 이상 더 매력적이다.

"야, 한경인. 너 어디서 이런 애 주워 온 거야?"

연희에게는 안 될 거라고 생각했는지, 나은이 경인을 노려보며 표독스럽게 쏘아붙였다. 연희는 흐응, 콧소리를 내며 등을 뒤로 기댔다. 이제 바턴을 넘겼으니 그쪽이 알아서 하라는 태도였다.

"말 함부로 하지 마, 강나은."

경인은 부드럽게 미소를 지으며 말했다.

"이분, 내 보석이니까."

✳ ✳ ✳

"언제부터 네가 한경인의 보석이 된 거지?"

나은과는 흐지부지 헤어졌다.

'너, 나중에 두고 봐!'

불량배들이 흔히 남기는 통속적인 언어를 구사한 나은은 씩씩거리며 자기 테이블로 돌아갔다. 밥을 먹는 내내 나은이 노려보는 통에 뒤통수가 근질거렸지만 음식은 맛있었다.

경인은 연희를 집 앞까지 데려다줬다. 일단은 밥을 얻어먹었으니 차라도 대접해야 한다는 생각에 잠깐 들어왔다가 가라고 했더니, 경인은 미안하다는 표정으로.

"뒤를 부탁할게요."

라는 말을 남기고 가버렸다. 현관문에 들어서기 전까지만 해도 그 말의 뜻을 알 수 없었는데, 소파에 앉아 냉기를 풀풀 풍기는 승호를 보는 순간 이해했다.

"계약 조건 중에 연애 금지 조항, 벌써 잊은 건가?"

승호는 연희를 쳐다보지도 않았다.

저 삐돌이, 또 삐쳤어.

"어떻게 알았어요?"

"벌써 연애하는걸?"

"아니, 한경인이 저한테 보석이라고 한 거요."

"정보처가 있거든."

승호가 휴대폰을 살짝 흔들어 보였다.

"스토킹이라도 하세요?"

"스토킹? 내가 왜 그런 귀찮은 짓을 해야 하지?"

승호가 천천히 일어나 연희에게 다가왔다.

전부터 느낀 거지만, 승호의 행동은 늘 느긋하다. 급하지도, 그렇다고 너무 느리지도 않은 딱 좋은 속도. 영화 속의 한 장면처럼 승호는 아름답게 움직였다.

한 뼘 정도의 거리를 두고 멈춰 선 승호가 연희를 내려다봤다.

"이 시계 얼만지 아나?"

승호가 팔을 들어 올렸다. 금으로 만들고 다이아를 박은 시계였다.

"천만 원?"

연희가 생각하는 가장 큰 금액을 불렀다. 승호는 피식 웃으며 시계를 끌렀다.

"8천만 원이지."

입이 벌어질 뻔했다.

8천만 원? 그 돈이면 방 두 개짜리 전세방을 구할 수 있어! 곰팡이 없는 걸로! 이 아저씨, 손목에 곰팡이 없는 방 두 개짜리 전세방을 차고 다녔던 거야?

말이 안 나올 정도로 놀라고 있는데, 승호가 더 놀랄 행동을 했다. 곰팡이 없는 방 두 개짜리 전세방 시계를 바닥에 던지더니 발로 짓밟아버린 것이다.

콰직.

불쾌한 소리를 내며 시계가 부서졌다.

"그런데 난 이 8천만 원, 그냥 부수거든."

"……."

"그게 무슨 뜻인 줄 아나?"

"……."

"난 널 일억 주고 샀지만……."

승호가 허리를 살짝 굽혀 연희의 귓가에 입술을 댔다.

"이 시계처럼 부숴버릴 수도 있다는 말이야. 언제든."

등에 식은땀이 배어 나왔다. 경인이 승호를 왜 무섭다고 했는지, 이제 확실히 알겠다.

"네가 계약을 뭐라고 생각하는지는 모르겠지만, 부서지기 싫으면 행동 똑바로 해."

다시 허리를 편 승호가 차가운 눈으로 연희를 응시하며 말했다. 검고 검은 눈동자에선 감정이라곤 찾아볼 수가 없었다. 서늘한 눈동자를 얼음이 휘감고 있다.

"알아들었으면 들어가서⋯⋯."

"대표님."

돌아서는 승호를 연희가 불러 세웠다. 승호가 천천히 뒤를 돌아봤다. 이 순간마저 저 남자는 참 영화 같다고 생각하며, 연희는 자기 손목에 차고 있던 시계를 풀었다.

"이 시계, 얼만 줄 아세요?"

"지금 장난칠 기분⋯⋯."

"얼만 줄 아세요?"

"백만 원 하나?"

"아니요. 배송료 포함 3900원이에요. 배송료 빼면 1900원."

승호의 표정이 일그러졌다.

그래, 당신이란 남자한텐 싸구려 시계가 백만 원이겠지.

연희는 승호가 했던 것처럼 시계를 바닥에 던져 발로 밟았다.

콰직.

부서지는 소리는 8천만 원짜리 시계나 1900원짜리 시계나 똑같았다.

"근데 저 이거 그냥 이렇게 쉽게 부숴버릴 수 있어요. 이게 무슨 뜻인 줄 아세요?"

승호는 연희가 도대체 왜 이러는 건지 모르겠다는 듯, 오만상을 찌푸리고 연희를 바라봤다. 연희는 천천히 승호를 향해 걸어가 두 팔을 뻗어 승호의 목을 감았다. 그리고 그 목을 끌어당겨 승호의 얼굴이 자기 얼굴 위치까지 오게 만들고, 귓가에 입술을 가져갔다.

"조심하세요, 대표님. 이 시계처럼 되고 싶지 않으면."

"너…… 지금 내가 1900원짜리라고……."

"아니요."

연희는 승호의 목을 놔두고 뒤로 한 걸음 물러서 승호를 똑바로 응시했다.

"이 시계 중고잖아요. 누가 1900원짜리 중고를 1900원에 사요? 10원 주고도 안 살 걸요?"

졸지에 10원에도 안 팔릴 싸구려 중고 시계가 된 승호는 그 충격 때문인지 화도 내지 않고 연희를 멍하니 응시했다.

그래도 알아주는 기획사의 대표인데 너무 심했나.

조금 미안한 생각이 들었다.

"걱정 마세요, 대표님. 전 연하 싫어해요. 한경인도 연상 싫어할 거구요. 연애는 무슨 연애예요. 최고가 되기 전까지 그럴 생각 없으니까 안심해도 돼요."

"……."

"저녁은 드셨어요?"

"아니."

"그래요. 그럼 얼른 챙겨 드시고 주무세요. 전 피곤해서 이만."

경인이 만들어놓고 간 된장찌개를 데워 식탁으로 옮겼다. 속이 부글부글 끓었다. 저녁을 먹었냐고 물어봤으면 좀 챙겨줘야 하는 거 아닌가.

'내 보석은 진짜 인정머리가 없군.'

처음 보는 순간 보석이라는 걸 알았다. 흔들리지 않는 도전적인 눈빛, 당당하게 일억을 요구하는 자신감. 처음이었다. 빛나는 보석을 발견한 건. 다른 사람들이 잘 컸다고 부러워하는 한경인도, 강나은도 이런 빛을 발하지 못했다. 연희는 그야말로 한여름의 태양같이 빛나서, 눈이 부셔 제대로 쳐다보기도 힘들 정도였다.

도전적인 눈빛을 마주했을 때부터 다루기 힘들 거라고 생각했지만, 이 정도일 줄은 몰랐다.

'도대체 이걸 어떻게 해야 하지?'

승호는 혼란스러움을 느꼈다.

28년을 살아오면서 자신을 이런 식으로 대하는 사람을 만난 건 처음이다. 절친인 지태나 친형인 승민조차도 승호에게는 조심스러웠다.

여자들은 더 심했다. 승호가 입술만 달싹거려도 원하는 걸 기가 막히게 눈치채고는 알아서 행동했다. 승호가 만나주는 것만으로도 황송해하며 바짝 엎드리는 여자들이 대부분이었다.

—여자들은 말이지. 감성적인 생물이야. 돈, 명예, 이런 거 따지

는 것 같아도 진짜로 중요하게 여기는 건 다정함이거든.

어울리지 않게 여자의 마음을 잘 아는 지태의 말이 떠올랐다.

—아무리 까탈스러운 여자들도 내 남자의 다정함 앞에서는 꼼짝 못 하는 법이지.

다정함.

그래, 그거다.

저 얄미울 정도로 다루기 힘든 여자를 순종적으로 만들기 위해서는 이 몸에게 흠뻑 빠지게 하는 수밖에 없다.

그때, 달칵, 방문 열리는 소리가 들리더니 연희가 주방에 들어왔다.

연희는 승호를 혼자 두고 들어온 게 마음에 걸렸다. 혼자 먹는 밥이 얼마나 맛없는지에 대해 누구보다도 잘 알았기 때문이다.

'재수 없긴 해도, 어쨌든 고마운 사람이긴 하니까.'

연희는 편한 옷으로 갈아입고 나와 승호의 맞은편에 앉았다. 아까 경인이 정성스레 끓여둔 된장찌개는 승호라는 사람과 참 안 어울렸다. 승호는 심각할 정도로 도시적이라서, 스테이크나 써는 것이 어울릴 것 같았다.

"쉰다더니."

"그냥요. 밥 혼자 먹으면 맛없더라구요."

"익숙해."

"그런 건 익숙해지면 안 돼요. 평생 혼자 살고 싶으세요?"

"누가 옆에 있어 봤자 귀찮을 뿐이야."

"그럼 저도 귀찮겠네요."

승호가 연희를 빤히 응시했다.

이 남자, 또 무슨 말을 하려는 거야?

승호의 눈빛에 연희는 불안해졌다.

"넌 아주 예뻐, 루나."

된장찌개를 앞에 두고 승호는 더없이 달콤한 목소리로 말했다.

"그런데 유일하게 코가 못생겼군. 그 성형 비용, 내가 대주지."

"……."

이 남자는 진짜.

어딘지 모르게 흐뭇해 보이는 승호를 노려보던 연희는 벌떡 일어나,

"돈이 넘쳐서 쓸데가 없으시면, 그 빌어먹을 얼굴 성형하는 데나 사용하시죠!"

라고 외치곤 방으로 들어가버렸다. 승호는 거세게 닫히는 방문을 보며 생각했다.

'저 여자는 왜 다정하게 대해줘도 화를 내는 거야?'

❀ ❀ ❀

새로운 장소라서 그런지 몸은 피곤한데도 잠이 오지 않았다. 침대에 누워 눈을 감았다. 흔한 자동차 엔진 소리조차도 들리지 않을 만큼 조용한 동네였다. 영우와 둘이 살았던 지하 단칸방은 사람들의 발걸음 소리조차도 시끄럽게 울려, 처음엔 적응하지 못해 며칠 동안 잠을 설쳤던 기억이 있다. 어느새 그 소음에 익숙해져, 심한 고요함이 불안하게 느껴지기까지 한다. 자신이 있을 곳이 아니란 생각이 들었다.

달그락, 달그락.

승호가 저녁을 다 먹었는지 설거지하는 소리가 들린다. 정말 안 어울린다. 문승호가 설거지라니.

섹시하게 생긴 저 냉정한 남자는 그림처럼 가만히 앉아 있는 게 가장 잘 어울릴 것 같다. 그림 같은 김에 입도 좀 다물고 있어 줬으면 좋겠다.

'성형 비용이라니…….'

도대체 저 남자는 무슨 생각을 하면서 살아가는 걸까?

그 말을 할 때의 그 흐뭇한 눈빛이 잊히질 않는다.

'설마…… 내가 좋아할 거라고 생각하고 한 말은 아니겠지? 그래, 아니겠지. 아무리 바보라도 그런 말 좋아할 거라고 생각하는 사람이 어디 있겠어?'

어느 개그 프로에서였나.

'이거 참 기가 막히고 코가 막히는 일입니다.'

라는 말을 했었는데, 지금처럼 그 말이 잘 어울리는 순간이 없다.

정말 기가 막히고 코가 막힌다.

1층에서의 볼일을 마쳤는지, 2층으로 올라가는 소리가 들렸다.

다박다박, 아니면 사락사락. 소리만으로도 그의 움직임을 그릴 수 있었다. 물이 흐르는 듯, 영화의 한 장면인 듯 부드럽고 인상 깊게.

젓가락을 들고 있던 가늘고 긴 손가락이 선명하게 그려졌다. 그저 남들 다 갖고 있는 손가락일 뿐인데, 그마저도 섹시하게 느껴졌었다. 그 망할 놈의 성형 비용이 어쩌고 하기 전까지만.

도저히 잠이 안 올 것 같아서, 결국은 점퍼를 걸치고 마당으로 나왔다. 3월 말의 밤공기는 겨울바람보다 매서웠다.

어두운 마당에 쭈그리고 앉았다. 마당에 연못이 있는 집이 실제로 존재한다는 것이 여전히 신기했다. 꿈을 꾸고 있는 기분이다.

축축한 흙 내음과 연못의 물 냄새가 섞여 코끝에 머물렀다. 눈을 감고 상상의 나래를 펼쳤다.

언젠가 돈을 많이 벌게 되면 꼭 이런 집을 사야지. 내 방은 좁더라도 마당이 넓은 집. 3층짜리로. 그래서 1층은 내 방, 2층은 영우 오빠 방. 영우 오빠가 갖고 싶어 했던 서재는 3층 지붕 아랫방에 만들어주는 거야.

마당에는 귀여운 골든 레트리버 두 마리. 튼튼한 사내 녀석들로 두 마리 데리고 올 거야. 왕왕, 짖는 소리에 잠에서 깨고 밥 줄게, 하고 내려가서 쓰다듬어주고. 할짝거리는 녀석들이랑 마당에서 뒹굴다보면 어느새 내려온 그 남자가 내 어깨에 카디건을 걸쳐주겠지.

"추운데 뭘 하고 있는 거지?"

와장창.

부드럽게 흘러가던 상상이 산산조각 난 이유가 갑자기 들려온 그 남자의 목소리 때문인지, 상상 속에 등장한 그 남자 때문인지 알 수 없었다. 아니, 음역대가 낮은 중저음의 음성은 그리 놀랍지 않았다. 승호의 집이니 승호의 목소리가 어디서 들리든 이상할 것이 없다. 하지만 상상 속에 등장한 승호는…….

'왜 문승호가 내 상상 속에 등장을 해! 내 상상이잖아! 내 아름다운 상상 속에 문승호가 등장하는 이유가 뭐냔 말이야!'

놀라서 말도 못 하는 연희를 물끄러미 응시하던 승호가 입을 열었다.

"불."

진짜 무슨 생각을 하는지 알 수 없는 남자다. 이 시간에 굳이 밖에 나와 불을 요구하다니. 담뱃불 정도는 알아서 조달해야 할 것 아닌가.

……라고 생각하는데 캄캄하던 마당에 조명이 켜졌다.

"우와!"

연희가 눈을 휘둥그레 뜨고 승호를 쳐다봤다.

"불이라고 하면 불 켜지는 거예요?"

"내 목소리에만."

"신기하다. 이런 거 처음 봐요. 그럼 조명 끌 때는……."

연희가 승호를 똑바로 응시하며 말했다.

"꺼져."

"……."

"이러면 돼요?"

"지금 일부러 이러는 건가?"

"뭘요?"

"쯧."

연희가 모르는 척하자, 승호가 작게 혀를 찼다.

주름이 생긴 미간, 가늘어진 눈, 그리고 작게 들려오는 혀 차는 소리.

연희는 자기가 말을 안 들을 때마다 보여주는 승호의 그 행동이 좋았다. 뭐라고 해야 할까. 아직 승호에 대해 잘 알지는 못하지만, 그 행동은 몹시도 문승호답게 느껴졌다.

"왜 안 자나?"

"잠이 안 와요."

"침대가 불편한가?"

"침대는 편해요. 돌바닥에서도 잤었는데요, 뭐. 그냥…… 잠자리가 바뀌어서 그런가봐요."

"프로 생활을 하다보면, 잠자리가 바뀌는 일은 비일비재해. 잠자리 좀 바뀌었다고 해서 컨디션 관리를 못 하면, 그건 예민한 게 아니라 멍청한 거야."

말을 해도 참 밉게 하는 남자다.

"대표님, 연애해본 적 없죠?"

"없을 것 같나?"

승호가 비릿하게 웃었다.

"연애에 들어가는 '애' 는 사랑 애잖아요. 몸으로 나누는 대화 말고, 사랑, 그거 해보신 적 없을 것 같아요."

"섹스는 연애가 아니라는 건가?"

"원나잇을 연애라고 하진 않잖아요."

"섹스가 연애가 아니라면, 여자들은 왜 사귀는 동안 다른 여자들이랑 섹스를 못 하게 하는 거지?"

"네?"

"사랑은 연인이랑 하고, 욕정만 다른 여자랑 풀겠다는데 화낼 이유가 없는 거 아닌가?"

승호의 의식 흐름을 따라잡을 수가 없었다. 그리고 솔직히 승호가 말한 방식으로 생각해본 적도 없다.

사람과 사람이 만나 사랑을 하고 연애를 한다. 연애를 하는 동안은 다른 이성에게 눈길을 주지 않고 스킨십도 피한다.

누가 정해놓진 않았지만 연애를 하는 사람들 사이의 암묵적인 룰이었다.

"진심으로 하는 말씀이세요?"

"진심이 아닐 이유가 있나?"

"그런 식으로 연애를 하면 어떤 여자가 좋아해요?"

"좋아하더군."

덜커덕.

심장이 내려앉았다.

잊고 있었다. 이 남자가 몹시도 매력적인 외모를 가지고 있고, 심지어 부와 권력까지 갖고 있다는 것을. 아마도 많은 여자들이 승호와 한 번 몸을 섞기 위해 달려들었을 것이다.

사랑도 없는 섹스. 연희는 이해할 수 없지만, 그런 것이라도 좋아하는 여자들은 얼마든지 있으니까.

'생각하지 마.'

연희는 승호에게서 눈을 떼었다.

다른 여자들과 몸을 섞는 승호의 모습 따위는 상상도 하고 싶지 않다. 하지만 폭풍처럼 시작된 상상을 밀어내기가 힘들었다.

가늘고 긴 손가락이 여자의 몸을 더듬고, 얇고 붉은 입술이 여자의 가슴에 낙인을 남기고…….

가슴이 지끈지끈 아파왔다.

"잘래요."

벌떡 일어났다.

"그래."

승호는 갑자기 왜 그러냐, 표정이 안좋다, 같은 다정한 말을 건네지 않았다.

기획사 대표와 모델 준비생 관계.

집주인과 세 들어 사는 사람 관계.

딱 그 정도뿐인 사무적인 관계 속에서 다정함을 기대하는 자신이 바보 같았다. 무슨 생각을 하는지 알 수 없는 사람이라서, 어쩌면 기대를 했는지도 모르겠다. 차라리 처음부터 무관심하거나, '나 너 싫어해.' 오라를 풍겼더라면 이런 기대를 품지도 않았을 텐데. 내 보석이네, 예쁘네, 연인에게나 해줄 법한 달콤한 말들을 덤덤히 던져대니, 잔잔한 가슴에 파문이 일지 않을 리 없었다.

조용히 나와서 하늘을 보다가 들어가 잘 생각이었는데, 굳이 따라 나와 방해를 하고 비참한 기분까지 들게 한 승호에게 화가 났다. 연희는 걸음을 멈추고 휙 뒤를 돌아봤다. 승호가 왜 그러냐는 듯 한쪽 눈썹을 치켜 올렸다. 연희는 승호의 갸름한 눈을 노려보며 단호하게 말했다.

"꺼져."

"너……."

"어머, 조명이 안 꺼지네요. 역시 대표님 목소리로 해야 되나봐요."

"……."

굳어버린 승호를 놔두고 연희는 흥흥 웃으며 안으로 들어갔다.

❋　❋　❋

"모시러 왔습니다."

승호의 집에 가기 위해, 이른 아침 집을 나왔다. 오랜만에 나오는 터라 겨울 햇살조차 따갑게 느껴졌다.

아직은 여자 모델을 키울 준비가 되지 않았다. 찬 공기 사이로 천천히 걸어가며 생각을 정리할 생각이었는데, 반짝거리는 고급 승용차가 대문 앞에 세워져 있었다. 그리고 그다지 반갑지 않은 얼굴이 강우를 기다리고 있었다.

"문승호가 기사도 겸하고 있어?"

"다른 사람도 아니고 권강우 씨잖습니까. 당연히 모시러 와야지요."

강우는 승호의 이런 면이 마음에 안 들었다. 표정이 없으니, 진심인 건지 빈정거리는 건지 가늠할 수가 없다. 빈정거리기 위해 이른 아침부터 정장을 쫙 빼입고 마중을 나올 리는 없으니 진심일 거라고 생각하기로 했다.

"트레이닝은 누구한테 맡기기로 했어?"

"미쉘이요."

"진짜 보석인 모양이군."

"그럼요."

승호가 희미한 미소를 지었다.

"미쉘은 뭐래?"

"무리라고 하더군요."

"그런데도 넌 포기할 생각이 없고?"

"미쉘보다는 제가 더 보는 눈이 있지 않습니까?"

강우는 승호가 이렇게 확신할 만큼 승호를 사로잡은 인물이 궁금해졌다. 하지만 곧 고개를 저어 생각을 떨쳐냈다.

어찌 되었든 스무 살이나 돼서 모델계에 뛰어든 철없는 여자일 뿐이다. 모델의 화려한 면만 보고 달려든 거겠지. 게다가 승호가 직접 제안했다면, 승호의 재력과 능력, 그림처럼 아름다운 외모에 푹 빠져서 수락했을 가능성도 있었다.

"약속한 거 잊지 마."

"약속이요?"

"이번 일을 마지막으로 더 이상 날 이 세계에 끌어들이지 마."

"흐응."

승호의 입가에 미소가 떠올랐다. 늘 느끼는 거지만, 승호의 미소는 가면을 뒤집어쓴 것처럼 보인다. 감정이 담기지 않은, 조금도 즐겁지 않은 형식적인 미소.

"걱정 마시지요. 루나가 무대에서 빛나는 걸 보시면, 앞으로 계속 이 세계에 남아 있고 싶으실 겁니다."

"남아 있고 싶은지 아닌지는 내가 정해."

"그러시겠지요."

"……난 네가 싫다."

"그거 다행이군요. 루나도 절 싫어하거든요. 둘이 아주 잘 통하겠습니다."

농담인가?

덤덤하게 말하는 승호의 얼굴에선 농담기라곤 찾아볼 수 없었다. 원래 승호는 실없는 농담을 하지 않는 놈이다.

"그 애가 널 싫어한다고?"

"네, 싫어합니다."

"왜 그렇게 확신해? 사람 마음 모르는 거잖아."

"다른 사람들한테는 안 그러면서 저한테만 아주 빈정거리거든요. 아, 권강우 씨. 루나를 관리하시는 김에, 그 형편없는 말투도 고치게 하는 것이 좋겠습니다."

"말투가 형편없다고?"

"네, 무척."

강우는 루나라는 인물을 점점 더 알 수 없어졌다.

아무리 말투가 형편없는 계집이라도 승호의 앞에 서면 고분고분 해지곤 했다. 싸가지가 없기로 유명한 강나은도, 라이벌 기획사의 잘나가는 여배우도 승호에게만큼은 나긋나긋했다.

"기대되네."

"저도 기대됩니다."

백미러로 승호의 눈이 보였다. 아주 잠깐, 무감정한 그 눈동자에 처음으로 감정이 떠올랐다가 사라졌다. 너무 잠깐이라서 제대로 볼 수는 없었지만 어디선가 본 것 같은 감정이었다.

강우는 고개를 갸우뚱했지만 곧 그에 대한 생각을 접었다. 아무리 문승호가 무감각한 인간이라도, 어쨌든 인간이니 감정이 존재하는 게 이상할 일은 아니다.

'문승호 앞에서 형편없는 말투를 구사하는 여자라…… 그거 정말 기대되는데?'

제5장

들어온 사람의 모습에 굳어버렸다.

한약처럼 쓸 것 같은 커피를 마신 승호는 앞으로 '루나'를 담당하게 될 매니저를 모시러 가야 한다며 나갔다. 승호의 말투가 전에 없이 정중해서 어떤 사람인지 궁금했다.

하지만 근육통 때문에 궁금증은 사라지고, 어떻게 해야 이놈의 근육통을 완화시킬 수 있을지에 대한 생각으로 머릿속이 꽉 찼다. 소파에 누워 어이구, 어이고, 신음을 흘리고 있는데 문이 열리고 승호가 들어왔다. 그리고 그 뒤를 따라 승호보다 훨씬 큰 키의 남자가 들어왔다.

볼에서 목까지 사선으로 찍혀 있는 낙인 같은 흉터. 그러나 그 흉터로도 감출 수 없는 반듯하고 강렬한 외모.

눈을 뗄 수가 없었다.

오래전에 그는 저런 염세적인 표정을 짓는 남자가 아니었다. 그는 언제나 브라운관 안에서 자신만만한 생명력을 내뿜었다. 하지만 지금은 언제 죽어도 괜찮다는 표정으로 넓은 거실 한복판에 서 있다.

그의 강한 존재감에 승호가 가려졌다. 넓은 거실에 그와 단둘이 남은 것 같은 기분을 느꼈다.

"루나."

"네, 넷?"

바짝 긴장해 근육통을 잊었다. 연희의 긴장한 모습을 본 승호가 피식 웃었다.

"나랑 있을 때와는 딴판이군. 권강우 씨 팬이었나?"

"아, 뭐…… 안녕하세요."

연희는 승호의 말을 무시하고 강우에게 꾸벅 인사를 했다.

"그래, 내가 앞으로 널 매니징하게 될 권강우야. 잘 부탁한다."

"네에……."

소파에 앉았다. 승호는 자연스럽게 연희의 옆자리를 차지했다. 연희는 승호와의 거리가 너무 가깝다는 걸 깨닫고는 엉덩이를 슬쩍 움직여 반대쪽으로 자리를 옮겼다.

"모델 쪽엔 관심이 없었다고 들었는데……."

"네에, 뭐…… 그렇죠. 기회도 없었고……."

변명처럼 말하는 연희를 보며 승호가 미간을 좁혔다. A형일 게 분명한 이 남자는 분명 '내 앞에선 바락바락 대드는 주제에!' 따위의 생각을 하고 있을 테지만, 연희는 무시했다.

"나이 스물에 모델 기초부터 들어가려면 많이 힘들 텐데, 잘 견딜 수 있겠어?"

"그럼요! 잘 견딜 수 있지요!"

"아주 고분고분하시군."

승호는 결국 입 밖으로 불만을 내뱉었다.

아, 진짜 쿨하지 못하다니까.

연희는 승호를 한 번 노려보고는 다시 강우 쪽으로 시선을 옮겼다. 강우의 볼에 있는 짙은 흉터에서 눈을 뗄 수가 없었다. 실례라는 것은 알지만, 검붉은 흉터가 자꾸만 시선을 잡아챘다.

그만 봐야 돼.

속으로 명령했지만 눈동자가 움직이지 않았다.

그만 봐, 김연희!

"징그럽지?"

강우가 씁쓸하게 웃으며 자기 흉터를 쓱 문질렀다. 아니라고 말하고 싶은데 입이 움직이지 않았다.

"사고를 당했었어."

"아……."

알아요, 라는 말을 하지 못했다.

오해받을 거야. 남의 상처를 뚫어져라 쳐다보는, 남의 마음 헤아리지 못하는 멍청한 계집애라고 생각할 거야.

울고 싶어졌다.

승호 앞에서는 잘 나오던 말이 이 순간에는 왜 나오지 않는 것인지.

"계약 기간 동안 연애 금지라고 했을 텐데."

승호의 나직한 음성이 경고하듯 들려왔다. 연희는 고개를 돌려 승호를 바라봤다.

"스타를 직접 만나니 새삼 반하게 된 건가?"

"……."

"관두는 게 좋아. 권강우 씨는 내가 아끼는 사람이지만, 그렇다고 해서 연애를 해도 괜찮다는 건 아니니까."

심장이 쿵, 내려앉았다. 어젯밤 승호의 섹스 자유 망언을 들은 후, 승호를 향해 품었던 조심스러운 감정이 사라졌을 거라고 생각했는데 아니었나보다. 어쩌면 사라졌다가 다시 생겨난 건지도 모르겠다.

강우의 얼굴에는 진한 흉터가 있다. 강우를 빤히 쳐다보면 누구라도 그 흉터를 보는 거라고 생각할 것이다. 강우 본인도 그렇게 생각했으니까.

그러나 승호만은 달랐다. 승호에게 있어서 강우의 흉터는 얼굴에 있는 점만큼이나 특이할 것이 없었다. 승호는 강우라는 사람, 그 자체를 보고 있었다. 연희의 시선이 강우에게서 떨어질 줄 모르는 것을 '연애 감정' 때문이라고 오해했다는 게 바로 그 증거였다.

역시 이 남자가 좋아.

"뭘 그렇게 봐?"

승호가 인상을 찌푸렸다.

"대표님은 의외로…… 좋은 사람일지도 모른다는 생각을 했어요."

"의외로? 뭐, 좋아. 좋은 사람이라고 봐준다니 감사할 일이지만 나라고 해서 괜찮은 건 아냐."

"뭐가요?"

"연애 금지라는 건, 나 역시 포함된 거라고."

"저기요, 대표님. 저, 대표님한테 그런 감정 안 갖고 있거든요."

"그래? 그거 다행이군. 그럼 그 시선 좀 거두지?"

"안 그래도 거두려고 했네요."

연희는 승호 보란 듯이 고개를 팩 돌려 정원 쪽을 향해 외쳤다.

"꺼져! 좀 꺼지라고!"

"……."

두 남자의 얼굴에 동시에 다른 표정이 떠올랐다. 승호의 곱상한 얼굴엔 체념이, 강우의 강렬한 얼굴엔 경악이.

강우는 도대체 연희가 왜 저러는 건지 알 수 없었다. 승호의 눈을 똑바로 쳐다보며 따박따박 자기 할 말을 다 하더니, 갑자기 정원을 향해 "꺼져!"라고 외치는 모습은 흡사 미치광이 같았다.

'문승호…… 취향 특이하다 싶긴 했는데, 설마…… 미치광이인 면에 반한 거냐?'

그때, 연희가 고개를 돌려 승호를 보더니 빙그레 웃으며 말했다.

"어머, 정원에 불이 안 켜져 있었네요."

"……그것 좀 그만하지?"

"워낙 가난하게 살아서 절약이 습관화됐거든요. 혹시 불 켜져 있으면 어떡해요. 전기세 낭비하는 건데."

"……."

그제야 강우는 상황을 판단할 수 있었다. 승호네 정원 가로등은 "불."이라고 말하면 켜지게 되어 있다. "꺼져."라는 말로 불이 꺼지는 건 아니고 센서가 인기척을 느끼지 못하면 알아서 꺼지게 되어 있다. 그런데 눈앞에 앉아 있는 이 앳된 얼굴의 소녀는…….

웃음이 터져 나올 뻔했다. 5년 전의 교통사고 이후로 처음 찾아온 유쾌함에 본인이 더 놀랐다. 당장이라도 웃을 듯 움직이는 안면 근육을 갈무리하고 흠흠, 헛기침을 했다.

"그럼 권강우 씨, 루나를 잘 부탁합니다. SS 쇼에 세울 계획이니, 그 일정에 맞춰서 다듬어주시면 감사하겠습니다."

갑작스럽게 주제를 바꾸면서도 승호는 무표정했다. 조금 전 연희에게 "꺼져!"라는 말을 들었다는 기색조차 찾아볼 수 없었다.

"SS? 내년을 말하는 거겠지?"

"아뇨. 올해를 말하는 겁니다."

"제정신이 아니군. 루나는 생초짜야! 그건 네가 더 잘 알 텐데?"

"압니다. 그리고 권강우 씨가 그걸 가능하게 할 수 있다는 것도 알죠. 그럼 부탁드리겠습니다."

"이봐, 문승호!"

승호는 강우의 절박한 부름을 무시하고 그대로 나가버렸다.

"미치겠군."

강우가 미간을 문질렀다. 상황이 안 좋게 흘러가는 것 같아 눈치를 보던 연희가 조심스레 입을 열었다.

"저, 강우 님."

강우가 고개를 돌렸다.

"SS가 뭐예요?"

"……."

아이고, 두야.

강우는 울고 싶어졌다. S/S라는 용어조차 모르는 초짜를 3개월 안에 무대에 설 수 있게 만들어야 되다니. 그건 살아 있는 전설에게도 불가능한 일이다.

"보통 큰 패션쇼는 일 년에 두 번 열리지 춘추복, 그리고 추동복. SS는 Spring Summer의 이니셜이고, FW는 Fall Winter의 이니셜이야."

"그럼 이제 봄이 막 시작됐는데……."

"백화점 안 가봤어?"

"가봤죠, 당연히."

"봄 상품이 언제 나오는지 알아?"

"그야 당연히 봄에……."

"백화점에 봄 상품이 진열되는 건 12월부터야. 추워서 다들 꽁꽁 싸매고 다닐 때 봄 신상품이 진열이 되지."

그러고 보니, 반 애들이 백화점 갔다 오면 벌써 봄 상품이 나왔다고 놀라워하던 기억이 있다.

"FW는 4월쯤에, SS는 7월쯤에 여는 게 보통이야."

"그렇다는 건……."

"그래, 지금이 3월 중순. 네 무자비한 대표님은 널 4개월 내에 그럴듯한 모델로 만들어내라는 요구를 하고 있는 거야."

"말도 안 돼!"

연희가 벌떡 일어나며 외쳤다. 강우가 동의한다는 듯 고개를 끄덕였다.

"어떻게 그래요? 저 진짜 아무것도 몰라요."

"그래, 모르는 것 같네."

"4개월 안에…… 모델이 될 수 있겠어요? 모델이 그렇게 쉬운 거 아니잖아요."

"응, 쉬운 거 아니지."

"제가 4개월 만에 모델이 된다면, 이 세상에 모델 못 할 사람이 어디 있겠어요?"

강우가 허리를 약간 구부리고 앉은 자세로 고개만 들어 연희를 올려다봤다. 진지하고 검은 눈동자가 연희를 아래위로 천천히 훑었다. 거리에서 흔히 보는 중년 아저씨들의 기분 나쁜 시선과는 달랐다.

"승호가 널 보석이라고 했다면, 그건 이유가 있겠지."

"그 말을…… 강우 님한테도 했어요?"

"그래, 그놈은 자기 마음에 품고 있는 말, 안 감춰."

"그런 것 같더라구요. 너무 안 감춰서 탈이죠. 어젠 저한테 뭐라고 했는지 아세요?"

"뭐라고 했는데?"

"전 예쁘게 생겼는데 코만 못생겼으니 코 성형 비용 자기가 대주겠대요."

"……그래서 넌 뭐라고 했는데?"

"그 빌어먹을 얼굴 수술하는 데나 쓰라고 했죠."

"……정말?"

"네. 열받잖아요. 내 코, 우리 아빠 닮은 콘데…… 못생긴 건 알지만, 그렇다고 성형 운운하면 진짜 기분 나쁘잖아요."

"하아……?"

또 웃음을 터뜨릴 뻔했다.

"문승호가 왜 네 말버릇을 고치라고 했는지 알겠네."

"그런 말까지 했어요? 우와, 우리 대표님 안 그렇게 생겼는데 되게 입 가벼우시다. 아주 팔랑팔랑이네요."

"그래도 문승호는 보는 눈이 있는 놈이야. 다른 소속사에서 어울리지도 않는 가수로, 연기자로 썩고 있는 놈들 데려다가 파격적으로 변신시켜 브라운관에 내놓지. 그놈 덕분에 인생 바뀐 녀석들 꽤 많을 거다. 나도 그중 한 명이고."

"강우 님도…… 대표님한테 빚을 지셨군요."

"그래, 내가 30년을 살면서 배운 게 있다면, 문승호에게는 빚을

지면 안 된다는 거다."

"맞아요. 전 20년 살았지만, 배운 것 같아요."

"빨리 배워서 다행이군. 계약 기간이 5년이라고 했지?"

"네."

"계약금은?"

"일억이요."

"그래?"

강우는 속으로 휘파람을 불었다.

노예 계약이라는 말이 어울릴 만큼 소속사들은 연예인들에게 불리한 조건을 내걸었다. MS가 소속 연예인들에게 대우를 잘해주는 편이기는 하지만 이 정도까지는 아니었다. 5년에 1억. 1년에 2천만 원꼴이니, 이쪽 사정을 모르는 사람들은 조건이 나쁘다고 말할지도 모르겠지만 강우가 보기엔 파격적인 대우였다. 연습 경험도 없는 생초짜에게 1억의 계약금을 주다니.

"일시불이었어?"

"네. 그날 바로 통장에 입금이 돼 있더라구요."

"파기할 시에 위약금은?"

"다섯 배."

"그럼 5억이군."

"네."

강우는 손가락으로 턱을 톡톡 두드리며 잠시 생각한 끝에 말했다.

"내가 5억 줄까?"

"강우 님, 저에 대해서 좀 오해를 하신 것 같은데요. 저 그렇게 막 여기저기 돈 빌리고 다니는 애는 아니에요."

"아, 내 말을 오해하는 것 같은데 빌려준다는 게 아니야."

"네?"

"줄게, 5억."

이분이 무슨 말씀을 하시는 걸까?

연희는 강우의 입술을 물끄러미 응시했다. 오래전 수많은 여성을 울렸던 붉은 입술이 부드럽게 움직이며 믿을 수 없는 말을 만들어 냈다.

"넌 1억이 필요해서 문승호와 계약을 했지? 난 이 일을 하고 싶지 않아. 너에게 5억을 주지. 돌려받을 생각은 없어. 문승호한테서 벗어날 수 있다면 5억 정도는 아무것도 아니니까. 넌 그 돈으로 위약금을 물고, 문승호한테 받은 1억을 네가 쓸 곳에 쓰면 되는 거야. 어때?"

"제안은 정말 감사합니다."

연희는 생각할 것도 없이 말했다. 강우가 미간을 좁혔다.

"제안은 감사하다고? 거절하려는 거야?"

"네."

"왜? 나쁜 제안 아닌 것 같은데. 난 문승호처럼 계약서를 만들어서 우리 사이에 연결 고리를 만들 생각도 없어. 내가 너에게 오억을 주고, 네가 그 돈을 승호에게 줘서 계약 관계를 끝내면 너랑 내 관계도 거기서 끝이 나는 거야."

"강우 님께는 정말 죄송해요. 하지만 그 제안을 받아들일 수는 없어요."

"어째서?"

"어째서…… 라고 물으신다면, 글쎄요. 전 모델이 되고 싶어요."

"모델이 되고 싶다고? 이봐, 문승호가 어떤 식으로 말했는지는 모르겠지만 모델의 세계는 네가 생각하는 것처럼 화려하진 않아."

"알고 있어요. 어떤 세계든, 화려한 세계는 없다는 거."

"아는데 그래? 넌 20살이야. 모델 생활을 위한 기초 체력조차 없는 20살. 이제 와서 시작해봐야 비난만 듣고 물러나야 할지도 몰라. 요새 사람들이 평가에 얼마나 가혹한지 몰라?"

"그래도 전 모델이 될 거예요."

강우는 짜증이 치밀었다.

승호에게 당당하게 맞서는 모습을 봤을 때 생겼던 호감이 싹 사라졌다. 자기 주제도 모르고 큰 것을 바라는 인종은 딱 질색이다.

"도대체 왜 모델이 되고 싶은데?"

얼굴에 드러나려는 감정을 꾹 누르며 강우가 애써 부드럽게 물었다.

"돈을 많이 벌고 싶어요."

연희의 대답은 그야말로 형편없었다.

"돈을 벌고 싶다고? 단순히 그 이유야?"

"네."

강우의 얼굴에 경멸의 표정이 떠올랐지만, 연희는 아랑곳하지 않았다.

"전 돈을 많이 벌어서, 이런 집을 사고 싶어요. 옷도 사고 싶고, 맛있는 것도 사 먹고 싶어요. 그래서 최고의 모델이 되고 싶어요."

"그래? 단지 집 사고, 옷 사고 싶어서 최고의 모델이 되고 싶다는 말이지?"

"그럼 다른 이유가 필요한가요?"

강우의 앞에서 이상할 정도로 긴장을 하던 소녀는 사라지고 없었다. 연희는 강우를 똑바로 응시하고 말했다.

"아름다운 옷을 세계만방에 알리고 싶어서, 무대 위를 동경해서, 그런 추상적인 대답을 듣고 싶으셨던 거예요? 그럼 세상에 돈 벌 사람 없겠네요. 의사는 아픈 사람을 고쳐주고 싶어서 된 거니까 무료로 고쳐주면 될 거고, 식당 주인은 배고픈 사람 먹여주면 되는 거고, 디자이너들은 더 많은 사람들에게 자기 옷을 입혀주면 되는 거잖아요. 그런데 사람들은 자기가 일한 대가로 돈을 벌죠. 제가 최고의 모델이 되어서 돈을 벌고 싶다는 게, 그렇게 잘못된 거예요? 전 돈을 많이 벌기 위해서라면, 무슨 일이든 다 할 수 있어요. 이게 무슨 뜻인지 아세요?"

"……"

"이런 집을 쉽게 사기 위해서 최고의 모델이 되어야 한다는 필수 불가결의 조건이 붙는다면, 전 그 최고의 모델이라는 것도 되어줄 수 있다는 뜻이에요."

반박할 말을 찾을 수가 없었다.

만약 연희가 무대 위를 동경해서, 혹은 옷을 입고 무대를 거닐며 사람들에게 옷의 아름다움을 알리기 위해서라고 대답했다면, 그건 그것대로 가식적으로 느껴졌을 것이다.

게다가 방금 연희는 빛났다.

이상한 일이었다.

젖살이 빠지지 않은 앳된 얼굴, 고양이 같은 요염한 눈매와 약간은 낮은 코, 도톰한 입술. 특별할 거라고는 전혀 없는 그녀의 얼굴이 무섭도록 빛이 나서, 이대로 하늘로 올라가 별이 되어버릴지도 모른다는 바보 같은 생각까지 했다.

"강우 님이 절 매니징인지 뭔지…… 그거 안 하고 싶으시다면 제가 대표님께 말씀드려서 다른 분으로 바꿔달라고 할게요."

강우는 연희에게서 눈을 뗄 수 없었다.

"아니……."

자신의 목소리 같지 않은 갈라진 목소리가 흘러나왔다.

"아니, 그러지 않아도 돼."

침을 꿀꺽 삼켰다.

열 살도 넘게 차이 나는, 한참 어린 소녀의 기세에 눌렸다.

강우는 승호의 눈썰미를 믿어보기로 했다.

어제 강우의 집에 찾아온 승호는 인사를 마치자마자 말했다.

―제가 보석을 찾았습니다. 그 애는 모든 무대 위에서 가장 화려

하게 빛날 거예요.

강우는 천천히 일어나 연희를 내려다봤다.

"널 매니징해줄게."

"정말요?"

"그래, 정말."

"괜찮으시겠어요?"

"괜찮지 않아 보여?"

"네, 괜찮지 않아 보여요. 절 키워주기 싫은 이유도…… 알 것 같구요."

이 애도 알고 있구나.

당연했다. 강우와 함께 차에 타고 있다가 사고에 휘말려 목숨을 잃은 그녀가 강우의 소중한 사람이라는 건, 한참 뉴스거리였으니까.

"문승호가 그러더라. 죽은 사람은 죽은 사람이고, 산 사람은 산 사람이라고."

연희의 눈꼬리가 올라갔다.

"아니, 뭐, 그 아저씨는…… 아니, 대표님은 뭐 말을 그렇게 한대요?"

"틀린 말은 아니잖아."

"아뇨, 틀린 말이에요!"

연희가 손을 들어 올렸다. 영문도 모르고 맞게 생겼다고 생각했는데, 길고 가느다란 손은 강우의 얼굴이 아닌 가슴 위에 내려앉았다.

"죽은 사람은 여기 있어요. 산 사람은 죽은 사람을 여기에 묻고 살아가는 거예요. 그러니까 둘을 떨어뜨려서 생각하는 건 말도 안 돼요!"

"……."

"아니에요?"

연희의 고양이 같은 눈에 눈물이 그렁그렁 맺혔다. 맹랑한 아가씨라고만 생각했던 연희가 갑자기 눈물을 글썽이자, 강우는 말할 수 없이 난감해졌다.

"강우 님 여기엔…… 그분이 없어요?"

연희의 손은 뜨겁지 않은데, 이상하게 가슴 부근이 뜨거워졌다. 아플 만큼 뜨거워서 강우는 원치 않았던 괴로운 신음을 토해냈다.

어린 소녀 앞에서 바보처럼 고통을 토해냈다는 창피함에 연희에게서 시선을 떼려 했지만 쉽지 않았다. 매혹적인 눈동자가 강우를 붙들고 놔주지 않았다.

강우의 얼굴이 본인도 어쩔 수 없을 만큼 형편없이 일그러졌다. 강우는 천천히 손을 올려 연희의 손등에 겹쳤다.

"여기……."

쥐어짜듯 목소리를 냈다.

"있어……."

연희가 미소를 지었다. 스무 살답지 않게 슬픔이 가득 담긴 미소였다.

"그것 봐요. 같이 있잖아요."

❋ ❋ ❋

"자기, 요새 영업 뛰어?"

희수의 곱게 다듬은 눈썹이 역팔자로 휘었다.

"영업? 그럴 리가 있겠습니까?"

게이도 아니면서 게이 같은 말투를 쓰는 희수가 체질적으로 안 맞았지만 S/S 시즌 S.F.A.A.(Seoul Fashion Association ; 국내 디자이너 쇼)의 자리를 따내기 위해선 참아주는 수밖에 없었다.

"그런데 왜 직접 나서서 자리를 구해? 원래 자기는 그런 거 직접 안 하잖아?"

"좀 떨어져서 앉으면 안 되겠습니까?"

승호의 참을성은 딱 거기까지였다.

"어머, 왜 그래? 근육 있는 남자 몸을 만져보고 싶은 건 모든 남자의 로망이라구."

"그럴 리가 있겠습니까? 근육 많은 사내놈 몸을 만져서 좋을 게 뭐가 있습니까? 주희수 씨, 진짜 게이 아닙니까?"

"아니라니까? 난 여자가 좋아. 가슴 큰 여자."

"그럼 제발 좀 떨어져서 앉으시지요. 전 가슴 없습니다."

"가슴이랑 근육은 별개지. 자기는 진짜 아까워. 키만 좀 더 컸으면 딱 모델 감인데. 얼굴도 작고 다리도 길고……. 어째서 백팔십을 못 넘은 거야?"

"그건 제 유전자에게 물어보시지요."

"아, 정말 아까워, 아까워."

희수는 만날 때마다 똑같은 소리를 해댔다. 이 잘난 외모를 건드릴 수 없는 희수의 마음을 모르는 건 아니지만, 칭찬도 한두 번이지, 계속 듣다보니 이젠 지겹다.

"아무튼 아까 하던 얘기로 돌아가서…… 이번 SFAA 때, 피날레 모델 생각해둔 사람 있으십니까?"

"추천해주게?"

"네."

"누군데? 음…… 난 요새 자기네 회사 한경인인가? 걔가 마음에 들던데."

"걘 브라운관용입니다. 쇼에는 안 어울려요."

"자기가 그렇다면 그런 거겠지. 한경인이 아니면 누군데?"

"비밀입니다."

"뭐어?"

희수가 눈을 동그랗게 떴다. 아이라인을 그린 자그마한 눈이 신경질적으로 치켜 올라갔다.

"자기, 지금 나랑 장난해? 난 자기가 좋지만 그래도 바쁜 사람이야. 일 얘기 가지고 장난치는 거, 난 싫어."

"장난치는 거 아닙니다."

"그럼 뭔데? 누구야?"

승호는 솔직하게 말해야 할지 잠깐 고민했다. 결론은 쉽게 나왔다.

주희수는 게이 같은 사내지만 국내에선 다섯 손가락 안에 드는 디자이너였다. 최고의 위치에 선 디자이너들이 대부분 그렇듯 희수 또한 자기 무대에 대한 자부심과 고집이 대단했다. 희수가 아무리 승호를 특별히 대한다 한들, 무대에 있어서만큼은 자기 고집을 꺾지 않을 게 분명했다.

"쉽게 말씀드릴 수는 없죠. 비장의 카드인데."

"비장의 카드? 뭐야, 자기가 그렇게 말하니까 진짜 궁금하잖아. 내가 아는 애야?"

"피날레를 약속해주신다면 데리고 찾아뵙겠습니다."

"흐음……."

희수가 눈을 가늘게 뜨고 승호의 얼굴을 쏘아봤다. 여태껏 승호의 허벅지 위에 놓여 있던 손을 거둔 희수가 팔짱을 끼고 말했다.

"자기, 설마 그 애, 신인 모델인 건 아니겠지?"

"왜 그렇게 생각하십니까?"

"그런 생각이 드네. 자기는 이쪽 세계의 조조잖아. 아무리 봐도 날 상대로 사기 치려는 것 같은데."

"사기요? 아니, 제가 주 디자이너님한테서 **뺏을** 게 뭐가 있다고요?"

"내 무대 피날레."

"대신에 전 제 비장의 카드를 드리지 않습니까?"

"그게 진짜 비장의 카드일지 알 게 뭐야? 내 생각엔 자기가 듣도 보도 못한 신인 모델 한 명을 내 무대에 세워서 이슈가 되게 하려는 것 같은데…… 맞지?"

눈치 빠른 놈.

승호는 속으로 혀를 찼지만, 얼굴엔 아무 표정도 드러내지 않았다.

"뭐, 그렇게 생각하신다면 저도 어쩔 수 없지요."

"뭐야, 대답이 왜 그래? 신인 맞지?"

"말씀드렸잖습니까, 비장의 카드라고. 전 피날레를 약속하는 디자이너에게 제 카드를 내보일 생각입니다. 그럼 이만 일어나보겠습니다."

승호가 일어났다. 희수는 승호를 잡지 않았다.

승호는 테이블을 빙글 돌아, 미련 따위 전혀 없다는 듯 당차게 입구로 향했다. 희수는 그런 승호의 뒷모습을 한참 동안 지켜봤다. 승호는 망설임 없이 문을 잡았다.

"잠깐!"

결국 희수가 졌다.

"좋아, 내가 졌어. 자기가 말한 그 애, 데리고 와봐."

"피날레, 약속해주시는 겁니까?"

"계약서라도 써줄게. 자기 계약서 좋아하잖아."

"당연히 써주셔야지요. 당연한 수순 아니겠습니까?"

"좋아. 자기가 해달라는 거 다 해줄게. 하지만 자기, 나 이 일 장난으로 하는 거 아냐."

희수가 매서운 눈으로 승호를 노려봤다.

"자기가 데리고 온 그 애가 별 볼 일 없는 애라도 난 그 애를 피날레에 세울 걸 약속해. 하지만 그걸로 끝나진 않을 거야. 내 모든 인맥을 동원해서 MS의 모델들이 이쪽에 발 못 들여놓게 만들어주겠어."

"그런 걱정은 안 하셔도 됩니다. 저도 이 일을 장난으로 하는 건 아니니까요. 조만간 데리고 찾아뵙겠습니다."

제6장

강우는 더없이 신중한 표정으로 옷을 골랐다. 연희의 눈엔 그런 강우가, 마트에서 싱싱한 생선을 고르기 위해 눈을 빛내는 아주머니처럼 보였다.

"전 이 옷도 괜찮은데."

"내가 안 괜찮아."

"강우 님, 제가 창피해요?"

"지금 그 모습은."

"운동하러 가는 건데 뭘 그렇게까지 그래요?"

"당연하잖아. 넌 문승호의 보석이야."

문승호의 보석.

대수롭지 않게 들어 넘겼던 말이 강우의 입에서 나오는 순간, 당혹스러울 만큼 의미가 커졌다. 심장 위에 무거운 돌 하나가 쿵, 하고 얹어진 기분이다.

"문승호의 보석은 마당에 나갈 때도 빛나야 돼."

강우의 목소리엔 무게감이 있었다. 승호의 나직한 음성과는 또 다른 느낌의 무게감. 아픔을 경험한 사람에게서, 조금 더 오래 산 사람에게서 나오는, 인생의 향기가 짙은 무게감이 강우의 말에 힘을 실어줬다.

대꾸할 말이 없어 입술을 살짝 깨물고 강우가 옷을 고르기만을 기다렸다. 강우는 골드 라인이 들어간 검은색 트레이닝복 바지와 몸에 달라붙는 분홍색 긴팔 셔츠, 검은색 카디건을 골라서 내밀었다.

신발 고르는 데도 시간이 오래 걸리는 건 마찬가지였다. 슬리퍼와 운동화 중에서 한참 고민하던 강우가 결국 진분홍색 운동화를 선택했다.

"어렵네요."

신발을 신으며 중얼거린 말에 강우가 무슨 말이냐는 표정을 지었다.

"밖에 나가는 거, 참 어려워요."

"익숙해질 거야. 내가 어떤 식으로 선택하는지를 잘 봐. 그리고 앞으로는 네가 골라야 돼."

"전 그냥 다 거기서 거기로 보이는데."

"거기서 거기로 보이면 안 되는 거야."

강우가 딱 잘라 말했다.

"연예인 공항 패션이라는 걸 본 적 있을 거야. 아이돌들이 공항에 뜨면 그게 이슈가 되니까. 걔네들, 대충 입는 것처럼 보이겠지만 전혀 그렇지 않아. 며칠 전부터 뭘 입을지, 어떻게 해야 대충 차려 입은 것처럼 보이면서도 눈에 띌지 고민을 해. 그렇게 며칠 걸려서 고르고 고른, 가장 자연스러우면서도 가장 돋보이는 옷이 바로 공항 패션이야."

억, 소리가 나오게 복잡했다.

"거리 패션도 마찬가지야. 생얼에 추리닝 차림이라고 대충 하고 나온 것처럼 보여? 절대 아니야. 비비 크림과 아이라인, 립글로즈는 필수."

"그건 그냥 화장을 한 거잖아요."

"하지만 연예인들에게 그건 생얼이나 마찬가지야. 추리닝도 오랫동안 골라서 입은 거고."

"어렵네요……."

"그래, 어렵지. 걘 꾸몄는데 그 정도지만, 난 안 꾸며도 이만큼 예뻐. 그걸 보여줘야 하는 거니까."

"하지만 진짜 안 꾸미면 예쁘지 않으니까, 사실은 꾸며야 하는 거고?"

"그래."

머리가 지끈지끈 아팠다.

속는 걸 싫어하는 만큼 속이는 것 역시 싫어한다.

가식을 떨고 생얼인 척 속이는 거, 연예인 사이에만 있는 일은 아니다. 연희의 친구들은 일반 고등학생이면서도 늘 견제했다. 비비 하나 안 바른 척, 다이어트 안 하는 척, 많이 먹어도 살 안 찌는 척.

연희는 그런 행동들이 아주 피곤하게 느껴졌다. 생얼이 예쁜 아이네, 먹어도 안 찌는 아이네. 그런 평가를 받는 것이 왜 좋아해야 할 일인지도 모르겠고, 노력하면서까지 받고 싶은 생각도 없었다.

그런데 이젠 그 싫은 짓을 일상생활처럼 해야 한다. 생각만 해도 숨이 턱턱 막힌다.

이십 년 동안 살아온 생활을 바꾸기 위해 마음의 준비를 할 시간 은 주어지지 않았다. 일단 몸으로 부딪치고 180도 변화된 삶을 살 아야 한다.

'생각해보면……'

저 멀리 보이는 커다란 휘트니스 센터 건물을 보며 눈을 감았다.

'엄마, 아빠 돌아가셨을 때도 갑작스러운 변화였잖아. 할 수 있을 거야. 좋은 집 사야지.'

천천히 고개를 돌려, 운전을 하는 강우의 옆모습을 응시했다. 연 희가 앉은 쪽에서는 흉터가 전혀 보이지 않았다.

몇 년 전, 어느 이름 없는 프로그램. 보는 이 별로 없는 그 프로 그램에 나온 강우는, 이제 완전히 재기하신 거냐는 사회자의 질문에 슬픔이 뚝뚝 떨어지는 미소를 지으며 대답했었다.

"살아가야지요. 이렇게 살아버렸으니까요."

별로 살아가고 싶지 않은 듯한 자조적인 음성. 죽어야만 하는데 혼자 살아버린 것에 대한 절망과 한심함. 모든 마이너스 감정이 슬픔과 범벅된 강우의 눈을 보며 연희는 생각했었다.

아, 저 사람을 웃게 해주고 싶어. 태양 같았던 그때처럼.

실제로 본 강우는 TV에서 봤을 때보다 훨씬 더 무겁고 슬퍼서, 연희는 이 사람이 진심으로 웃게 되었으면 좋겠다고 간절히 소망했다.

"만약 제가 모델이 된다면…… 그러니까…… 음, 그럴듯한 모델이 된다면…… 강우 님은 웃게 될까요?"

주차를 하던 강우가 무슨 말이냐는 듯 연희를 쳐다봤다.

"난 지금도 웃고 있는데?"

"지금처럼 말구요."

"지금처럼 말고?"

"태양처럼."

"태양? 그건 무리야."

"아니에요. 강우 님이 모델로 활동할 때는, 정말 태양 같았는걸요."

"그랬나?"

강우가 차 키를 뽑았다.

"웃는 건 문제가 아니지. 내가 만족할 만한 모델이 된다면."

"강우 님이 만족할 만한 모델은 어느 정도 위치에 있어야 하는데요?"

"글쎄……."

위치를 가늠하듯 잠시 정면을 응시하던 강우가 자신의 손을 자기 머리보다 높은 곳까지 끌어 올리며 말했다.

"한…… 이만큼?"

* * *

강우는 조수석에서 깊이 잠든 연희를 물끄러미 응시했다. 성격 좋은 여자지만, MS 소속사 연예인들의 트레이닝만큼은 가혹하게 시키는 미쉘이다. 승호가 자기 '보석'이라고 표현한 연희를 어떻게 굴렸을지는 안 봐도 뻔하다.

모델계에서 스물이라는 나이는 결코 적은 나이가 아니다. 아니, 오히려 늙었다는 말을 듣는 축에 속한다. 스물에 모델을 처음 시작하는 생초짜를 맡았으니, 미쉘도 속이 바싹바싹 탈 거다. 몸을 유연하게 만들고 체력을 키워주는 걸 동시에 해야 한다.

4개월로는 택도 없다. 시간을 초 단위로 끊어서 사용해도 부족하다.

하지만 연희를 깨울 수가 없었다. 새근새근, 고른 숨소리를 내며 자는 연희가 사랑스럽다기보다는 안쓰러웠다.

깨어 있을 때는 밝은 표정이라서 몰랐는데, 무방비 상태가 되자 마음이 드러난다.

연희는 온 얼굴로 울고 있었다.

슬픔과 괴로움이 자그마한 얼굴 가득 짓이겨졌다. 반듯했던 미간에 깊은 주름이 생겼다. 연희와는 어울리지 않는 주름이다.

차마 깨우지 못하고 연희에게서 눈을 뗐다. 창문 밖으로 보이는 새파란 하늘이 봄을 머금고 찬란하게 빛났다. 그녀가 죽은 날도 이런 하늘이었다. 5년이나 지났건만, 그때를 떠올릴 때마다 스며 나오는 고통은 조금도 무뎌지지 않았다.

이를 악물고 눈을 감았다. 10분 정도는 자게 해줘도 괜찮겠지.

똑똑.

눈을 감자마자 누군가 창문을 두드렸다.

"뭐 하십니까?"

승호가 허리를 굽히고 차 안을 들여다보고 있었다. 강우를 향한 시선이 연희에게로 옮겨졌다.

"연애하십니까?"

강우는 미간을 좁히고 창문을 내렸다.

"넌 생각이 그쪽으로만 돌아가냐?"

"걱정이 돼서 그럽니다, 걱정. 저 철부지 아가씨가 혹시라도 과거의 스타에게 헤픈 마음을 품을까봐요."

"철부지 아가씨가 하자 있는 놈을 좋아할 리가 없지."

"하자 있는 놈? 누굴 말씀하시는 겁니까? 전 지금 권강우 씨 이야기를 하고 있는 겁니다."

이놈이 진심인가, 싶은 마음으로 자기 얼굴의 흉터를 가리켰다. 승호는 생전 처음 강우의 흉터를 본 사람처럼 갸름한 눈을 크게 떴다가 곧 빙그레 웃었다.

"뭡니까, 그게?"

"하자 있는 놈."

"재미있네요. 그거 모르십니까?"

전혀 재미있지 않다는 표정으로 승호가 하늘을 가리켰다. 비행기라도 지나가나 싶어 창문 밖을 내다봤지만, 보이는 건 시리도록 파란 하늘뿐이다.

"태양에 흑점이 있다고 빛나지 않는 건 아닙니다."

하늘을, 아니, 태양을 가리키던 승호의 손가락이 강우의 흉터로 향했다. 강우는 승호의 손가락을 잡았다.

"장난치지 마."

"장난이라니요. 모르시겠습니까? 저에게 권강우 씨는 여전히 태양입니다."

"태양이라는 사람을 이렇게 대해?"

"아니, 제가 뭘 어쨌다고 그러십니까? 존경해드리고 있지 않습니까, 존경! 얼른 루나나 깨우세요."

존경한다는 놈 말투가 명령조였지만, 강우는 따지지 않았다.

"아빠……."

희미하게 들려오는 연희의 음성에 강우는 총 맞은 사람처럼 허리를 세웠다. 두 남자의 수다에도 깨지 않던 연희가 눈물을 흘리고 있었다. 감긴 눈에서 흐르는 눈물이 볼을 타고 목을 적셨다.

깨워야 하나, 아니면 이대로 놔둬야 하나.

망설이고 있는데 승호가 차갑게 말했다.

"뭐하십니까? 깨워서 들어오세요. 할 일이 많습니다."

차가운 놈.

어린 여자애가 자면서 눈물을 흘리는데도 눈 하나 깜빡이지 않는 승호의 태도에 혀를 내둘렀다.

"갑자기 생활이 바뀌어서 많이 힘들 거야. 십 분 정도는 쉬어도 되잖아."

"전 권강우 씨가 아주 칼 같은 사람인 줄 알았는데 말입니다."

"……."

"의외로 두부 같은 분이셨군요."

"두부?"

말릴 새도 없이 승호가 조수석으로 돌아가 문을 열었다.

"루나, 일어나!"

승호의 손이 연희의 가느다란 어깨를 거칠게 흔들었다. 연희가 으응, 신음을 흘리며 눈을 떴다. 손등으로 슥 눈가를 닦아내는 걸 보니, 자기가 울었다는 자각도 없는 것 같았다.

승호는 집에 들어가자마자 옷을 갈아입을 시간도 안 주고 TV를 틀었다. 거실 벽에 걸린 커다란 TV에선 패션쇼의 영상이 흘러나오고 있었다.

"주희수 쇼인가?"

잠이 덜 깨 멍하니 화면을 응시하는 연희 대신 강우가 물었다. 승호가 고개를 끄덕이며 연희의 옆에 앉아 다리를 꼬았다.

"네."

주희수 디자이너는 2, 30대 직장인 여성들을 위한 고급스러운 세미 정장 스타일을 고집했다. 평범한 검은 정장이 주희수의 손에 닿으면 놀랍도록 화려하고 세련되게 변했다. 주희수의 옷이 명품 저리가라 할 정도로 비싼데도 날개 돋은 듯 팔려나가는 데는 이유가 있었다. 점잖아 보이면서도 눈에 띄기를 바라는 여성들의 심리를 잘 파악한 것이다.

"루나, 잘 봐둬."

승호가 비몽사몽인 연희를 향해 말했다.

"이번 SS 때, 네가 저 쇼의 피날레를 장식할 거야."

"뭐?"

이번에도 연희 대신 강우가 놀랐다. 아무것도 모르는 연희는 무슨 일인가, 하는 멍한 표정을 짓고 있을 뿐이다.

"그거, 주희수랑 얘기된 거야?"

"물론입니다. 계약서도 작성했지요."

"주희수도 연희, 아니, 루나가 생초짜라는 거 알고 있나?"

"그걸 꼭 말해야 할 필요는 없지 않습니까?"

"하……!"

승호의 행동력에는 감탄할 수밖에 없다. 다섯 손가락 안에 드는 디자이너인 만큼 주희수가 모델을 고르는 안목은 까다로웠다. 그런 주희수를 구워삶아 생초짜인 연희를 무대에 서게 만들다니. 그것도 피날레에!

마침 영상 안에서 주희수 쇼의 피날레가 나오기 시작했다. 지난 시즌 피날레를 장식한 건, 모델이 아닌 배우였다. 최근 한류 열풍을 불러일으킨, 최고의 인기를 누리고 있는 배우.

그제야 사태의 심각성을 깨달은 연희가 멍하던 눈빛을 지우고 승호를 쳐다봤다.

"저거, 저게, 피날레라는 거죠?"

"그래."

"제가 저기 서게 될 거라고요?"

"음."

"사 개월 후에?"

"잘 아는군."

"무리예요."

"왜 그렇게 생각하지?"

승호가 천천히 고개를 돌려 연희를 응시했다. 가까이 앉아 있었기 때문에 승호의 높은 코끝이 연희의 코에 닿을 듯 가까워졌다.

"저걸 보세요."

연희가 화면을 가리켰지만 승호는 미동조차 하지 않았다. 검고 진한 눈동자는 늘 그렇듯 연희를 집어삼킬 것처럼 어둡게 빛났다.

"저걸 좀 보시라니까요?"

"열 번도 넘게 봤으니 새삼 볼 필요도 없어."

"제 얼굴은 새삼 볼 필요 있구요?"

"그래, 보석은 아무리 봐도 질리지 않거든. 너도 여자니까 알지 않나? 보석의 마력이라는 거."

이 사람은 대체…….

연희는 말문이 막혔다. 연인에게나 할 법한 다정한 말을 서리가 내릴 것처럼 차가운 표정으로 속삭이는 남자는 또 없을 거다. 계약서에 사인한 사이가 아니었더라면, 승호의 말을 오해했을지도 모르겠다.

"연애는 내가 아니라 네가 하는 것 같은데?"

강우도 비슷한 것을 느꼈는지, 퉁명스럽게 말했다. 승호는 흐응, 하고 웃으며 가볍게 대꾸했다.

"질투하십니까?"

"그럴 리가. 그리고 무리인 게 맞아. 주희수 쇼, 아무나 설 수 있는 자리가 아니야. 루나는 처음인데 저 무대는 너무 커. 루나가 그럴듯한 모델이 되고, 안 되고를 떠나서 큰 무대는 부담감을 주고, 부담감은 실수로 연결되지."

"실수를 안 하는 모델을 만들면 됩니다."

"그게 무리라니까. 인간이라면 실수를 하게 돼 있어!"

"뭐가 필요하십니까?"

드디어 승호가 연희에게서 강우에게로 시선을 옮겼다. 강우는 놀랐다. 승호의 눈 안에 지금껏 본 적 없는 강렬한 열망이 담겨 있었다. 승호는 많은 스타를 만들어냈지만 이런 눈빛을 보인 적은 없었다. 자신이 아는 승호가 아닌 것 같아 당황한 강우에게 승호가 말했다.

"루나를 완벽하게 만들기 위해 필요한 걸 말씀해주시지요."

기세에 밀렸다. 강우는 더 이상 따지지 않고 필요한 것을 말했다.

"루나는 영화를 봐야 돼."

"영화요? 어떤 장르면 좋겠습니까?"

승호는 왜냐고 묻지 않았다. 바로 장르를 묻는 승호에게서 강우를 향한 신뢰가 묻어 나왔다.

"모든 장르. 되도록 많이."

"알겠습니다. 내일까지 답드리겠습니다."

승호가 돌아간 후, 연희는 왜 영화를 많이 봐야 하는지에 대해 물었다.

"표정 연기를 해야 하거든."

"모델도 연기를 해야 돼요?"

"당연하지. 발가락이 부서질 것처럼 아파도, 눈물이 나게 힘들어도 웃어야 하는 무대에선 행복해서 죽을 것 같다는 듯이 웃어야 돼. 그걸 위해서 거울을 보고 매일 표정 연습을 해야 하고."

강우는 DVD 케이스에 있는 DVD 하나를 꺼내 플레이어에 넣었다. 어느 패션쇼의 화려한 현장이 중계되고 있었다. 연희는 아무 생각 없이 화면을 보다가, "아!" 하고 탄성을 내질렀다. 한 모델 때문이었다.

높은 힐을 신고 무대를 걷던 모델의 굽이 부러졌다. 하지만 그녀는 부러졌다는 것조차 깨닫지 못할 정도로 똑같이 무대를 걸었다. 굽이 없는 힐을 신은 발의 발꿈치를 들고서. 부러지는 순간조차, 모델은 당황하지 않았다. 무대를 한 번 돌고 나갈 때까지 그녀는 자신만만하고 화려했다.

"무대는 언제나 생방송이야. 실수를 해도 고칠 수가 없지. 무대 위에서 굽이 부러지는 것조차도 쇼의 일환이어야 되는 거야."

"어떻게 저러죠? 굽이 부러지는 줄도 몰랐어요."

"그래, 맞아."

강우가 연희를 응시했다.

"저게 바로 모델이야."

❋　❋　❋

인터넷을 뜨겁게 달군 기사를 보며 지태는 웃음을 터뜨렸다.

"으하하하하하! 뭐야, 문승호! 이거 진짜야?"

도저히 믿을 수가 없는 일이 벌어졌다.

MS 엔터테인먼트의 대표 문승호가 서울에 있는 대형 영화관을 통째로 빌렸다. 그것도 일주일이나. 문승호와 함께한 여자가 영화관을 방문했는데, 그녀의 정체에 대해 알려진 것이 아무것도 없었다. 모자와 선글라스로 얼굴을 완전히 가려서 누군지 가늠할 수 없다. 훤칠한 키와 눈에 띄는 고급스러운 복장을 보면 연예인이 아닐까 생각이 된다.

인터넷은 온갖 추측성 기사로 난무했다. 문승호의 연인이다, 문승호가 키우는 연예인이다, 사실 문승호는 결혼을 했다.

승호가 인터뷰를 일절 거절하고 있기 때문에 기사들은 점점 더 부풀어져갔다. 이러다가 소설 한 편 쓸 기세다.

지태는 터져 나오는 웃음을 막을 수가 없었다. 기자들을, 그리고 사람들을 한 손에 쥐고 흔드는 자신의 친구가 놀랍기도 하고 존경스럽기도 했다.

"정말 대단해, 문승호. 이래서 널 인정할 수밖에 없어! 넌 굉장한 녀석이야!"

감탄사가 끊임없이 흘러나왔다.

승호의 보석은 아직 사람들에게 알려지지 않았다. 사람들이 모르는 보석은 그저 조금 예쁜 돌멩이일 뿐이다. 승호는 자신의 사회적 위치와 인기를 이용해, 사람들에겐 아직 예쁜 돌멩이인 그녀를 '보석'으로 각인시켰다.

모델들은 끊임없이 쏟아져 나온다. 제아무리 마케팅을 많이 하더라도 소리 소문 없이 묻혀버리기 일쑤다. 그러나 승호의 보석은 세상에 나오는 순간, 모든 사람들의 주목을 받게 될 것이다.

젊은 나이에 MS 엔터테인먼트를 일으켜 세운 스타 아닌 스타 문승호. 그를 움직이게 만든 '그녀'가 모델로서의 자질이 있는지 없는지는 사람들에게 중요하지 않다. 그녀는 세상에 나오지 않은 지금도 세상의 주목을 받고 있다.

지태가 승호의 능력에 새삼 감탄하며 웃음을 터뜨리고 있을 때, 희수는 자신의 작업실로 찾아온 수많은 기자들을 노려보고 있었다.

갑자기 들이닥친 기자들은 희수가 정신을 차릴 새도 없이 질문을 퍼부어댔다. 문승호가 일주일 동안 영화관을 통째로 빌리게 만든 그녀의 정체는 대체 무엇이냐, 그녀와 문승호는 어떤 사이냐, 그녀에 대해 말해달라. 속사포처럼 쏟아지는 질문에 이리저리 치이다가 간신히 정신을 차렸다.

"문승호 대표님이 그녀의 정체에 대해서 나에게 물어보라고 했다구요?"

"네, 그녀에 대해서라면 주희수 디자이너님이 아주 잘 알고 계실 거라고 했습니다. 도대체 그녀가 누굽니까? 역시 문 대표님의 숨겨둔 애인이지요?"

"문 대표님, 결혼하신 거 아닙니까?"

다시 아수라장이 됐다. 희수는 작업 책상 아래의 손을 꽉 움켜쥐었다. 문승호, 이 인간을 진짜.

승호가 한 여자를 위해 영화관을 통째로 빌렸다는 기사가 떴을 때부터, 승호가 말했던 비장의 카드라는 걸 알 수 있었다. 대단한 마케팅이라고 생각했다. 역시 머리가 좋은 인간이라고 감탄하기도 했다. 하지만 승호가 이런 식으로 나올 줄은 몰랐다.

'정말 대단해. 머리를 너무 잘 굴려.'

주희수의 피날레에 설 여자다. 희수는 그녀에 대해 아는 게 하나도 없다. 심지어 그녀의 이름조차 모른다. 하지만 여기서 전혀 모른다고 말했다가는, 나중에 그녀가 피날레에 섰을 때 구설수에 오를 게 분명하다.

문승호는 이걸로 다시 한 번 계약 관계를 확실히 다질 뿐만 아니라, 주희수가 인정한 모델이라는 마케팅 효과까지 얻으려고 한다.

'얄미운 남자.'

라고 생각하며 희수는 말을 골랐다.

"제 쇼에 설 모델입니다."

고르고 고른 끝에 나온 대답은 평범했다. 그 이상 할 말이 없었다.

"주희수 쇼에 설 모델이라구요? 대체 누굽니까?"

"누구일 것 같아요?"

오히려 희수가 되물었다.

"그, 글쎄요. 강나은인가요?"

최근 주가 상승 중인 MS의 모델 이름이 나왔다.

"강나은일 것 같아요?"

"MS 소속인 건 맞죠?"

"어떨 것 같아요?"

"아, 디자이너님! 말 좀 그만 고르고 대답 좀 해주세요! 어차피 이것도 다 마케팅 아닙니까?"

기자 하나가 성질을 냈다. 들고 있는 종이 뭉치를 던지고 싶었지만 꾹 참았다. 꾹 참았다가 승호에게 던져주는 게 맞다.

"대체 뭐 하는 여자예요? 정말 모델이 맞긴 맞아요? 이거 그냥 노이즈 마케팅 아니에요?"

"그러니까. 좀 그런 것 같지?"

"애초에 문승호 같은 인간이 영화관을 통째로 빌리는 게 말이 안 되잖아. 아무리 잘나가는 애들한테도 그런 짓 안 했는데……."

기자들이 제멋대로 떠들어대기 시작했다. 희수는 그들의 말에 동

145

의해주고 싶었지만, 그래서는 자신의 쇼 역시 망치게 될 것이 뻔했기에 심호흡을 하며 얼굴에 미소를 띠었다.

"비장의 카드입니다."

기자들이 조용해졌다. 모두의 시선이 희수의 입술로 향했다.

"문 대표님의, 그리고 저의 비장의 카드입니다."

마음에도 없는 소리를 내뱉었다. 어쩔 수 없다. 아는 게 그것뿐이니까. 문승호에게 비장의 카드라면, 이쪽에게도 비장의 카드가 되겠지.

"그녀는……."

누군가가 침을 삼키는 소리가 조용한 공간에 울려 퍼졌다. 기자들을 천천히 둘러보며 희수는 말했다.

"제 무대의 피날레에 서게 될 겁니다."

✳ ✳ ✳

"햄버거!"

곤히 자던 연희의 갑작스러운 외침에 승호가 급브레이크를 밟았다.

끼이이이익!

"루나, 너……."

승호가 조수석의 연희를 노려봤다. 연희는 세상모르고 자다가 흘린 침을 손등으로 닦으며 순진한 표정을 지었다.

"왜요?"

"잠을 자려면 조용히 자. 소리를 지르려면 계속 지르고 있던가."

"아니, 안 그래도 힘들어 죽겠는데 왜 계속 소리를 지르래요? 기운 빠지게."

"그럼 입 다물고 자."

"자면서 생긴 일인데 제가 어떻게 조절해요? 대표님은 막 자면서도 폼 잡으시나보죠?"

"한 번에 '네.'라고 대답하는 게 그렇게 어려운 일인가?"

"'네.'라고 대답할 수 있는 걸 요구하시면 그땐 한 번에 '네.' 할게요. 햄버거를 맛있게 좀 먹으라든가, 아이스크림을 먹으러 가자든가, 그런 거."

"쯧……."

승호는 고개를 절레절레 저으며 연희에게서 시선을 돌렸다. 연희와 지낸 지 벌써 이 주일이 넘게 지났건만, 연희의 맹랑함은 사라질 기미를 보이지 않았다. 아주 다루기 힘든 여자다.

"강우 님은요?"

"그렇게 보고 싶나?"

승호가 빈정거렸다. 연희는 승호를 째려봤다.

"강우 님은 누구랑 다르게 빈정거리지 않거든요."

"그 누구라는 건 자신을 말하는 건가?"

"그럴 리가요. 전 태어나서 빈정거림의 빈 자도 모르고 살아왔어요."

"그건 멍청한 거 아닌가?"

"아무튼 한 마디도 안 진다니까."

"내가 할 말을 대신 해주는군."

연희는 입술을 비쭉거리다가 다시 원래의 주제로 돌아갔다.

"그래서 강우 님은요? 어디 아프시데요?"

"개인적인 볼일이 있으시다더군."

"대표님은 강우 님을 되게 좋아하나봐요."

"왜 그렇게 생각하지?"

"거만하기 짝이 없으시면서 강우 님한테는 극존칭을 쓰시잖아
요."

"그것도 내가 할 말이군. 나한테는 대표님이라고 말하기 그렇게
힘들었으면서 권강우 씨한테는 바로 강우 님 소리 나오는 거 보면."

이 쿨하지 못한 남자. 그 일을 여태껏 마음에 담고 있었던 모양이
다.

"대표님, A형이죠?"

승호가 놀랍다는 듯 연희를 쳐다봤다.

"어떻게 알았지?"

"그냥요. 그럴 것 같더라구요."

"묘하게 빈정거리는 어투인데?"

"어휴, 무슨 말씀을. 제가 대표님 앞에서 얼마나 고분고분한데요.
내 마음을 너무 모르셔."

"쯧……."

승호가 또 혀를 찼다. 연희가 승호를 바라보며 싱글싱글 웃자, 승호가 미간을 좁혔다.

"왜 또?"

"있잖아요, 대표님. 전 대표님 그 소리가 좋아요. 쯧, 하는 소리."

"별걸 다 좋아하는군. 미리 말했지만 나한테 연애 감정을 품고 있는 거라면⋯⋯."

"진짜 대표님한테서 봐줄 만한 건 그 '쯧' 하는 소리밖에 없는 것 같아요."

연희가 얼른 승호의 말을 끊었다.

"사람 말 끊는 버릇 좀 고치지?"

"에이, 대표님이 쓸데없는 소리 안 하게 도와드리는 거죠. 괜히 에너지 낭비하실까봐."

승호는 백치로 보일 만큼 생글생글 웃는 연희를 노려보다가 한숨을 쉬었다. 이 여자 만난 후에 느는 건 한숨밖에 없는 것 같다.

"근데 우리 어디 가는 거예요?"

"주희수 디자이너 만나러."

잠이 싹 달아났다.

처음에 승호가 영화관을 통째로 빌렸다는 걸 알게 되었을 때 가장 먼저 든 생각은 '돈지랄이라는 게 이런 걸 두고 하는 말이구나.'였다. 하지만 그날 저녁 '영화관의 그녀'라는 검색어가 순위에 오르고, 다음 날부터 쭉 1위를 차지하는 걸 보며 승호에 대한 생각이 바뀌었다.

이 남자, 진짜 뼈업가구나. 뼛속까지 사업가.

데뷔를 하지도 않았는데 순식간에 이슈가 됐다. 어째서 강우와 미쉘이 승호를 높이 평가하는지, 나이 많은 생초짜인 연희를 두말 않고 맡아주기로 했는지 뒤늦게 깨달았다.

하지만 인터뷰를 하는 주희수의 표정은 그리 곱지 않았다. 선정적인 제목과 함께 신문에 실린 주희수의 인터뷰 사진. 사진 속의 주희수는 웃고 있었지만, 분노를 꾹꾹 누르고 억지로 갈무리한 미소라는 걸 알 수 있었다.

눈두덩에 아이라이너를 칠한 깐깐해 보이는 남자를 만나는 게 부담스러웠다.

주희수의 사무실은 명동 근처에 있었다.

번쩍거리는 건물 중간층에 위치한 주희수의 사무실은 생각보다 지저분했다. 여기저기 널린 종이 뭉치, 천 뭉치, 구겨진 종이 사이로 스케치가 언뜻언뜻 보였다.

"어머, 자기. 일찍 왔네? 길 막히지 않았어?"

주희수가 책상을 빙 돌아 승호에게 다가왔다. 승호의 바로 옆에 서 있는 연희를 깨끗이 무시하는 태도였다.

"그런데 소개시켜준다던 모델은?"

"여기 있습니다."

승호가 연희의 허리에 팔을 둘렀다. 허리를 감싼 단단한 팔이 느껴지자, 연희는 허리를 곧추세웠다.

'난 문승호의 보석이야.'

주희수의 시선이 아무리 날카로워도, 곱지 않아도, 고개를 숙여서는 안 된다. 문승호의 보석은 허리를 펴고 당당하게, 턱을 살짝 치켜든 오만한 자세가 어울린다.

주희수는 그런 연희에게 눈길도 주지 않고 깔깔 웃었다.

"자기, 요새 농담이 늘었어. 기자들도 다 여기로 보내더니…… 나 솔직히 좀 기분 나빴다?"

주희수는 웃고 있었지만 가느다란 눈엔 웃음기가 없었다. 주희수의 표정에 오싹함을 느꼈다.

"그래도 자기가 한 거니까 생각이 있겠지, 하고 참았어. 자, 어서 보여줘. 내 피날레를 장식할 나의 모델."

승호의 팔에 힘이 들어갔다. 연희는 두 다리를 힘껏 버티고 섰지만, 승호의 힘이 더 셌다. 연희의 허리를 밀어 한 발자국 앞으로 움직이게 한 승호가 농담기 없는 딱딱한 목소리로 말했다.

"이 앱니다."

"자기."

주희수는 여전히 연희를 쳐다보지 않았다. 연희는 자기가 승호의 눈에만 보이는 유령이 된 것 같은 기분을 느꼈다.

"이제 농담 그만해. 농담할 기분 아냐."

"왜 농담이라고 생각하십니까?"

"문 대표, 난 있지, 싫어하는 게 두 개 있어."

승호를 향한 주희수의 호칭이 바뀌었다. 주희수의 얼굴엔 이제 감정이 없는 미소조차 남아 있지 않았다. 차갑게 굳은 표정으로 주희수가 손가락 하나를 들었다.

"첫 번째, 내 무대를 웃음거리로 만드는 거. 두 번째."

주희수의 손가락이 하나 더 올라갔다.

"초짜."

"초짜처럼 보이십니까?"

승호가 덤덤히 물었다.

연희는 비명을 지르고 싶었다.

대표님! 전 누가 봐도 초짜예요!

어제만 해도 미쉘이 승호가 있는 자리에서 연희의 자세에 대해 쓴소리를 했다. 이래서야 한동안은 쇼는커녕 대학 졸업 작품 모델도 하기 힘들 거라고.

그런 소리까지 들었는데, 도대체 이 자신감은 어디서 나오는 걸까? 아니, 자신감이 아니라 뻔뻔함에 더 가깝다.

"문 대표, 날 가지고 사기 칠 생각이었다면 번지수를 잘못 찾았어. 난 이런 거 내 무대에 세우고 싶지 않아."

주희수가 들어 올린 두 개의 손가락이 연희를 향했다. 연희는 척추 부근이 따끔거릴 정도로 불쾌감을 느꼈다. 주희수의 신랄한 평가에 도망치고 싶어졌다. 허리를 단단히 감고 있는 승호의 팔이 아니었더라면, 그대로 도망쳤을지도 모르겠다.

"문승호 대표, 아주 많이 실망했어. 난 문 대표를 아주 많이 믿었어. 설마 진짜로 신인 데뷔를 위해 내 무대를 이용할 거라고는 생각

안 했어. 그런데 날 이런 식으로 실망시켜? 내가 말했지? 문 대표와의 약속이니까 누구를 데리고 오든 피날레엔 세워주겠다고. 난 얘를 내 무대에 세우고 싶지 않지만, 문 대표와 한 약속이 있으니 내 피날레를 주겠어. 하지만 딱 거기까지야. 앞으로 문 대표가 키운 애들은 내 쇼에 등장하지 못할 거야."

주희수의 목소리가 서릿발처럼 연희의 가슴에 박혔다. 연희는 고개를 돌려 승호를 쳐다봤다. 승호의 조각 같은 얼굴엔 아무 감정도 드러나지 않았다. 묵묵히 주희수의 차가운 비평을 듣던 승호가 입을 열었다.

"주 디자이너님, 왜 이리 성급하게 구십니까?"

전혀 성급한 게 아니다. 패션쇼까지는 이제 석 달 남짓 남았다. 생초짜가 석 달 만에 프로 모델이 되는 건 있을 수 없는 일이다. MS라는 명칭에 걸맞게 미라클이라도 일어나지 않는 이상은. 다만 기적이 그렇게 쉽게 일어나지 않는다는 게 문제다.

"나 지금 문 대표랑 말할 기분 아니야."

희수가 싸늘하게 말했다. 분노한 주희수에게선 전과 같은 여성스러움을 찾아볼 수 없었다. 주희수는 승호를 보지 않고 나가는 문을 가리켰다. 승호는 잠시 서 있다가 빙그레 미소를 짓고는 연희의 몸을 살짝 돌려세웠다.

"그럼 주 디자이너님, 두 달 후에 다시 찾아뵙겠습니다."

승호가 나가자마자 주희수는 지태에게 전화를 걸었다. 지태라면 승호가 데리고 온 미지의 여인에 대해 알 것 같았기 때문이다. 그러나 지태의 대답을 들은 후, 주희수의 기분은 더 참담해졌다.

'길거리 캐스팅이라고?'

주희수는 호기심을 이기지 못해 계약서에 사인한 자신을 때려주고 싶었다.

'말도 안 돼!'

벨트처럼 허리에 붙어 있는 승호의 팔이 신경 쓰였다. 주희수의 사무실에서 허리를 감싸준 건 고마웠다. 그 손길 덕분에 정신을 차릴 수 있었으니까. 밖에 나오면 자연스럽게 떨어질 줄 알았던 승호의 손은, 연희의 배 부근에서 떨어질 생각을 하지 않았다.

'손 치워달라고 말해야 하나?'

다른 때라면 쉽게 말했을 테지만, 지금은 상황이 다르다.

MS의 대표 문승호는 쉬운 남자가 아니다. 그런 문승호가 자신 때문에 주희수 디자이너의 사무실에서 신생 기획사의 사장 같은 대우를 받았다. 승호에게 미안했다.

엘리베이터를 기다리며 승호는 정면을 보고 있었다. 눈동자만 움직여 승호의 표정을 살폈다. 승호는 여전히 무슨 생각을 하는지 알수 없다.

표정이 드러나지 않은 얼굴이 마네킹처럼 보였다. 아주 잘 만들어진 마네킹.

'그럼 난 마네킹을 좋아하고 있는 거야? 완전 오타쿠네.'

자조적인 생각을 하며 두근두근 뛰는 심장을 진정시키려 했지만 쉽지 않았다. 연희는 아직 외모에 휘둘리는 스무 살이었고, 지금껏 영우 이외의 남자와 이렇게 가까이 접촉을 해본 적이 없었다.

박동 소리가 승호에게 들릴까 걱정이 돼서 천천히 심호흡을 하며 심장을 달래보지만, 신경을 쓰면 쓸수록 더 격하게 울려서 얼굴까지 빨개졌다. 승호를 향하고 있던 시선을 돌려 엘리베이터의 층수를 확인했지만, 신경은 온통 자신의 허리를 감싸고 있는 승호의 팔에 쏠려 있었다. 승호의 외모는 차갑지만, 체온은 의외로 따뜻했다.

"긴장하지 마."

그때, 들려오는 나직한 음성에 마음을 들켰나 싶어 어깨를 움츠렸다. 승호가 천천히 고개를 돌려 자신을 보는 게 느껴졌지만, 차마 승호를 바라볼 수 없었다.

"걱정할 것도 없어."

"……."

"내가 보는 눈은 절대로 틀리지 않거든."

자신감이 넘치는 말투가 심장을 두드렸다. 안 그래도 격하게 뛰던 심장이 파드닥거리며 몸 밖으로 뛰쳐나갈 것 같았다. 아랫입술을 깨물며 고개를 돌려 승호를 바라봤다. 가까이에 있는 승호의 얼굴을 마주하는 순간, 심장이 움직임을 멎었다.

승호는 미소를 짓고 있었다. 얼굴 가득 번진 달콤한 미소엔 확신이 담겨 있었다. 김연희라는, 단 한 명의 여자를 향한 확신이었다.

연희는 숨을 쉴 수 없었다. 허리를 감싸고 있던 승호의 손이 자연스럽게 위로 올라와 연희의 동그란 볼 위에 얹어졌다는 것을 깨달지 못했다. 마치 사랑하는 연인 같은 자세로 연희의 볼을 감싼 승호가 부드럽게 말했다.

"그러니까 긴장할 것도, 걱정할 것도 없어, 루나. 넌 이렇게 나만 보면 되는 거야."

루나, 라는 이름을 듣는 순간 정신이 들었다. 주위를 감쌌던 분홍빛 달콤한 오라가 사라졌다.

루나, 였다.

김연희가 아닌 루나.

승호가 보여주는 따스함에 취해 잠시 잊고 있었다. 투정을 부려도, 빈정거려도 전부 받아주는 승호의 행동을 오해해서 받아들였다.

승호의 확신은 연희가 아닌, 자신이 골라낸 미래의 모델 '루나'를 향한 것이었다. 달콤한 미소도, 다정한 음성도, 빈정거리는 말을 모두 받아주는 인내심도 모두 루나의 것. 루나가 아닌 김연희는 문승호란 남자에게 아무런 의미가 없었다. 때때로 드러나는 소유욕 역시 연희를 향한 것이 아니었다. 자신의 보석, 자신의 상품을 향한, 인간이라면 누구나 갖는 소유욕이었을 뿐이다.

심장이 잘게 찢어져 피가 흐른다.

극심한 통증에 본인이 더 당황했다. 그냥 조금, 이 잘생긴 남자가 좋을 뿐인 거라고 생각했다. 단정한 인상의 대학 선배를 동경하는 마음, 무대에서 힘찬 응원 댄스를 추는 응원 단장을 좋아하는 마음, 그 정도의 마음일 거라고 생각했다.

하지만 아니었나보다. 딱 그 정도의 마음이 아닌, 단 한 번도 가져보지 못한 그 이상의 마음이었나보다. 연희만을 특별하게 대해주는 이 남자의 태도를 오해해, 조금씩 조금씩 젖어 들어가 결국은 사랑하게 되어버렸나보다.

그걸 깨닫고 나니, 오히려 마음이 차분해졌다. 귀가 아플 정도로 울려대던 두근거리는 심장 소리가 더 이상 들리지 않게 된 탓인지도 모르겠다.

'생각해보면…… 그래, 문승호는 나에 대해서 전혀 궁금해하질 않았어.'

승호는 연희에 대해 묻지 않았다. 어째서 1억이 필요한 건지, 왜 거기서 몸을 팔려고 했던 건지, 어느 대학을 다녔었는지, 뭘 좋아하는지, 아무것도 묻지 않았다.

창피해서 고개를 들 수 없었다.

사랑 타령이나 하려고 계약서에 사인을 한 것이 아니다.

돈을 벌어야 한다.

어린 나이에 부모님을 잃었다. 영우는 어린 여동생을 부모님이 살아계실 때와 똑같이 키우기 위해 자신이 가진 모든 것을 포기하고 일에 전념했다. 영우 또래의 남자들이 연애를 하고 술을 마시러 다닐 때, 영우는 일을 했다. 영우 또래의 남자들이 대학에서 공부하기 싫다고 농땡이를 칠 때, 영우는 일을 했다.

그렇게 일하던 영우가 사고를 내서 아직 유치장에 갇혀 있는데, 자신은 폭신한 침대에서 편하게 자며 사랑 타령을 하고 있다. 영우의 짐을 덜어주겠다고 호언장담을 했으면서, 영우의 파이팅까지 받아녔으면서.

'정신 차려, 김연희. 너 지금 이러고 있을 때가 아냐.'

연희는 허리를 세웠다.

"손, 치워주세요."

목소리가 떨렸다.

"내 몸에 함부로 손대지 말아줬으면 좋겠어요."

다음 문장은 좀 더 유려했다.

승호는 손을 떼지 않았다. 연희가 미끈한 눈썹을 살짝 올리며 승
호를 노려봤다.

"손……."

"5년 동안 넌 내 거야."

승호의 음성이 무게감을 가지고 연희의 어깨에, 그리고 가슴에
내려앉았다.

"그게 무슨 뜻인지 모르겠나?"

"……."

"내가 만지고 싶을 때, 널 만질 수 있다는 뜻이야."

이 남자에게 말려들면 안 돼. 저 말속에 애정은 조금도 없어.

마음을 다잡았다.

"그래요?"

연희는 한쪽 입술을 살짝 올리며 웃었다.

"대표님은 절 되게 좋아하시나봐요."

"뭐?"

승호가 인상을 찌푸렸다. 연희는 아랑곳하지 않고 말했다.

"좋아하지도 않는 여자 몸에 손대고 싶어 하는 남자는 없잖아요. 안 그래요?"

"넌 말이야, 루나……."

"참 좋으시겠어요, 대표님. 좋아하는 여자 몸에 마음껏 손댈 수 있어서."

승호가 진저리를 치며 손을 뗐다.

"루나, 너……."

"아, 엘리베이터 왔네요. 전 지금 저 엘리베이터에 탈 건데, 조금 걱정돼요."

"뭐가?"

"제 뒤태를 보고 또 만지고 싶어져서 엉덩이에 손대실까봐."

"……!"

기가 막혀서 입도 벙긋 못 하는 승호를 놔두고 엘리베이터에 올랐다.

"안 타세요?"

열림 버튼을 누르고 도발적으로 물었다. 승호는 멍하니 연희를 응시하다가 한 걸음 뒤로 물러났다.

"왜 그러세요?"

"혼자 내려가."

"대표님은요?"

"난 말이지……."

승호가 나직하게 읊조렸다.

"들고양이를 싫어하거든."

"그래요? 그거 유감이네요. 난 동물이라면 다 좋아하는데. 아, 대표님은 빼구요."

"너!"

닫힘 버튼을 눌렀다.

승호는 진짜로 타지 않았다. 좁아지는 문틈으로 승호의 찌푸린 얼굴을 보였다.

저 마네킹 같은 남자도 사랑하는 여자 앞에서는 미소를 지을까? 고급 상품을 향한 미소가 아닌, 인간적인 미소.

그런 미소를 보고 싶다고 생각하다가 고개를 저었다.

"관둬, 김연희."

승호가 엘리베이터를 함께 타지 않은 게 고마웠다.

"앞으로 5년 동안 너에게 인격 따위는 없어. 넌 그냥 루나일 뿐이야. 1억 원짜리 달. 그러니까 바라는 것도, 원하는 것도 안 돼. 저 남자가 널 위해 줄 수 있는 건 1억뿐이야. 그 이상을 바라지 마. 그냥……."

연희는 쓴웃음을 지으며 엘리베이터 벽에 등을 기댔다.

"그냥 넌 저 남자가 시키는 대로 하고 돈을 벌면 되는 거야."

제7장

아침에 눈을 뜨면 커피 향이 코끝을 간질인다. 피곤이 풀리지 않아 뻑뻑한 눈을 손등으로 비비며 커튼을 열어도 아직은 햇빛이 보이지 않는 시간. 어두운 정원을 한 번 둘러보고 어둠에 눈이 익숙해질 때쯤 의자에 대충 걸쳐놓았던 카디건을 걸치면 거실로 나갈 준비 끝.

그는 늘 연희보다 늦게 잠들고 연희보다 일찍 일어났다.

'아침마다 죽겠네, 진짜.'

연희는 그가 눈치채지 못하도록 살그머니 문을 열고 욕실로 직행했다. 승호가 이렇게 일찍 일어나는 줄 미리 알았더라면, 2층을 썼을 텐데. 아침마다 잠이 덜 깬 상태로 승호 몰래 욕실로 직행하는 것도 일이다.

저번에 한 번은 제 다리에 걸려서 철푸덕, 소리도 요란하게 엎어진 적이 있었다. 사람이 창피한 일을 당하면 모르는 척 좀 해주면 좋을 텐데, 승호는 건수를 잡았다는 듯 주방에서 거실까지 날아와 연희를 내려다보며 속 뒤집히는 말을 했다.

"아침부터 열심이군. 난 열심히 노력하는 사람을 싫어하지 않지."

눈앞에 보이는 길쭉한 다리를 콱 깨물어버리고 싶은 걸 꾹 참느라 고생했다.

욕실 문을 잠그고 물을 틀었다. 금방 뜨거운 물이 나왔다. 처음에는 이렇게 빨리 뜨거운 물이 나오는 게 적응이 안 됐다. 전에 살던 집은 온수로 제일 끝까지 돌려놓고 한참을 기다려도 미지근한 물만 나왔다. 게다가 목욕을 하는 중간 중간 차갑게 식은 물이 떨어져서 늘 긴장을 풀 수가 없었다. 심장마비로 죽을지도 모른다는 생각을 매일 아침마다 했었다.

채 한 달도 되지 않은 일인데, 몇 년은 된 것처럼 느껴진다.

따뜻한 물이 쏟아지는 샤워기 아래 서서 눈을 감았다. 고된 연습으로 긴장된 근육이 따뜻한 물에 감싸여 서서히 풀어졌다. 머리카락을 타고, 이마를 타고, 목을 타고 흐르는 느낌이 좋았다.

향이 좋은 고급 샴푸로 머리를 감고 트리트먼트까지 꼼꼼히 챙겼다. 예전이라면 생각도 못 할 생활이다.

대용량 싸구려 투인원 샴푸로 머리를 감고, 비누로 몸을 닦았다. 어느 날인가, 영우가 이름 있는 목욕용품 회사의 바디클렌저를 사온 적이 있었다. 향이 좋아서 열심히 사용하다가, 마트에서 그 가격을 보고 깜짝 놀랐었다. 한 병에 17000원. 영우에게 다시는 이런 비싼 거 사오지 말라고 단단히 일러뒀다.

승호의 집 욕실에 있는 바디클렌저는 한 병에 10만 원이 넘었다.

한 달에 한 번씩 생필품을 배달시키는데, 거기 영수증이 끼어 있었다. 배달 온 생필품을 정리하다가 그 가격들에 놀랐다. 상상을 넘어서는 고급 제품들.

부자들의 삶을 동경해보지 않은 건 아니다. 드라마나 영화를 볼 때, 크고 넓은 집을 지나갈 때, 그런 걸 볼 때마다 부자들은 이런 걸 아무렇지도 않게 사겠지, 떡볶이에 순대, 거기에 튀김까지 얹어 먹는 건 아무것도 아니겠지. 그런 생각들을 해왔다. 하지만 승호의 과소비는 그 상상 이상이었다.

—대표님, 너무 과소비하시는 거 아니에요?

영수증 때문에 놀란 가슴을 간신히 진정시키고 물었을 때, 승호는 마네킹 같은 표정으로 대답했다.

—내가 그걸 빚져서 사나?

그리고 허리를 굽혀 연희와 눈을 맞추고 말했다.

—루나, 넌 일억을 거리에 뿌릴 수 있는 여자가 돼야 돼.

"내가 일억을 거리에 뿌리긴 왜 뿌려?"

연희는 투덜거리며 물기를 닦아냈다. 고급 바디클렌저는 향이 좋아서, 샤워를 한 후에도 한참 동안 향기가 묻어나왔다.

"백억, 천억, 그런 돈 갖게 돼도 일억을 거리에 뿌리는 일은 절대로 없을 거야! 일억을 거리에 뿌리면 그게 부자야? 미치광이지."

거실로 나갔을 때, 승호는 소파에 다리를 꼬고 앉아 신문을 읽고 있었다. 한 손에는 커피를 들고 있었는데, 그 모습이 기가 막히게 그림 같았다. 매일 봐도 적응 안 되는 아름다운 모습을 물끄러미 응시하다가 정신을 차렸다.

원래는 커피를 마시지 않았는데, 요새는 커피를 마시는 게 습관이 됐다. 승호가 끓인 쓰디쓴 커피를 마시면 잠이 좀 깨는 것 같다. 언젠가부터 승호는 연희 몫의 커피까지 함께 준비를 해서, 테이블 맞은편에 올려놓았다. 이상하게도 별거 아닌 그 행동이 기분 좋았다.

연희는 머그잔을 손에 들고 물었다.

"신문 그거, 다 읽어요?"

테이블에 있는 신문은 열 개가 넘었다. 그중에는 외국 신문도 끼어 있었는데, 영어뿐 아니라 독어와 불어로 된 것까지 있었다.

승호는 대답 없이 고개를 끄덕였다.

"영어도 할 줄 알아요? 이건 독어죠? 저 고등학교 때 제2외국어 독어 했거든요."

"......."

"근데 이건 어느 나라 말이에요?"

"불어."

"불어도 할 줄 아세요?"

승호가 읽고 있던 신문을 무릎에 내려놓고 연희를 노려봤다. 입
좀 닥치라는 눈빛이었지만, 연희는 무시했다.

"우와, 우리 대표님. 진짜 대단하시다. 완전 천잰 거 아니에요?"

승호의 눈빛이 너그러워졌다.

"전 언어 쪽은 진짜 젬병이라서, 영어도 잘 못하겠더라구요."

"영어 이전에 그 말투 좀 고치지?"

"빈정거리는 말투보다는 낫죠, 뭐."

"쯧......."

"근데요, 대표님."

연희는 그동안 궁금하던 것을 조심스레 물었다.

"한경인이요. 이제는 저녁 하러 안 와요?"

경인이 연희에게 '내 보석'이라는 말을 했던 그 저녁 이후, 경인
은 승호의 집에 발도 디디지 못했다.

승호의 눈빛이 다시 사나워졌기 때문에 연희는 얼른 덧붙였다.

"아니요, 뭐. 딱히 궁금한 건 아닌데...... 매일 저녁 사 먹는 게
물려서......."

"그럼 일하는 아주머니를 부르도록 하지."

"한경인 음식, 맛있던데."

"……."

"아뇨, 뭐. 일하는 아주머니 음식도 맛있겠죠."

"한경인 음식이 입에 맞나?"

"전 아무거나 잘 먹어요. 잡초처럼 자랐거든요."

"이제 넌 잡초가 아니라 난초야. 입에 안 맞는 음식이면 과감히 버릴 줄 알아야 돼. 한경인 음식이 입에 맞는다면 불러주지. 하지만 계약 조항은 잊지 말도록."

"계약 조항?"

"연애 금지."

"어휴, 질투쟁이."

승호가 미간을 좁히더니, 영자 신문을 골라서 연희의 앞으로 밀어냈다.

"왜요?"

"그거, 다 읽어."

"네? 대표님, 아까 제가 한 말 안 들으셨어요? 저, 영어 못한다니까요?"

"못했었지. 하지만 앞으로는 해야 돼."

"대체 왜요? 저 모델 되려는 거지, 통역관 되려는 거 아니잖아요."

"세계적인 모델이 되면 외국에 나갈 기회도 많아질 거고, 외국 기자들과 인터뷰를 할 일도 생기겠지. 그럴 때마다 통역 붙여서 얘기를 하려고?"

"그럼 안 돼요?"

"다른 모델들은 되지. 하지만 넌 안 돼."

"질투쟁이라고 해서 삐쳤어요?"

"……그거 다 읽을 수 있을 정도로 공부해."

"와, 진짜 우리 대표님 완전……. 와아. 지독해, 지독해."

"루나!"

입 한 번 잘못 놀리는 바람에 해야 할 일이 하나 더 늘었다. 연희는 입술을 비쭉거리며 신문을 들었지만, 읽을 수 있는 단어라고는 'is', 'are', 'do' 뿐. 수능 보기 전 열이 나게 팠던 단어들은 머릿속에 한 조각도 남아 있지 않았다.

마침 강우가 찾아오지 않았더라면 영어 때문에 머리가 폭발했을 것이다.

"웬 영자 신문이야?"

강우가 의아해했다.

"어우, 대표님이 저한테 이젠 영어 공부까지 하래요."

편을 들어주기를 바라며 한 말인데, 강우는 맞는 말이라는 듯 고개를 끄덕였다.

"그래, 영어 공부는 해두는 게 좋지. 국내에서만 머물 게 아니니까."

"강우 님도 영어 하세요?"

"당연하지."

이 남자들은 천하무적인가보다. '엄친아'라는 단어가 절로 떠오르게 만드는 인간들과 함께 있으니, 평범함이 초라함으로 느껴질 지경이다.

'난 정상이야! 저 사람들이 너무 능력이 많은 거라구!'

속으로 외쳐보지만, 그들의 광채는 이 초라한 범인(凡人)의 외침 따위로 사라지기엔 너무 번쩍거렸다.

"그래, 승호가 과외해주면 되겠네."

강우의 말에 승호가 오만상을 찌푸렸다.

"권강우 씨는 제가 한가해 보이십니까?"

강우가 눈을 가늘게 접고 웃었다.

"영어, 혼자서 마스터하기는 힘들어. 그러면 과외를 시켜줘야 할 텐데…… 네 보석이 너무 매력적이라서 과외 선생이 훔쳐 가면 어쩔래?"

"왜 과외 선생이 남자일 거라고 생각하십니까?"

"왜 여자가 훔쳐 갈 일은 없을 거라고 생각해?"

연희는 고개를 저었다. 승호도 속을 알 수 없지만, 강우도 무슨 생각을 하는지 알 수 없는 건 마찬가지다. 애초에 연희가 진짜 보석도 아닌데, 누가 훔쳐 가고 말고 할 일이 생길 리가 없잖은가.

게다가 승호에게 과외를 부탁하는 것부터가 잘못됐다. 문승호는 악마 같은 남자다. 게다가 완벽주의자이기까지 하다. 그런 남자가 과외를 해줬다가는 이 몸이 남아나지 않을 게 분명했다.

"실력 좋은 과외 선생님으로 붙여주세요."

연희의 말을 '당신은 실력 없으니까 내 선생 자격 없어!' 라고 받아들인 승호가 미간을 좁혔다.

"실력 좋은 과외 선생? 난 실력이 안 좋을 거라고 생각하는 건가?"

연희는 아차 싶었다. 이놈의 입!

"아니요, 그런 뜻이 아니라……."

"일과가 끝난 10시부터 12시까지. 영어 과외를 해주지."

"아뇨, 진짜 그럴 필요……."

"한 달 후, 원어민처럼 말하게 해주겠어."

"……."

"그래, 이왕 하는 김에 문승호의 Miracle English라는 책을 내는 것도 좋겠군."

이 남자는 정말…….

연희는 강우에게 원망이 담긴 시선을 던졌다. 강우는 일이 이렇게 될 줄 몰랐다는 듯 미안하다는 표정을 지으며 어깨를 으쓱했다. 이미 저렇게 되었으니, 자신도 어찌할 도리가 없다는 제스처였다.

무거운 마음으로 옷을 갈아입으러 들어왔다가, 구석에 있는 가방에서 비쭉 튀어나와 있는 휴대폰을 발견했다. 이 집에 들어온 후, 저 낡은 휴대폰을 켠 적이 한 번도 없다는 걸 깨닫고는 서둘러 휴대폰의 전원을 켰다. 한참의 로딩 후, 문자 메시지가 쏟아져 들어왔다.

대학 친구들의 문자 메시지가 대부분이었고, 광고 문자 몇 개, 그리고…….

"오빠⋯⋯."

영우의 문자 메시지가 한 개.

[잘하고 있냐? 오빤 나왔다. 시간 될 때 연락 줘. 걱정된다.]

❀　❀　❀

아미는 도톰한 입술을 톡톡 두드리며 모니터를 응시했다. 그간 논문을 쓰느라 한국 사정을 무시하고 있었던 게 사단이었다.

[영화관의 그녀, MS 문승호의 그녀?!]
[베일에 싸인 문승호의 사생활!]
[문승호의 그녀, 집중 탐구!]

영화관의 그녀로 검색을 해도 나오는 건 별로 없었다. 승호와 함께 영화관에 들어가는 모자를 쓴 훤칠한 여자. 얼굴이 잘 보이지 않는 흐릿한 사진이 전부였다.

아미는 승호에게 전화를 걸까 하다가 관뒀다.

"슬슬 한국에 들어가볼 때도 되긴 했어."

집으로 전화를 걸자, 집사가 전화를 받았다. 아미는 감정을 드러내지 않고 차분하게 말했다.

"한국에 들어가야겠어요. 내일 표로 준비해줘요."

영우와 승호를 만나게 할 수는 없다.

트레이닝을 하는 내내 그 생각이 머리를 꽉 채웠다.

승호는 가족을 만날 때도 자신을 동행해서 만나라 했지만, 영우와 승호는 상극이었다.

'어떡하지?'

"루나! 자꾸 딴생각할래?"

미쉘의 손이 등짝을 아프게 후려쳤다.

"내일부터는 워킹 들어갈 거야. 딴생각할 틈 없어!"

"네, 언니."

"허리 똑바로 펴고 앞을 봐. 그렇게 미적지근하게 굴지 말고. 너, 지금 서 있는 꼴이 얼마나 웃긴 줄 알아?"

"죄송해요."

"그냥 거리에 돌아다니는 애들도 너보다는 자세가 좋을 거야. 왜 이렇게 구부정한 거야?"

미쉘의 매서운 질책을 들으며 허리를 펴려고 노력했다. 이쯤이면 되겠지, 싶을 만큼 똑바로 서 있는데도 미쉘은 만족하지 않았다. 몇 번이나 더 혼난 후에야 마지막 스트레칭을 끝냈다.

"미쉘은 널 싫어하는 게 아니라 네가 걱정이 돼서 그러는 거야. 이쪽 세계는 평가가 냉혹하거든."

연희의 굳은 표정이 미쉘 때문이라고 생각했는지, 강우가 다정한

목소리로 위로를 건넸다. 그래, 이 사람이라면 부탁을 들어줄지도
몰라.

"저, 강우 님. 가고 싶은 곳이 있어요."

"가고 싶은 곳?"

"오빠를 만나고 싶어요."

"오빠? 아, 그래. 오빠가 있다고 했었지. 오늘 일과 끝났으니까
가도 상관없겠지."

"진짜요?"

기쁜 마음을 드러내지 말았어야 했다. 너무 좋아하는 모습에 강
우가 의심스러운 듯 물었다.

"설마…… 승호와의 계약 조건에 가족을 만나지 말라는 조항이
라도 들어 있는 거야?"

아차 싶었다.

"아뇨, 그게…… 그런 건 아니에요."

"그럼?"

강우는 아예 차를 갓길에 세웠다.

"대표님을 동행해야 돼요."

"그럼 승호한테 말해야겠네."

"하지만…… 대표님이랑 우리 오빠는 만나면 안 돼요."

"왜?"

"우리 오빠……."

"으흠?"

"되게 착하고 섬세한 사람이란 말이에요."

강우는 납득했다는 듯 고개를 끄덕였다.

"그래, 그런 사람이라면 승호랑 안 만나는 게 좋지."

"그러니까요. 진짜 아주 잠깐만 만날게요. 딱 5분. 그냥 얼굴만 보고……."

"루나, 넌 승호랑 계약을 했어."

"안 걸리면 되잖아요."

"넌 거짓말 잘 못하잖아."

"……."

"승호는 칼 같은 녀석이야. 자길 속이고 너네 오빠 만났다는 거 알게 되면 가만히 있지 않을 거야."

"역시 그럴까요?"

"그래, 일단은 널 자기 보석이라고 하니, 다른 애들 대하는 거랑 확실히 다르긴 해. 하지만 승호가 자기와의 약속을 어겼는데도 널 계속 자기 보석으로 생각해 줄지는 확신할 수가 없네."

"그렇죠."

알고 있다. 자신이 승호의 특별한 사람이 아니라는 거. 다만 승호의 특별한 소유물 중 하나일 뿐이라는 걸 알고 있었다. 하지만 타인에게서 그 말을 들으니 가슴이 묵지근해졌다.

약간은 무거운 분위기로 집 앞에 도착했다.

"푹 쉬고, 승호한테 잘 얘기해봐."

"네."

평소와는 달리 힘없이 대답하는 연희의 모습이 마음에 걸렸다. 자신도 모르게 연희의 머리를 쓰다듬어줄 뻔했다. 반쯤 올라갔던 손을 서둘러 거뒀다. 매니징을 하는 연예인에게 감정을 가져서 좋을 건 없다. 어디까지나 의뢰인으로서 감정 없이 대해야, 어떤 상황이 닥치더라도 대처하기가 쉽다.

"오늘도 고생하셨습니다."

한 일이라고는 태워다주고 데리고 온 것밖에 없는데, 연희는 늘 고생하셨다고 인사를 했다.

'승호 몰래 만나게 해줄 걸 그랬나. 어려운 일도 아니었는데.'

문득 떠오른 생각을 재빨리 지워버렸다.

강우가 나갈 때까지 마당에 서 있던 연희는 깊은 한숨을 쉬며 현관문을 열었다. 된장찌개 냄새가 풍겨왔다.

"어……? 설마……."

아무것도 없어야 할 입구에 운동화가 있었다. 그때와는 다르지만, 평범하지 않은 최신 유행 운동화.

반가운 마음에 서둘러 신발을 벗고 주방으로 들어가자, 낯익은 뒷모습이 보였다. 훤칠한 키, 호리호리한 허리, 늘씬하고 긴 다리. 앞치마를 두른 경인이 돌아보지도 않고 말했다.

"자기, 왔어? 밥 먼저, 아니면 나 먼저?"

역시 이쪽 세계엔 평범한 사람이 없다.

"어떻게 왔어요?"

"대표님의 보석이 제가 끓인 된장찌개 좋아한다는 얘기 듣고 왔어요."

"아…… 혹시 저 때문에 곤란해진 건……."

"아니에요."

경인이 뒤를 돌아보며 싱긋 웃었다.

"뭐, 누나를 내 보석이라고 한 것 가지고 엄청 혼나긴 했죠."

"그러게 왜 그런 말을 했어요?"

"대표님 보석이면 내 보석이기도 하니까. 이래봬도 저, 우리 대표님 꽤 좋아하거든요."

"좋아하는 것처럼 보이긴 해요. 된장찌개 맛있겠다."

"오랜만에 솜씨 좀 발휘했습니다."

경인이 장난스럽게 말하며 된장찌개를 식탁으로 날랐다. 된장찌개뿐 아니라 맛깔나게 무친 나물과 김치, 계란말이도 있었다.

맛있는 음식을 보니, 울적했던 기분이 조금 나아졌다.

"밥은 반의 반 공기만. 될 수 있으면 계란말이랑 나물만 드세요. 내일부터는 다이어트 식단으로 들어갑니다."

"지금까지도 충분히 했거든요."

"응, 그때 봤을 때보다 많이 빠졌네요. 이젠 이대로 유지해야 되니까, 오늘 많이 먹으면 내일 그만큼 적게 먹어야 돼요."

"아, 언제쯤 돼야 마음껏 먹을 수 있지?"

"모델 그만둘 때쯤?"

"으윽. 그거 너무 무서운 말이다."

연희는 밥을 크게 한 숟가락 퍼서 입에 넣었다. 어차피 적게 먹어야 하는 거, 깨작깨작 밥알 숫자 세어가며 먹느니 한 번에 다 입에 넣고 맛을 느끼는 게 낫다.

"이쪽 어떻게 돌아가는지 안 궁금해요?"

경인이 식탁에 턱을 괴고, 강아지 같은 표정으로 연희를 쳐다보며 물었다. 연희가 고개를 갸웃하자, 경인이 한숨을 푹 쉬었다.

"아이고. 너무 보석 취급만 받으시니, 무서운 걸 모르시네."

장난스런 말투지만 가시가 박혀 있었다.

"여기, 정말 치열해요. 뭐, 사람 사는 게 다 치열하겠지만 이쪽은 좁은 만큼 더 치열해요. 누나, 강나은 있잖아요. 걔, 그걸로 끝이 아닐걸요."

"무슨 짓을 하고 있어요?"

"일단은 '영화관의 그녀' 뒷조사 중. 그리고 주희수 디자이너님 만났다는 얘기도 있어요."

"아…… 그럼 그 사람이 내 라이벌이 되는 건가?"

"누나, 진심이에요?"

경인이 놀란 표정을 지었다.

"응? 뭐가요?"

"아니, 아무것도 아니에요."

경인은 씩 웃으며 자세를 바로했다. 연희는 이상하다는 듯 경인을 쳐다보다가 다시 밥을 먹기 시작했다. 밥을 한가득 입에 넣고 우물우물 씹는 모습이 햄스터같이 귀여웠다.

강나은은 나이가 어리지만, 그 어린 나이로 '모델 강나은'으로 불릴 만큼 위치를 확고히 한 실력자였다. 연희 같은 초짜에게는 높고도 높은 존재. 그런데도 연희는 아무렇지도 않게 강나은을 라이벌이라고 말했다. 아니, 라이벌이라고 하면서도 강나은을 내려다보는 듯한 태도였다.

철이 없는 건지, 정말 자신감이 넘치는 건지 잘 모르겠다. 다만 그런 연희가 밉지 않았다. 고양이 같은 눈매도 마음에 들었고, 약간은 염세적으로 느껴지는 나른한 행동도 좋았다.

'대표님은 연희 누나를 좋아하는 것 같은데…….'

모두 승호가 연희에게 특별한 이유는 연희가 미래성 있는 '상품'이기 때문이라고 생각했다. 하지만 경인만큼은 도무지 그렇게 생각할 수가 없었다. 연희를 '내 보석'이라고 불렀다는 이유로 승호에게 불려 갔을 때, 승호는 경인을 한참 동안 응시하다가 말했다.

—한경인, 앞으로 행동 똑바로 해라.

그걸로 끝. 그 이상의 감정은 드러내지 않았지만, 경인은 알 수 있었다. 경인을 바라보는 승호의 눈동자는 사업가의 눈이 아니었다. 질투에 휩싸인 남자의 눈빛이었다.

'나도 이 누나가 좀 좋아질 것 같단 말이지.'

"벌써 다 먹었어!"

연희가 비어버린 접시를 보며 버럭 외쳤다. 조심성 없는 태도였다.

'이걸 어쩐다……? 대표님 걸 뺏을 수도 없고. 그렇다고 그냥 놓치기엔 좀 아깝고…….'

"경인 씨, 진짜 맛있었어요. 좋은 신부가 되겠어요."

빈 접시를 아쉽다는 듯 쳐다보는 연희를 물끄러미 바라보다가, 경인은 직구를 던졌다.

"저기요, 누나."

"네?"

"나랑 연애할래요?"

차고에 차를 세우고 나오다가, 마당의 벤치에 앉아 있는 경인을 발견했다. 경인은 다리를 꼬고 멍하니 하늘을 올려다보고 있었다.

"뭐하나?"

"아, 대표님."

경인이 천천히 일어났다. 승호를 기다리고 있었던 듯, 승호의 등장에도 전혀 놀라지 않았다.

"저녁 차려놨어요."

"그래, 고생했네."

"저기요, 대표님."

"그래."

"연희 누나 좋아하세요?"

"연희? 아, 루나. 좋아하지. 내 보석인데."

경인은 한동안 승호를 빤히 쳐다봤다. 승호는 경인이 왜 이러는지 알 수 없었다. 주머니에 손을 찔러 넣고 경인이 다음 말을 하기를 기다렸다.

"대표님, 있잖아요."

경인이 승호의 가슴에 자신의 손을 얹었다.

"여기를 좀 더 열어두시는 게 어때요?"

"뭐?"

"연희 누나……."

경인은 아까 연희의 대답을 떠올렸다. 경인을 똑바로 응시하던 그 선명한 진갈색 눈동자도.

—경인 씨, 난 대표님을 좋아해요.

아릿해질 정도로 슬픈 미소도.

—대표님한테 내가 그저 상품이라는 거 알아서 접으려고 했는데, 안 접어지네요. 그래서 그냥 좋아하려구요.

반할 만큼 당당한 몸짓도.

—좋아하는 건 죄가 아니잖아요. 어차피 여기…….

가슴을 향하던 연희의 긴 손가락도.

─이 안에 있는 건데.

"연희 누나, 정말 멋진 여자잖아요."

"어디 아픈가?"

"대표님, 그렇게 행동하다가 나중에 큰코다칠지도 몰라요."

"무슨 소릴 하고 싶은 건지 모르겠군."

"무슨 소리냐고 물으신다면…… 뭐, 그런 거 있잖아요. 밤이 되면 감정적이 되는 거."

"……."

"그냥 그렇다구요. 그럼 가보겠습니다. 좋은 밤 되세요."

경인은 꾸벅 인사를 하고 휘적휘적 걸어갔다. 승호는 경인이 왜 저러는 건지 도무지 알 수 없었다. 가슴을 열라니. 상품성 있는 사람들을 향해 가슴은 늘 열려 있다. 앞으로의 미래만 보인다면, 보석이 될 만한 자질이 보인다면, 어떤 과거를 지니고 있든 문제가 되지 않는다.

안으로 들어가자, 짭조름한 된장찌개 냄새가 승호를 반겼다.

"아, 대표님. 일찍 오셨네요."

계단을 올라가다가 뒤에서 들려오는 소리에 고개를 돌렸다. 그 순간, 심장이 쿵 내려앉았다. 하지만 연희를 볼 때마다 있었던 일이기에 승호는 대수롭지 않게 고개를 끄덕였다.

"그래."

연희는 막 씻고 나온 듯, 젖은 머리를 늘어뜨리고 있었다. 따뜻한 물 때문에 상기되어 있는 연희의 붉은 볼을 볼 때마다 심장이 내려 앉았다. 처음 느껴보는 둔탁한 충격의 이유는 아마도 연희가 처음으로 발견한 보석이기 때문이리라.

"영어 과외를 해주기로 했으니까."

덧붙인 말에 연희의 얼굴이 하얗게 질렸다. 표정이 얼굴에 잘 드러나는 여자다. 말 한마디를 할 때마다 시시각각 변하는 표정을 보는 게 재미있었다.

"준비하고 기다리도록."

"네. 근데요, 대표님."

"응?"

연희는 뭔가를 말하고 싶은 듯 잠시 망설이다가 "아니에요."라고 중얼거리고는 방으로 들어갔다. 평소보다 힘이 없어 보이는 게 마음에 걸렸다.

영어 과외는 거실에서 진행했다. 흰색 셔츠와 알록달록한 파자마를 입은 연희는 입술을 비쭉 내밀고 있었다. 촉촉해 보이는 붉은 입술이 자꾸만 시야를 덮어 짜증이 날 정도였다.

"고등학교 안 나왔나?"

"완전 잘 졸업했거든요. 심지어 개근상!"

"그런데 어떻게 이런 기본적인 문법을 모르지?"

"고등학교 공부야 대학 들어가면 깨끗하게 잊어버리는 거잖아요."

"시간 낭비하는 걸 좋아하는 모양이군."

"그럴 리가 있겠어요? 그걸 다 기억하는 대표님이 이상한 거죠."

"시간 투자해서 배운 걸 잊어버리는 쪽이 이상한 거 아닌가?"

"뭐, 대표님이 그렇다면 그렇다고 쳐요."

"무슨 생각을 하고 있지?"

"네?"

"지금 너, 무슨 생각을 하고 있느냐고."

승호는 손에 들고 있던 책을 내려놓고 몸을 앞으로 기울여 연희와 눈을 맞췄다.

수업을 하는 한 시간 동안 연희는 딴생각을 하고 있었다. 제 딴에는 집중하는 것처럼 보이려고 애쓰는 듯했지만, 승호는 알 수 있었다.

"무슨 생각은요. 영어가 참 어렵다는 생각을 하고 있었죠. 더불어 이걸 다 기억하는 대표님이 정말 이상한 사람이라는 생각도."

"난 지금 장난칠 기분이 아닌데."

승호의 음성이 낮아졌다.

"넌 지금 내가 하는 말이 장난처럼 들리나?"

"대표님이 하는 말을 장난으로 들은 적, 단 한 번도 없어요."

연희가 차갑게 말했다.

승호의 머릿속에 마당에서 마주쳤던 경인이 떠올랐다. 승호의 가슴에 손을 얹고 알 수 없는 말을 지껄이던 경인은 딱 지금의 연희만큼 이상했었다.

"한경인을 생각하고 있었나?"

이유는 알 수 없지만, 자신이 내뱉은 말에 자신이 불쾌해졌다. 온 얼굴에 비릿한 미소가 묻어 나오는 걸 막을 수가 없었다. 본인도 어쩌지 못할 크기의 불쾌감이 온몸을 휘감았다.

"제가 무슨 생각을 하고 있는지, 그것까지 전부 대표님한테 보고해야 하는 거예요?"

"말했을 텐데. 5년 동안 넌 내 거라고."

"그래요? 그럼 저도 말씀드리죠. 대표님한테 제 몸은 얼마든지 드릴 수 있지만, 제 생각이랑 마음은 못 드려요. 이게 좀 강해서, 저도 어쩌질 못하거든요."

"너는 어쩌지 못해도……"

승호가 벌떡 일어나 연희의 옆으로 다가갔다. 승호의 손이 연희의 가느다란 손목을 부러뜨릴 듯 거세게 움켜쥐었다. 연희는 고통의 비명을 삼키며 승호를 노려봤다.

"나는 어쩔 수 있지."

남들보다 한 톤 낮은 음색이 연희의 귀를 파고들었다.

"대답해, 루나."

"……"

"무슨 생각을 하고 있었지?"

"대표님 생각을 하고 있었어요."

"내 생각?"

승호의 표정이 조금 누그러졌다. 연희는 승호에게서 시선을 피하지 않고 또박또박 말했다.

"네. 우리 대표님은 어쩜 이렇게 고집불통에 제멋대로이고 이기적일까. 그런 생각."

승호의 미간에 깊은 주름이 생겼다. 연희는 멈추지 않았다.

"이런 성격으로 결혼이나 할 수 있을까. 결혼을 한다면, 대표님이랑 결혼하는 여자 인생 참 불쌍하겠다. 그런 생각을 했어요."

"……"

"앞으로도 그런 생각 들 때마다 꼬박꼬박 보고할 테니까, 이 손 좀 놔주시겠어요?"

승호의 손에서 힘이 빠졌다.

말하려고 했다. 영우에 대해. 집안 사정과 영우가 처한 상황에 대해. 혼자 있을 영우가 걱정이 돼서 잠깐 보고 오고 싶다고. 5분이면 되니까 잠깐만 시간을 내달라고. 기회를 봐서 그런 얘기들을 하려고 했다.

하지만 승호의 강압적인 태도를 마주하는 순간, 연희는 말을 꺼낼 수가 없었다. 승호가 허락을 해줄 것 같지도 않았지만, 설령 허락을 해준다고 해도 승호와 함께 영우를 만나고 싶지는 않았다. 승호의 차가운 언사가 영우에게 상처를 줄 것 같았기 때문이다.

방에 들어오자마자 휴대폰을 열고 영우에게 문자를 보냈다.

[오빠, 난 잘 지내고 있어. 지금은 너무 바빠서 시간을 못 내겠어. 또 연락할게. 혹시 무슨 일 생기면 연락해.]

※ ※ ※

아미는 손가락 끝에 백을 걸고 차에서 내렸다. 오랜만에 한국에 들어와 가장 먼저 한 일은 승호를 만나는 게 아니었다. 그 미끈하고 아름다운 얼굴을 보고 싶긴 하지만, 그보다 우선적으로 해야 할 일이 있었다.

"성지태 디자이너님을 만나러 왔어요."

"누구시라고 전해드릴까요?"

"윤아미."

말을 짧게 하는 아미의 태도가 마음에 안 드는 듯, 비서의 표정이 굳어졌다. 내선을 돌린 비서가,

"손님이 오셨는데요. 윤아미 씨라고……. 네. 네, 알겠습니다."

통화를 끝내고 아미를 쳐다봤다.

"디자이너님께서 바쁘시니 다음에 오시라고 하시네요."

고소하다는 눈빛이었다. 아미는 피식 웃고는 또각또각 지태의 사무실로 향했다.

"저기요. 디자이너님 바쁘시다니까요."

"……."

"이봐요!"

다급히 다가온 비서가 아미의 손목을 붙잡았다. 아미는 비서의 손을 거칠게 뿌리쳤다. 반동으로 인해 비서가 비틀거리다가 넘어졌지만, 아미의 표정은 조금도 변하지 않았다. 지독하게 느껴질 만큼

싸늘한 눈으로 비서를 내려다보며 아미가 말했다.

"내 몸에 함부로 손대지 말아요. 더러우니까."

"뭐 이런……."

달칵.

비서가 화를 내기 전, 지태의 사무실 문이 열렸다. 회색 면바지에 진남색 셔츠를 걸친 지태는 피곤하다는 듯 아미를 쳐다봤다.

"남의 사무실 찾아와서 소란을 피우는 건 무슨 경우냐?"

"소란? 오빠가 바쁜 척 안 했으면 이런 일도 없었어. 비서 교육 좀 잘 시키지그래? 미국에서 이랬으면 고소감이야."

"여긴 한국이잖아."

"넓은 물 구경하고 오신 분이 왜 이렇게 좁게 굴어? 들어가도 되는 거지?"

아미는 대답도 듣지 않고 지태를 지나 사무실 안으로 들어갔다. 지태는 넘어진 채로 멍한 표정을 짓고 있는 비서를 손수 일으켜줬다.

"미안합니다. 쟤 성격이 안 좋아서."

험상궂은 외모와 어울리지 않는 정중한 사과까지 끝낸 지태는 크게 한숨을 내쉬고는 안으로 들어갔다.

아미는 지태의 책상 의자에 다리를 꼬고 앉았다. 지태의 허락 따위는 아무래도 상관없다는 오만한 태도였다.

"얘기해봐."

지태는 말없이 아미를 노려봤다. 안 그래도 험상궂은 얼굴이 악

귀처럼 보일 만큼 굳어졌지만, 아미는 조금도 주눅 들지 않았다.

"어서."

"무슨 얘기?"

사실은 뭘 원하는지 알고 있지만 모르는 척 되물었다. 아미의 잘 정돈된 미끈한 눈썹이 불쾌한 듯 휘어졌다.

"무슨 얘기하는지 알잖아. 나 시간 많지 않아."

"시간은 나도 없어. 너 이런 태도, 문제 있다는 거 모르겠냐?"

"난 문제 있어도 괜찮아. 그럴 위치에 있잖아. 얘기해. 안 그러면 극단적인 조치를 취하게 될지도 모르니까."

아미는 승호와 묘하게 닮은 구석이 있었다. 협박 같은 말이 사실은 협박이 아닌 경고라는 점이 특히 닮았다. 지태는 잠시 망설였다. 아미가 무엇을 듣고 싶어 하는지는 알고 있다. 다만 아미가 알고 싶어 하는 것이 승호가 아직까지는 비밀로 하고 있는 것이라는 게 문제였다. 하지만 말하지 않는다고 해서 이대로 물러날 아미가 아니었다. 수단과 방법을 가리지 않고 끝까지 캐낼 것이다. 승호의 보석, 영화관의 그녀에 대해.

"문승호가 이번에 발견한 보석이야. 길거리 캐스팅이라고 하더라."

"길거리 캐스팅? 누가 발견한 건데?"

"승호가."

"승호 오빠가? 직접? 승호 오빠 그런 거 안 하잖아."

아미가 인상을 찡그렸다.

"그런데 한 것 같더라구."

"어떤 애야?"

"나도 만나본 적이 없어서 모르겠네. 승호가 꽁꽁 감춰뒀거든. 내 피날레에 세우겠다고 기세가 등등하던데?"

"피날레, 하려고?"

"그 애가 진짜 보석이라면."

"정말로 아는 거 없어?"

"전혀. 아, 승호는 그 애를 루나라고 부르던데."

"루나……."

아미의 얼굴이 차갑게 식었다.

언제였던가, 승호와 커피숍에 앉아 있는데 옆 테이블의 여고생들이 순정만화를 보면서 했던 대화가 떠올랐다.

—야, 너 루나가 무슨 뜻인 줄 알아?

—뭔데?

—달이라는 뜻이래. 이거 남주가 여주한테 나의 루나라고 한다? 내 남친도 나 좀 그렇게 불러줬음 좋겠다.

유치한 한편 로맨틱했다. 나의 루나. 나의 달.

—오빠, 나도 루나라고 불러줘.

그래서 승호에게 부탁했더니, 승호는 언제나와 같이 무감정한 눈
동자로 아미를 응시하며 답했다.

—넌 내 달이 아니잖아.

"어떤 의미일까……?"
아미는 검지를 손에 대고 중얼거렸다.
"뭐가?"
"루나, 라는 거."
"달이라는 뜻 아냐?"
"그런 거 말고. 왜 하필이면 루나라고 지었을까?"
"가명 짓는 데 이유가 필요하냐? 마케팅을 위해서겠지. 달이라고
하면 여기저기 갖다 붙일 곳이 많으니까."
"그렇겠지?"
아미는 미심쩍었지만 그렇게 넘어가기로 했다. 문승호에게 '나의
달'이라고 할 만한 사람이 생길 리 없다. 설령 생긴다 해도, 그것은
윤아미 자신이어야만 했다.
"그 애가 주희수 피날레에 선다는 말을 들었어. 다른 데서 활동
한 적 있는 애야?"
"아마 주희수 선배님 무대가 데뷔 무대가 될 것 같아."
"신인…… 이라고? 몇 살인데?"
"스무 살."

"하? 스무 살인데 신인? 승호 오빠도 걔 나이를 알아? 아니, 알 겠지. 알고서 시작한 거겠지."

아미의 눈빛이 변했다.

"주희수는 그 애의 뭘 보고 걜 피날레에 세우겠다는 거야?"

"승호를 보고 세우는 거겠지."

"그래……."

고집스럽게 입을 다문 아미는 한동안 정면을 노려봤다. 아미의 눈에만 보이는 김연희가 그곳에 서 있기라도 한 것처럼.

"주희수한테 가봐야겠어."

인형처럼 오밀조밀 예쁜 얼굴엔 불만족스러움이 가득했다. 아미가 백을 들고 일어나자, 지태가 아미의 손목을 붙잡았다. 아미는 비서에게 그랬던 것처럼 신경질적으로 뿌리치려 했지만, 지태의 힘은 비서보다 훨씬 강했다.

"성희롱으로 고소당하고 싶어?"

"윤아미. 주희수 선배님 만나서 무슨 짓 하게?"

"무슨 짓? 그런 식으로 말하지 마, 오빠. 나, 승호 오빠 발목 잡 는 짓은 절대로 안 해. 알잖아."

"승호 발목은 안 잡겠지."

"내가 루나라는 애한테 해코지라도 할까봐 그래?"

"……."

"걱정 마. 승호 오빠 마음이 그 애한테 없다는 걸 확인하면, 그 애는 내 관심 밖이 될 테니까. 어차피 상품이잖아. 승호 오빠 마음에 든 상품. 그럼 이 팔 좀 놔주겠어?"

지태가 손에서 힘을 뺐다. 하지만 아미를 믿어서 힘을 뺀 건 아니었다. 계속 붙잡고 설득을 한다고 해서 마음을 돌릴 아미가 아니라는 것을 알기 때문이었다. 아미의 고집을 꺾을 수 있는 사람은 아무도 없었다.

주희수는 자신을 방문한 아미에게 반가운 미소를 보냈다.

"아미 씨, 한국에 아주 들어온 거야?"

"아니요. 잠깐 들렀어요. 아, 디자이너님 옷은 아주 잘 입고 있어요. 학교 친구들이 굉장히 부러워해요."

"아미 씨가 내 옷 입고 다니니까 덕분에 홍보도 되고 좋아. 아미 씨만큼 내 옷을 잘 소화하는 사람도 없잖아?"

"무슨 말씀이세요. 난다 긴다 하는 모델들이 다들 디자이너님 옷 입고 싶어 하는데."

"우리 아미 씨 옷빨을 따라가는 애들이 없으니까 문제지. 그런데 여긴 어쩐 일이야? 차 한 잔 할래?"

"차는 괜찮아요. 루나 때문에 왔어요."

아미가 소파에 너부러진 종이들을 치우고 앉았다. 내색하지 않았지만 '루나' 라는 단어가 나오는 순간 주희수의 표정이 굳어진 걸 목격했다.

"루나라는 아이가 주희수 쇼 피날레에 서게 됐다는 말을 들었거든요. 제가 처음 들어본 이름이라서요."

거기까지 말한 아미가 미소를 지었다. 주희수 역시 웃고 있었지만 눈은 웃고 있지 않았다. 아미가 왜 찾아온 건지 그림이 그려졌기 때문이다.

주식회사 MBN 회장의 손녀인 윤아미는 문승호의 약혼녀이기도 했다. 대외적으로는 문승호에게 연인이 없다고 알려져 있지만, 이쪽 세계에 몸을 담고 있는 몇몇은 윤아미의 존재를 알고 있었다. 주희수도 그중 하나였다.

MBN 회장의 사랑을 한 몸에 받고 자라온 윤아미는 어린아이처럼 이기적이었다. 하지만 똑똑했다. 머리가 좋은 어린아이만큼 다루기 힘든 존재는 없다. 윤아미가 딱 그랬다.

아마도 윤아미는 루나가 문승호의 보석이라는 것을 알고 있을 것이다. 문승호가 루나를 상품 이상으로 특별히 여긴다는 걸 알게 되는 순간, 그녀를 내쳐버릴 생각으로 이곳에 방문했겠지. 싹부터 잘라버리려면 데뷔 무대에 아예 설 수 없게 하는 편이 좋으니까.

주희수로서는 나쁠 게 전혀 없었다.

루나의 첫인상은 최악이었다. 지극히 동양인 같은 둥근 계란형의 얼굴과 매혹적인 눈빛은 아무래도 상관없었다. 중요한 것은 루나가 얼마나 무대와 어울리느냐, 얼마나 주희수의 옷을 소화시킬 수 있느냐였다.

승호와 함께 들어온 루나는 형편없었다. 모델로서의 자질을 조금도 찾아볼 수가 없었다. 어째서 문승호 같은 인물이 루나를 보석이라고 생각하는 건지 모를 일이었다.

만약 아미가 손을 써준다면, 그걸 핑계로 피날레에서 루나를 뺄
수 있다. 이제 와서 루나를 빼더라도 문제될 건 없었다. 주희수의
피날레를 장식하고 싶어 하는 모델들은 넘치고 넘쳤고, 그중에는 한
창 잘나가는 강나은도 끼어 있었다.

"루나라는 애, 어떻던가요? 스무 살이라고 들었는데."

"내 눈에는 평범."

"평범?"

"그 이하."

"그래요? 하지만 문 대표님이 골라 왔다면 돌멩이는 아닐 텐데
요."

"문 대표 눈에만 그렇게 보일 수도 있지."

"그 말씀은……?"

걸려들었다. 주희수는 미소를 삼키고 대수롭잖다는 듯 말했다.

"다른 사람들 눈엔 그냥 그렇고 그런 평범한 애일 뿐인데, 문 대
표 눈에만 특별해 보일 수도 있는 거라고. 원래 사람 취향이라는 게
딱 정해져 있는 건 아니잖아."

"그럴 리가요."

아미는 미소를 지었지만, 아까처럼 자연스럽지 않았다. 분노를
억누르는 게 주희수의 눈에도 보였다. 무릎 위에 가지런히 얹어놓은
아미의 손등에 힘줄이 불거져 나왔다.

"문 대표님은 공과 사를 분명히 하는 분이세요. 괜한 말씀으로
문 대표님에 대한 이미지를 망가뜨리지 않으셨으면 좋겠어요. 곧 저

랑 결혼하실 분인데."

"아, 미안해. 내가 아미 씨 앞에서 이런 말을 하면 안 되는 거였는데."

"아니, 괜찮아요. 모르고 말씀하신 건데요. 아, 혹시 루나라는 애, 어디에 사는지 알고 계세요?"

"글쎄…… 문 대표가 하도 싸고돌아서 알 수 있는 게 거의 없네. 들리는 얘기로는 같이 사는 것 같던데."

"같이…… 산다고요?"

"문 대표 사생활이 알려진 게 거의 없으니까 나도 잘은 몰라. 그냥 들리는 소문. 누구누구가 그런 걸 봤다더라, 딱 그 정도."

"그래요."

아미의 입가가 실룩거렸다. 아미는 표정을 갈무리하고 천천히 일어났다.

"얘기 즐거웠어요, 디자이너님. S/S 시즌 기대하고 있을게요."

"응, 초대장 보내둘게. 내 VIP잖아."

'앞으로 날 위해 움직여줄 거고.'

분노를 삼키고 도도한 척 사무실을 나가는 윤아미를 보며 주희수는 속으로 쾌재를 불렀다.

이제 됐다. 저 고집불통 아가씨가 저렇게 화가 났으니 무슨 수든 쓸 것이다. 아마 루나가 주희수의 무대에 서는 일은 일어나지 않으리라.

'그럼 루나를 대체할 모델을 섭외해야겠네.'

제8장

속이 안 좋다. 어젯밤 배고픔을 참지 못하고 몰래 사과 하나를 먹었는데 그게 잘못된 모양이다. 러닝머신 위를 달리는 내내 속이 매스꺼워서 견딜 수가 없었다.

"어디 아파?"

연희의 옆에서 함께 달리던 강우가 걱정스레 물었다.

"아뇨, 그냥 좀…… 오늘따라 너무 피곤해요."

간밤에 사과를 몰래 먹다가 체했어요, 라는 말은 죽어도 할 수 없었다.

"이런. 왜 그러지? 바람이라도 좀 쐬고 올래?"

"아니, 괜찮아요. 힘내야죠."

"너 지금 안색이 정말 안 좋아."

거울에 비친 얼굴은 자신이 보기에도 유령처럼 창백했다. 연희는 러닝머신에서 내려와 숨을 골랐다. 매스꺼운 채로 달렸더니 속이 더 뒤집어졌다.

"잠깐 나갔다가 오자."

"강우 씨, 잠깐 얘기 좀 해요."

고개를 끄덕거리며 강우의 뒤를 따르는데, 미쉘이 강우를 불렀다.

"가보세요. 저 먼저 나가 있을게요."

"그래, 사람들 조심하고."

제대로 체했나보다. 속이 울렁거리다 못해 어지럽기까지 했다. 바닥이 지진 난 것처럼 흔들려서 눈을 질끈 감았다가 떴다. 아무래도 오늘은 좀 쉬는 게 좋겠다. 굳이 몰래 사과를 먹어서 체했다고 고백할 필요는 없으니, 적당히 둘러대면 되겠지.

4월 말인데도 봄의 느낌이 들지 않은 매서운 바람이 불어왔다. 비가 올 것 같은 뿌연 하늘을 올려다보며 강우가 나오기를 기다리는데, 또각또각, 힐 소리가 다가왔다.

그녀는 연희보다 훨씬 키가 작았지만 강렬했다. 자그마한 얼굴에 오밀조밀 붙어 있는 큼직한 눈코입 때문에 잘 만들어진 인형처럼 보였다. 연분홍색 체크무늬 7부 반코트 밖으로 보이는 팔목은 부러질 듯 가늘었고, 남색 치마 아래의 다리는 늘씬하고 길었다. 남자들이 딱 좋아할 것 같은, 여자들이 딱 부러워할 것 같은 외모였다.

'연예인인가……?'

그렇게 생각해도 이상하지 않을 만큼 예쁜 그녀에게서 눈을 뗄 수 없었다. 웨이브진 적갈색 머리 때문에 하얀 피부가 도드라졌다.

연희를 스쳐 지나간 그녀의 힐 소리가 바로 뒤에서 멈췄다. 연희가 뒤를 돌아보자, 이쪽을 보고 있는 그녀가 보였다. 그녀는 연희를 지그시 응시하다가 고개를 살짝 옆으로 기울였는데, 그 모습이 말도 못 하게 사랑스러웠다. 하지만 그것도 잠시, 그녀의 입가에 엷은 미소가 떠올랐다. 분명 그녀와 잘 어울리는 미소인데, 어째서인지 섬뜩하게 느껴졌다.

절 아세요?

라고 묻기 전, 그녀는 몸을 휙 돌리더니 다시 또각또각 걸어갔다.

미쉘은 그동안 연희에 대해 체크한 리스트를 강우에게 내밀었다. 강우는 다리를 꼬고 앉아 리스트를 읽기 시작했다.

"거기 보면 아시겠지만, 루나 어깨가 안쪽으로 굽은 건 정형외과를 다니면서 고치는 수밖에 없을 것 같아요."

"뼈 자체가 굳어버린 거야?"

"네. 어릴 때부터 키 컸던 여자애들이 그렇잖아요. 남들보다 큰 거 창피해서 허리랑 어깨를 구부정하게 하고 다니죠. 그게 그대로 굳어버렸어요."

"하지만 루나는 그런 걸로 창피해할 애가 아닌데."

"지금이야 그렇겠지만, 사춘기 때 여자애들은 다 똑같아요. 그래서 앞으로 한 달간 워킹 연습 마치면 바로 정형외과에 가는 게 좋을 것 같아요. 정형외과는 괜찮은 곳으로 몇 군데 뽑아놨어요."

"응, 고생했네."

"고생은 강우 씨가 더 하시죠. 아무튼 어깨랑 허리가 굽어 있어서 전체적으로 맥이 없어 보여요. 뭘 해도 카리스마가 안 느껴지는 게 문제예요."

"아무래도 이제 한 달이 겨우 지났으니 그럴 수밖에 없지."

"강우 씨, 설마…… 루나를 불쌍하게 여기고 계신 거예요?"

강우가 인상을 찌푸렸다.

"왜 그렇게 생각해?"

"원래 강우 씨는 매니징해주는 애들한테 가차 없잖아요."

"그랬나? 하긴, 저번에 승호가 그러더라. 칼 같은 사람인 줄 알았는데 의외로 두부 같다고."

"두부? 승호 걔는 말을 해도 참……."

"그냥 걔 말투는 이제 익숙해. 아무튼 정형외과 부분은 승호랑 상의해서 결정하도록 할게. 그 외에는 필요한 거 없고?"

"네, 일단은 여기까지만요. 걔도 한꺼번에 다 하려면 숨이 막힐 테니, 3, 4일씩 텀을 두고 추가해가는 게 좋을 것 같아요."

"그래, 그리고 오늘 루나가 좀 아픈 것 같아서 일정을 빨리 끝냈으면 해."

"아프대요?"

"얼굴에 핏기가 없더라구. 꾀병은 아닌 것 같아."

"루나가 꾀병을 부리면서까지 쉴 애는 아니죠."

미셸은 연희를 가르치는 동안 연희가 점점 마음에 들었다. 연희는 우는소리를 하지 않았다. 초보자가 감당할 수 없을 만큼의 연습을 시키는데도 이를 악물고, 그 모든 연습을 소화해냈다. 근육통에 메스꺼움까지 동반한 고통이 있을 텐데도, 다음 날 센터에 오면 밝은 표정으로 인사를 했다.

승호는 연희를 아꼈고, 연희 역시 그것을 충분히 알고 있을 거다. 보통 권력자의 특별대우를 한 몸에 받다보면 변하는 법이다. 그러나 연희는 처음처럼 예의 발랐다.

모델로 성공하고 나면 변할지도 모르겠지만, 미쉘은 연희가 변하지 않을 거란 생각이 들었다. 이상하게도 연희는 딱 지금 이 모습 그대로, 승호에게만 맹랑하게 대하는 채로 남아 있을 거란 확신이 있었다.

"그럼 오늘은 여기까지만 하는 게 좋겠어요. 차라리 하루 푹 쉬는 편이 큰 병을 안 만들 테니까."

"그래, 일단 연희 병원에 데리고 가고, 정형외과 건은 승호한테 바로 보고를 해둘게."

"네. 아, 그리고 지태한테 연락을 받았는데요."

거기까지 말했을 때, 똑똑, 노크 소리가 들렸다. 미쉘은 올 것이 왔다는 표정으로 입을 꾹 다물고 문을 노려봤다. 미쉘의 표정이 심상치 않음을 느낀 강우가 미간을 좁히고 뒤를 돌아봤다.

문이 열리고, 들어온 여자의 모습에 강우의 표정이 굳었다.

"안녕하세요. 두 분 다 오랜만이에요."

아미는 두 사람이 자신을 반기지 않는다는 걸 알면서도 환하게 미소를 지었다. 미쉘은 아미를 지그시 노려봤다.

"여긴 어쩐 일이야? 땀 냄새 나서 싫다고 하지 않았어?"

"아무리 싫어도 해야 할 일이 있을 때는 장소를 가리지 말아야 되는 법이잖아요. 물어보고 싶은 게 있어서 왔어요."

"내가 순순히 대답해줄 거라고 생각한 건 아니겠지?"

"밖에 있는 애가 루나죠? 얼굴 동그란 애."

아미는 미쉘의 말을 깨끗이 무시했다. 아미다운 태도라고 생각하며 강우가 대답했다.

"그래."

"그 애, 어디서 살고 있죠?"

"승호네."

굳이 감출 필요는 없었다. 감춘다고 해도 아미는 알아낼 테니, 차라리 대수롭지 않은 일인 듯 솔직하게 말하는 편이 낫다.

"그래요?"

"응, 하지만 이상하게 생각할 건 없어. 루나는 일층, 승호는 이층. 루나는 내내 나랑 같이 있어서 승호랑 마주칠 일도……."

"됐어요. 그런 이야기까지는 듣지 않아도 돼요."

"야, 너 버릇없이……!"

아미가 강우의 말을 끊었다. 발끈한 미쉘이 한마디 하려 했지만, 강우가 손을 살짝 올려 미쉘을 막았다. 아미는 고맙다는 듯 강우에게 살짝 미소를 지었다.

"한 가지만 더 물어보죠. 저 애, 승호 오빠의 특별한 사람인가요?"

"그렇다면 어쩔 건데?"

미쉘의 까칠한 반응에 강우는 속으로 한숨을 쉬었다. 이렇게 나오면 안 될 텐데.

승호가 연희를 특별하게 생각하는 건 확실했지만, 아미가 그걸 알아야 할 필요는 없었다. 그냥 두루뭉실, 특별하게 생각하는 상품일 뿐이라고 대답했으면 일이 크게 꼬일 리가 없다.

"잘라내야죠."

아미가 섬뜩한 미소와 함께 내뱉은 말이, '그렇다면 어쩔 건데?'에 대한 대답이라는 걸 뒤늦게 깨달았다. 미쉘은 그제야 자신의 태도가 잘못됐다는 걸 깨닫고 입을 다물었다.

"특별하진 않아. 문승호가 누군가를 특별하게 생각하는 일은 없으니까. 그냥 특별한 상품 중에 하나일 뿐이야. 모델로서 꽤 가치가 있거든."

강우가 마음에도 없는 말을 내뱉었다. 아미는 그런 강우를 물끄러미 응시하며 웃었다. 조롱이 담긴 미소였다.

"신뢰가 안 가는 말이네요. 그럼 가보겠습니다."

아미가 나갔다.

생각지 못한 상황에 두 사람은 한동안 멍하니 닫힌 문을 바라봤다.

"강우 씨. 제가…… 말을 잘못한 거죠?"

미쉘이 울 것 같은 표정으로 물었다.

"이미 지나간 일이니까 어떻게 루나를 보호해야 할지 생각해봐야지."

거기까지 말하고 나서야 연희가 밖에 있다는 데 생각이 미쳤다. 연희는 아미의 무서움을 모른다. 연희 성격이라면, 아미가 걸어오는 시비를 묵묵히 넘기지 않을 것이다.

"루나한테 가봐야겠다."

"같이 가요!"

다급히 일어난 강우의 뒤를 미쉘이 따랐다.

찬 공기를 접했더니 울렁거림이 조금씩 가라앉았다.

멍하니 거리를 응시했다. 번화가에서 조금 떨어진 곳에 위치해 있었기에 지나다니는 사람은 별로 없었다. 특별할 거 없는 조용한 거리인데, 아주 오랜만에 마주 보는 기분이 들었다.

예전에는 넋 놓고 있을 시간도 많았고, 쓸데없는 생각을 할 시간도 많았다. 공부를 하다가도 멍하니, 친구들과 놀다가도 멍하니, 거리를 걷다가도 멍하니. 여러 가지 상상도 하고, 생각도 하고, 그렇게 여유를 즐겼다.

최근 한 달 동안은 눈코 뜰 새 없이 바빠서, 생각이라는 걸 할 틈이 없었다. 아침에 일어나면 바로 휘트니스 센터로, 요가 센터로, 워킹 센터로. 쉴 새 없이 Go, Go, Go, Fight! 어느 순간 정신을 차려보면 침대에 누워 있고, 생각 좀 하려고 하면 잠이 든다. 아침에 일어나면 다시 Go, Go, Fight의 시작. 하루하루가 전쟁 같다.

서늘한 공기 속에서 여유를 누리다보니, 그런 생각이 들었다.

내 소중한 가족도 못 만나면서 여기서 뭘 하고 있는 거지?

당장이라도 영우에게 달려가고 싶다.

도망칠까?

마음이 약해지려고 해서 고개를 절레절레 젓는데, 또각또각, 하이힐 소리가 들렸다. 이상하게도 그 소리가 총성처럼 날카롭게 들려 연희는 허리를 곧추세웠다. 힐 소리는 연희의 바로 옆에서 멈췄다.

"루나, 맞죠?"

아까의 그 여자가 연희의 바로 옆에 서서 정면을 응시한 채로 물었다.

"그런데요. 절 아세요?"

"그럼요."

그녀가 빙그레 미소를 지었다.

"내 남자의 상품을 모를 만큼 무심하진 않거든요."

"내 남자?"

"그래요, 내 남자."

그녀가 천천히 몸을 움직였다. 그 행동, 어디서 본 것 같다고 생각하다가 문승호와 닮았다는 걸 깨달았다. 느릿하고 여유가 넘치는, 그래서 오만해 보이는 행동거지. 그 오만함에 섞여 있는 부티.

"문승호 대표 약혼녀예요."

쿵!

바닥이 흔들렸다. 역시 체한 게 맞나보다.

"앞으로 자주 보게 되겠네요."

귓가에 정체 모를 웅웅거리는 울림이 있는데도 그녀의 목소리가 또렷하게 들렸다. 연희는 웅웅거리는 거슬리는 소리가 좀 더 커졌으면 좋겠다고 생각했다. 그녀가 하는 말을 듣지 않을 수 있도록.

"뭐, 그것도 그쪽이 모델이 됐을 때의 얘기지만."

그녀의 입가에 조소인 것이 분명한 미소가 떠올랐다. 비릿한 미소를 짓는데도, 그녀는 사랑스러웠다.

"그럼 이만. 다음에 또 볼 수 있으면 좋겠네요."

굳어버린 연희를 놔두고 그녀는 사라졌다. 또각또각, 총성 같은 하이힐 소리와 함께.

"루나, 괜찮아?"

뒤늦게 나온 강우가 연희의 어깨에 손을 얹었다. 마른 어깨가 가늘게 떨렸다.

연희는 강우에게 괜찮다고 말해야 한다는 걸 알았지만, 목에 돌이 걸린 것처럼 목소리가 나오지 않았다. 마른침만 꼴깍꼴깍 삼키는 연희의 귀에 강우의 걱정스런 목소리가 들려왔다.

"루나, 괜찮은 거야?"

"아니요."

입술이 연희를 배신했다.

"안 괜찮아요. 너무 아파요. 저, 오늘 좀 쉬고 싶어요."

안 된다고 할 줄 알았던 강우는 "그래, 오늘은 쉬자."라며 주차장으로 향했다. 순간, 이 남자가 자신의 은밀한 마음을 눈치챈 건가 걱정을 했다. 하지만 강우의 얼굴엔 순수한 걱정만 묻어 있어서 조금 죄책감이 들었다. 사랑 때문에, 갖지 말아야 할 감정 때문에 게으름을 피울 때가 아닌데.

하지만 도저히 이성적으로 생각할 수가 없었다.

—내 남자.

도도하고 오만한 표정과 자신만만한 말투가 뇌리에 콱 박혀 떠나질 않는다. 그녀는 몹시 사랑스러웠다. 연희가 남자였더라면, 그녀 같은 여자를 사랑했을 것이다.

—내 남자의 상품.

그래, 상품이었다.

승호는 귀에 뿌리가 내릴 정도로 그 말을 했다. 그걸 부정하고 싶어서 모르는 척했던 건 자신의 잘못이었다. 승호 같은 남자에게 여자가 없을 리 없는데, 그 사실을 외면하고 있었다.

가슴이 찢어졌다. 찢어지는 소리가 운전을 하는 강우에게까지 들릴까 두려웠다. 그래서 강우 몰래 가슴에 손을 올리고 천천히 숨을 몰아쉬었다.

토할 것 같다.

❀ ❀ ❀

승호는 매니저들이 보낸 보고서를 읽고 있었다. 연예인에 대한 것은 매니저들에게 맡겨놓긴 하지만, 한 달에 한 번씩은 진행 상황에 대한 보고를 받는다. 그래야 매니저들이 적절하게 대처를 하고 있는지 알 수 있다.

한경인의 매니저에게 전화를 걸어, 당분간 브라운관 활동을 줄이고 잡지 활동으로 돌리라고 했다. 한경인은 카리스마를 내세우는 모델이기 때문에 브라운관에 자주 등장해서 좋을 게 없다. 아직까지는 카리스마 있는 행동을 하고 있긴 하지만, 언젠가는 외모와 달리 주책맞은 성격을 드러내게 될 것이다.

삑.

비서실에서 내선이 들어왔다.

"네."

[윤아미라는 분이 찾아오셨는데요.]

스피커폰으로 들려오는 목소리에 미간을 좁혔다. 아미가 한국에 들어온다는 말은 듣지 못했다.

"들어오라고 하세요."

잠시 시간이 흐른 후, 아미가 들어왔다. 미국에 갈 때와 똑같은 모습이었다. 달라진 게 있다면 적갈색으로 염색한 헤어스타일 정도? 3년 전엔 염색하지 않은 깔끔한 단발이었다.

"보고 싶었어."

아미가 달콤한 미소를 지었다. 승호는 무심히 아미를 응시했다.

할 애기나 하고 가라는 표정이었다. 하지만 아미는 승호의 옆으로 다가가 넓은 어깨에 손을 얹었다.

"오랜만에 만난 약혼녀한테 차 한 잔도 안 줘?"

"여기 차보다는 너네 집 차가 맛있을 텐데."

"오빠가 끓여주는 차가 맛있어."

"끓여준 적이 있었나?"

"오늘, 지금 이 순간."

승호는 차를 끓이러 가는 대신, 나가는 문을 가리켰다.

"나가서 앞에 앉아 있는 여자한테 말해. 취향대로 끓여줄 테니까."

"오빠가 끓여준 거 마시고 싶다니까?"

"윤아미."

"응?"

"매력 없어졌군. 이렇게 칭얼대는 여자였나?"

"물론 아니지."

아미가 쓴웃음을 지으며 소파로 향했다. 저런 남자인 줄 알고 있었다. 어느 누구에게도 다정함을 보이지 않는 남자. 가족에게조차 칼같이 날카로운 남자.

3년이나 못 본 연인이 갑자기 돌아오면 조금쯤은 잘해줄 줄 알았는데, 승호는 여전했다.

"안 물어봐?"

"뭘?"

"한국에 왜 들어왔는지."

"들어올 이유가 있으니 들어왔겠지."

이런 면도 여전하다. 남의 일에 관심이 없다. 이 남자의 앞에서 울음을 터뜨려도, 이 남자는 그 이유를 물어보지 않을 것이다. 전에도 그랬으니까.

이미 실패했던 일을 다시 시도하고 싶진 않았다.

"루나에 대해 들었어."

"그래?"

승호의 표정을 살폈지만 조각 같은 얼굴엔 아무 감정도 담겨 있지 않았다. 검은 눈동자는 여전히 어두웠고, 굳게 다문 입술은 여전히 냉랭했다.

'그러면 그렇지.'

아미는 자신이 오해를 했다는 걸 깨달았다. 문승호에게 특별한 사람이 생길 리가 없다. 뒷이야기를 좋아하는 기자들이 제멋대로 기사를 배출해냈을 뿐이다. 거짓말이 90% 이상인 인터넷 기사를 믿고 한국까지 온 자신이 부끄럽기까지 했다.

"그 애, 스무 살이라며?"

"그래."

"모델, 스무 살에 시작해도 돼?"

"돼."

"오빠가 그렇다면 그런 거겠지. 같이 살고 있다고 들었어."

"그래."

"굳이 같이 살 필요는 없지 않아?"

"관리가 필요해."

"그럼 더더욱. 오빠랑 동거하고 있다는 사실이 이슈가 되면 그 애한테 좋을 거 없어. 오빠야 내가 덮어줄 수 있지만 그 애까지 책임지고 싶진 않아. 내 상품은 아니니까."

"너한테 책임져달라고 부탁한 기억은 없는데."

"물론. 하지만 오빠가 힘들어하는 모습은 보고 싶지 않거든."

"왜 내가 힘들어할 거라고 생각하지?"

"오빤 실패를 해본 적이 없는 남자니까. 실패를 경험해보지 못한 사람은 실패 앞에서 허물어지는 법이거든."

"그럼 내 역량이 거기까지라는 거겠지. 거기까지인 남자는 너에게 어울리지 않으니 버리면 그만이야."

"난 오빠 안 버려. 하지만 루나라는 애, 걔는 내보냈으면 좋겠어. 어쨌든 오빠는 내 약혼자인데, 내 약혼자가 여자랑 동거하는 거 싫어."

승호가 살짝 미간을 좁혔다.

"내 일에 대해선 터치하지 말지."

"일로만 생각할 수 없는 부분이잖아. 생활이란 부분은. 그 애는 오빠가 자다 깬 모습을 볼 거고, 하품하는 모습도 보겠지. 그런 사적인 면은 나한테만 보여주는 게 맞는 거잖아?"

"걱정 마. 루나에겐 그런 모습을 보이지 않으니까."

승호가 고집스럽게 말했다.

"왜 그렇게 고집을 부려? 나, 걔랑 사는 거 싫다니까? 내가 싫다는 일, 정말로 계속하려고? 그냥 권강우 씨랑 같이 살게 하면 되잖아. 어차피 권강우 씨가 다 관리하고 있는데."

"윤아미는 이런 여자였나?"

승호의 얼굴에서 다시 표정이 사라졌다.

"내가 아는 윤아미는 일에 있어서는 쿨한 줄 알았는데, 실망스럽군."

"어쩔 수 없어. 난 오빠를 사랑하는 여자니까. 사랑에 빠진 여자는 핫해지거든."

"내 약혼녀는 쿨한 채로 남아 있었으면 좋겠는데."

"그 애를 내보낸다면 쿨해질게."

승호의 표정이 서늘하게 굳어져갔다. 아미는 승호가 분노하고 있다는 걸 눈치챘지만 멈출 수가 없었다. 승호와의 대화가 지속될수록 불안해졌기 때문이다.

승호에게 이런 걸 요구한 적은 없다. 하지만 예전의 승호였다면 아미의 요구를 들어줬을 것이다. 승호 말대로 '쿨' 하게. 승호는 그래야만 했다. 그런 조건으로 아미와 약혼을 한 것이니까.

'그런데 왜……'

자존심이 상했다.

'왜 안 내보내려는 거야? 그런 애 따위 어디서 살든 관계없잖아.'

'관리를 위해서' 라는 말이 핑계처럼 들렸다. 승호는 결코 핑계를 대지 않는 남자인데, 지금은 승호가 하는 모든 말이 핑계로 들렸다.

뜻대로 되지 않아 초조해졌다. 손가락 끝을 잡아 뜯고 있는데, 승호의 휴대폰이 울렸다.

"문승홉니다. 아, 권강우 씨…… 네? 루나가 아프다고요?"

순간, 승호의 얼굴에 떠오른 표정이 아미의 가슴을 후려쳤다. 아미는 자기 눈에 보이는 것을 믿을 수가 없었다.

'뭐야……? 왜……?'

"알겠습니다. 병원에는 연락했습니까?"

'어째서?'

"네, 그럼 지금 당장 가겠습니다."

'어째서 오빠 얼굴에 표정이 생기는 거야?'

승호의 얼굴에 표정이 생겼다. 분노, 짜증, 귀찮음, 불쾌함. 아미가 봐오던 그런 표정이 아니었다. 처음 보는 표정. 누군가를 걱정하는 표정이다. 요동치는 법이 없는 검고 깊은 눈동자가 심히 흔들리는 것을 똑똑히 목격했다. 걷잡을 수 없이 불안해졌다.

"그만 가라. 가볼 데가 있다."

"가지 마."

아미가 승호의 팔을 붙들었다.

"윤아미, 그만 가라고 했다."

"안 가는 게 좋을 것 같아. 강우 씨가 같이 있잖아."

승호는 대답하지 않았다. 그저 아미가 아주 잘 알고 있는, 무감정한 눈동자로 아미를 응시했을 뿐이다. 아미는 그것이 말할 수 없이 치욕스럽게 느껴졌다.

'루나가 아프다는 말에는 흔들렸으면서!'

아미가 간염에 걸려 쓰러졌을 때도 승호는 걱정하지 않았다.

—불치병은 아니군. 건강 관리도 능력 중에 하나야.

문병을 와서, 그 한마디를 던지고 돌아갔다. 그랬던 남자가 어째서? 도저히 이해할 수가 없었다.

연희는 아무리 봐도 특별할 것이 없었다. 거리에서 흔히 볼 수 있는, 조금 예쁘장한 여자애일 뿐이었다. 남자의 성욕조차 이끌어내지 못할 만큼 앳되어 보이는, 밋밋한 몸매의 마른 여자.

'왜 그런 거 때문에?'

승호의 손목을 잡은 손이 바들바들 떨렸다.

"오빠. 나, 여기까지야."

아미가 분노를 억누르며 말했다.

"더 이러는 거, 나 싫어. 내가 손쓰게 만들지 마."

마지막은 경고였다. 그러나 승호는 대답하지 않고 아미의 손을 뿌리쳤다. 더 이상 가라는 말조차 하지 않은 채 승호는 사무실에서 나가버렸다.

아미는 닫힌 문을 노려보다가 차갑게 웃었다.

✳ ✳ ✳

문을 열자마자 죽 끓이는 냄새가 났다.

"대표님, 오셨어요?"

죽을 끓이던 경인이 달려 나왔다. 승호는 고개를 까딱 움직이고 방으로 들어갔다. 침대 옆에 앉아 있던 강우가 일어났다.

"미안하다. 내가 건강도 제대로 관리했어야 했는데, 너무 무리를 시켰나보다."

승호는 대답 없이 침대 옆으로 다가갔다. 연희는 땀을 흘리고 있었다. 창백한 한편으로 볼은 새빨개서 열이 높다는 게 눈에 보였다. 하악하악, 힘겹게 몰아쉬는 숨결과 찌푸려진 눈썹이 아파 보였다. 그래서 가슴이 아팠다.

'왜 이러지?'

샤워를 하고 나온 연희를 봤을 때와는 또 다른 느낌이었다. 왼쪽 가슴이, 딱 심장이 있는 그 부근이 전부 다 아파서 등까지, 배까지, 목덜미까지 아팠다. 아파서 누워 있는 건 연희인데, 자신이 쓰러질 것 같았다.

"의사는 뭐랍니까?"

"과로라고 하더라. 장염도 겹쳤고."

"입원은 안 해도 되는 겁니까?"

"링거 맞았어. 집에서 푹 쉬면 된대."

"그렇습니까."

"괜찮은 거냐?"

강우의 질문에 조금 정신이 들었다. 언제부터였는지, 주먹을 꽉 쥐고 있었다. 손바닥이 축축했다. 한 번도 손에서 땀이 난 적이 없는데.

"제가 괜찮지 않을 이유가 있습니까?"

"물론 그럴 이유는 없지만…… 너, 힘들어 보여. 너도 과로로 쓰러지는 거 아니냐?"

"전 관리를 제대로 하고 있습니다. 권강우 씨도 쓰러지면 안 되니, 이만 돌아가세요."

"연희 정신 차리는 것 좀 보고."

"제가 있겠습니다."

"그래도……."

"이런 상황에서 권강우 씨까지 쓰러지면 곤란합니다. 그만 돌아가서 쉬세요."

승호가 명령조로 말했다. 강우는 어깨를 으쓱하고는 고개를 끄덕였다. 승호가 이렇게까지 말한다면 돌아가는 수밖에 없다. 할딱거리는 연희를 걱정스럽게 내려다보고 몸을 돌렸다. 문을 닫기 전, 승호의 얼굴이 보였다. 승호는 강우의 존재를 잊은 듯, 연희를 물끄러미 내려다보고 있었다.

무표정한 얼굴, 굳게 다문 입술. 평소와 다를 게 전혀 없는 그 모습이 어째서인지 눈에 밟혔다. 조용히 문을 닫고 현관문으로 향하다가 깨달았다.

'주먹을 쥐고 있었어.'

손등에 파란 핏줄이 불거져 나올 만큼 승호는 주먹을 꽉 쥐고 있었다.

사람은 격한 감정을 참을 때, 긴장을 억누를 때, 슬픔을 견딜 때, 아픔을 이겨야 할 때, 분노했을 때 주먹을 쥔다. 승호의 주먹은 중요한 때에 건강 관리를 못 한 연희를 향한 분노 때문일까.

'아니, 그게 아냐.'

승호는 그런 것에 분노하지 않는다.

'그럼…….'

승호의 생각지 못한 모습을 발견하는 바람에 주방에서 죽을 준비하던 경인을 잊고 있었다.

"선배님."

경인의 부름을 듣고서야 정신을 차렸다. 소스라치게 놀라는 강우를, 경인이 이상하다는 듯 쳐다봤다.

"왜 그러세요?"

"아, 죽은 다 만들었고?"

"네. 말씀하신 대로 미음으로 만들었어요. 대표님께 보고드릴까요?"

"아니……."

어째서인지 닫힌 방문을 열면 안 된다는 생각이 들었다. 그 안에서 조용히 연희를 내려다보고 있을 승호를 방해하면 안 될 것 같았다.

"그냥 가자."

"넵."

경인은 그럴 줄 알았다는 듯 어깨를 으쓱하고는 앞치마를 벗었다. 앞치마를 벗는 모습마저 섹시했다. 섹시의 아이콘이라고 불리는 이유를 알겠다.

"연희 누나는 대표님이 간호하는 건가?"

"승호가 간호나 제대로 할 수 있겠냐. 병을 키우지 않으면 다행이지."

"제대로 하시겠죠. 대표님의 소중한 사람인데."

경인의 말투가 평소와 달랐다. 슬쩍 쳐다봤지만 표정은 아까와 비슷했다. 아무래도 처음 보는 승호의 모습에 너무 신경을 쓰고 있었던 모양이다.

"그래, 승호가 알아서 잘하겠지."

달칵.

문 닫히는 소리도 듣지 못할 만큼, 승호는 연희에게 집중하고 있었다. 쌕쌕, 힘겹게 숨을 몰아쉬는 연희에게서 눈을 뗄 수가 없었다. 움켜쥐면 부러질 것 같은 가느다란 목이 움찔거릴 때마다 승호의 심장도 움찔거렸다. 부피감이 없는 마른 가슴이 떨릴 때마다 승호의 심장도 떨렸다.

어째서?

승호는 이유를 알 수가 없었다.

과로일 뿐이다.

연예인 생활을 하면서 과로로 쓰러지는 일은 예삿일이다. 승호가 키운 연예인 중에서도 과로로 쓰러진 연예인이 많았다. 작년에는 승호가 아끼는 경인이 쓰러졌다. 과로에 간염까지 겹쳐, 계속 무리한 생활을 하면 위험할 거란 얘기까지 들었다. 하지만 그때는 이렇게 심장이 파도 속에 있는 것처럼 출렁거리지 않았다.

소속사 연예인뿐만이 아니다. 승호의 형인 승민이 고된 인턴 생활에 지쳐 졸면서 걷다가 가벼운 교통사고를 당한 적 있다. 그 소식을 들었을 때도 이런 격렬한 감정은 느끼지 못했다.

손가락이 손바닥의 살을 파고드는 게 느껴지지만 손에서 힘을 뺄 수가 없었다. 그 순간, 입에서 원치 않는 소리가 흘러나올 것 같았다.

연희의 옆에 서 있는다고 해서 연희가 빨리 낫는 것도 아니건만, 승호는 침대 옆에서 조용히 연희를 바라보기만 했다.

파도에 넘실거리는 배 위에 있는 기분이 사라지지 않는다. 옆에서 강우의 목소리가 들린 것 같기도 하고, 경인의 목소리가 들린 것 같기도 하다. 어느 순간 세상이 까매졌다. 꿈도 꾸지 않고 잤는데, 깨는 순간 가슴에 통증을 느꼈다.

―내 남자.

그녀의 당당한 눈빛과 목소리가 떠올랐다. 눈을 뜨자마자 생각이

나다니. 슬픔을 떠나서 화가 나기까지 했다.

'목말라……'

방은 어두웠다. 인기척이 없는 걸로 봐선 다들 돌아간 모양이다.

'창피해.'

아픈 와중에도 간밤에 몰래 먹은 사과 때문에 모두를 걱정시켰단 생각에 부끄러움을 느꼈다. 입술이 떨어지지 않을 만큼 심한 갈증이 느껴졌다.

'영우 오빠.'

그래도 역시 내 가족이 최고라는 말은 정말이다. 몸도, 마음도 아프니 영우가 가장 보고 싶다. 심한 감기에 걸렸을 때, 잠도 안 자고 연희의 손을 꼭 잡고 옆에 있어준 영우가 생각났다.

'이제는 아파도 혼자 버텨야 돼. 최고가 될 때까지는……'

약해지려는 마음을 다잡으며 돌아누운 연희는, 침대 바로 옆에 서 있는 호리호리한 검은 그림자를 발견했다. 얼굴을 보지 않고도 그게 승호라는 걸 알 수 있었다. 숨이 막힐 정도로 꼿꼿이 선 단정한 자태.

"대표……님……?"

목소리가 형편없이 갈라졌다.

"정신이 좀 드나?"

"뭐…… 기절한 것도 아닌데요."

"괜찮나?"

승호의 목소리는 쉬어 있었다.

"그냥…… 그런데 왜 거기에 서 계세요? 언제부터 계셨어요?"

"……간호를 해주고 있었지."

"그냥 그렇게 서서요?"

"뭐가 필요하지?"

"목이 말라요."

그냥 한번 던져본 말인데, 승호는 말없이 주방에 가서 물을 가지고 왔다. 차가운 물을 마시자 머리가 조금 맑아졌다.

승호가 평소와 조금 다른 것 같다. 평소라면 물을 떠다준 걸로 크게 생색을 낼 텐데. 하지만 이상하다고 생각할 자유조차 없었다.

—내 남자.

그녀의 목소리가 자꾸만 머릿속을 헤집는다.

"대표님의 약혼녀를 만났어요."

말을 꺼내면서 바보 같은 기대를 했다.

약혼녀? 나 그런 거 없는데? 이 완벽한 내가 약혼녀 따위를 만들 것 같나?

그러나 승호는 덤덤히 대답했다.

"그래."

놀라움도 담겨 있지 않았다. 그게 슬펐다.

"참 예쁘게 생겼더라구요."

"그래."

"좋겠다. 그렇게 예쁜 사람이 약혼녀라서."

"하지만 빛나진 않지."

승호가 침대에 가까이 다가왔다. 호리호리한 몸과는 달리 커다란 손이 연희의 이마 위에 놓였다. 닿은 부분이 탈 듯이 뜨거웠다. 아주 조금, 기대를 했다.

"내 인생에 빛나는 사람은 딱 둘이야."

"……둘?"

"그래, 한 명은 너, 그리고 또 다른 한 명은 권강우 씨."

작은 기대가 무너졌다.

세상에 절대라는 말은 수학에만 존재한다는 명언이 떠올랐다. 그 명언은 거짓이다. '절대'라는 것은 현실에도 존재한다.

'이 남자는 나한테 절대로 연애 감정 같은 거 갖지 않아.'

울렁거림이 잊혀질 만큼 가슴이 아팠다.

'이 남자한테 나는 그냥, 길을 가다가 주운 보석일 뿐이야. 어쩌면 보석이 아닐지도 모르는, 그냥 반짝거리는 광물. 아마도 이 남자 혼자서 그걸 보석이라고 오해해고 있는 거겠지. 언젠가 내가 광물일 뿐이라는 걸 알게 되면…… 그러면 이 남자는 나를……'

승호의 눈동자는 그 주위를 감싼 어둠보다 더 어두웠다. 아무 감정도 담기지 않은 칠흑 같은 눈동자.

'나를 버릴 거야.'

이 지독히도 차가운 남자가 자신을 어떻게 보고 있는지 알면서도 혼자서 좋아하고 아파하고, 좋아하고 아파하고. 변하지 않을 걸 알면서도 기대하고 실망하고, 기대하고 실망하고.

슬프고, 창피하다.

반대쪽으로 돌아누웠다. 이마에 놓여 있던 손이 스르륵 떨어져 나갔다.

"결혼…… 언제 해요?"

"때가 되면."

"때가 언제인데요?"

그만 물어봐, 김연희!

자신의 입을 틀어막고 싶었다. 질문에 대한 대답이 돌아오면 돌아올수록 더 아파질 걸 알면서도 자꾸만 묻게 됐다.

인간은 늘 이렇다. 이별한 연인은 헤어진 상대가 어떻게 지내고 있는지 궁금해한다. 다른 여자는 생겼는지, 그 여자와는 잘 지내는지, 나를 그리워하지는 않는지. 대답이 들으면 들을수록 아파진다는 걸 알면서도 몇 번이나 되묻는 이유는 아마도 기대하기 때문일 것이다.

너 때문에 슬퍼해, 너 때문에 다른 여자를 못 사귀어, 널 아주 많이 그리워해.

그런 대답들로 위안을 받고 싶어서.

연희는 자신의 질문 역시 그와 같은 선 위에 위치한다는 것을 알고 있었다.

네가 훨씬 더 예뻐. 결혼 같은 건 안 해. 그녀보다 네가 더 좋아졌어.

들려올 리 없는 그런 대답들을 듣고 싶어서, 묻지 않아도 되는 것들을 물었다.

"아마도 내년."

매정하게도 승호의 대답은 짧고 명료했다.

눈물이 나올 것 같았기에 질끈 눈을 감고, 꿀꺽 침을 삼켰다.

"알겠어요. 저 피곤해요. 그만 잘게요."

"그래."

승호는 나가지 않았다. 침대 옆에서 미동조차 하지 않는 승호가 신경 쓰였다.

"나가주세요."

"그래."

"……."

"……."

"나, 가, 달, 라, 구, 요."

"내가 있으면 불편한가?"

"편할 리가 없잖아요."

"혼자 잘 수 있겠나?"

"지금까지 쭉 혼자 잤거든요?"

이 남자, 정말 왜 이러는 걸까?

안 그래도 가슴이 아파 죽겠는데, 자꾸만 이렇게 오해할 행동을 하니 짜증이 났다. 아마도 승호의 말투나 행동이 너무 진지해서, 너무 진심 같아서 더 오해를 하게 되는 모양이다.

"나가요, 좀!"

신경질적으로 말하며 몸을 돌려 승호를 노려봤다. 승호는 그 깊고 어두운 눈으로 한참 동안 연희를 응시하다가 방에서 나갔다. 닫히는 문을 노려보며 연희는 조용히 중얼거렸다.

"제발 좀 내 마음에서 나가버려요."

❋   ❋   ❋

승민은 승호를 물끄러미 응시했다. 승호는 언제나 그렇듯 건방진 자세로 앉아 승민의 대답을 기다리고 있었다. 이 녀석은 태어나는 순간에도 건방지게 태어났을 거라는 생각을 하며 입을 열었다.

"심장에 문제가 생긴 것 같다고?"

"응."

"너 정기검진 꼬박꼬박 받잖아. 그것도 6개월에 한 번씩."

"정기검진을 꼬박꼬박 받는다고 해서 아프지 말라는 법은 없잖아."

"물론 그렇긴 하지. 하지만 괜찮던 심장에 갑자기 문제가 생기는 경우도 거의 없어."

"지금, 내가, 문제를, 느낀다고."

승호가 단어를 딱딱 끊어가며 말했다. 저 살벌한 표정을 보면 심장에 이상이 생기긴커녕 심장 자체가 없을 것 같다. 하지만 계속 검사를 거부했다가는 자기 친형이라도 진료 거부로 신고할 놈이기 때문에, 어쩔 수 없이 의사 본연의 자세로 돌아가 진지하게 물었다.

"너란 놈한테 심장이라는 게 있다는 게, 사실이냐?"

"형님……."

승호의 목소리가 낮아졌다. 이제 진짜 위험하다.

"그 안에서 뛰고 있는 그게, 남들이랑 똑같은 심장이라는 걸 확신할 수 있냐?"

"……."

승호는 조용히 승민을 노려보다가 휴대폰을 꺼냈다.

"이, 인마! 뭐 하게?"

"신고. 사람 목숨 가지고 장난치는 의사를 그냥 둘 수는 없지."

이럴 줄 알았다. 승민은 한숨을 쉬며 승호에게 다가가 휴대폰을 빼앗았다.

"이제 강탈까지 할 셈인가?"

"증상이 어떤데?"

"공권력을 들이대야 제대로 일하는 태도 좀 고쳐."

"나는 늘 진지하고 성실하게 일을 하고 있거든. 넌 문제가 없을 것 같다만, 그렇게까지 나오니 증상이나 들어보자."

"여기가 아파."

승호가 왼쪽 가슴 위에 손을 얹었다. 모르는 사람이 본다면, 사랑하는 연인에게 독한 말을 들어 상심한 남자처럼 보일 거다. 자기 친동생이지만, 게다가 남자지만, 심장이 덜컥 내려앉을 정도로 섹시했다.

"어떻게 아파?"

"욱신거리기도 하고, 덜컥거리기도 하고…… 파도 속에 휘감겨 있는 것 같은 느낌이야."

"파도?"

"아니, 폭풍이라고 해야 하나?"

"폭풍?"

그런 식의 통증에 대해서는 들어본 적이 없다.

승호는 농담을 하지 않는다. 엄살도 없다. 그런 승호가 저런 이상한 표현까지 써가며 고통을 호소할 정도라면, 정말로 아프다는 말이다. 승민은 심각한 표정으로 펜을 들었다.

"좀 더 자세히 말해봐. 욱신에 덜컥이란 말이지."

"죄이는 느낌도 들고."

"죄어? 어떻게 죄어?"

"보이지 않는 손이 심장을 움켜쥐고 쥐어짜는 느낌."

"그리고?"

"가끔은 아파서 숨이 막히기도 해."

"숨이 막혀? 폐혈관 문젠가? 어떨 때 그러는데? 매일 아파?"

"매일 그래. 똑같이 아픈 건 아니지만."

"흠, 매일 그런다면 문제가 좀 생기는데. 어떨 때? 오전? 오후? 밤?"

"……볼 때마다."

"볼 때마다?"

승호의 증상을 적어 넣느라 앞 단어를 놓쳤다.

"루나를 볼 때마다."

"루나? 그게 뭔……."

고개를 든 승민은 승호의 얼굴을 보는 순간 질문을 끝맺을 수가 없었다.

내 동생이 저런 표정을 짓는 애였나?

단 한 번도 본 적 없는 표정이 승호의 얼굴을 잠식하고 있었다. 부드럽게 번진 행복한 미소. 생각하는 것만으로도 기분이 좋아서 견딜 수 없다는 듯한 미소. 고통을 토로하러 온 환자라면 절대로 짓지 못할 미소. 매일 똑같은 일상을 살아가는 사업가 역시 절대로 짓지 못하는 미소.

입이 떡 벌어졌다. 이쪽이야말로 심장이 멎을 뻔했다.

사람이 안 하던 짓을 하면 죽는 게 아니라, 그걸 본 사람을 쓰러지게 만든다. 승민은 눈앞에서 벌어지는 일을 도저히 믿을 수가 없어, 무슨 말이든 해야 한다는 걸 알면서도 입만 쩍 벌리고 있었다.

승민이 아무 말도 하지 않자, 승호가 짜증스럽게 미간을 좁혔다.

그래, 내 동생이라면 저런 표정을 지어야지!

"왜 그런 표정을 짓고 있어? 기분 나쁘게."

"기분은…… 내가 더 나빠. 왜, 왜 웃는 거냐? 사람 심장 떨어지게."

"웃어? 내가?"

승호는 이상하다는 듯 자신의 얼굴을 손으로 쓸었다.

"이상한데. 왜 루나 얘기를 할 때마다 내가 웃는다고 하는 거지?"

"도대체…… 루나라는 게 뭔데?"

"내 보석."

"보석?"

"응, 모델이지."

"아, 모델……."

거기까지 말한 승민은 승호의 보석이라는 것이 인간이라는 걸 깨달았다. 그리고 다시 떡 벌린 입으로 돌아갔다.

"또 왜 그래?"

"인간…… 이라고? 루나가?"

"그래, 그게 문제가 되나?"

"너…… 그러니까 지금 네가 하는 말…… 그거…… 그러니까……."

너무 놀라서 말이 제대로 나오지 않았다.

"말 좀 정리해서 똑바로 말해. 언어장애라도 있나?"

아니나 다를까. 칼 같은 동생은 바로 비난하고 나섰다. 승민은 고개를 세차게 흔들고 머릿속을 정리했다.

문승호가 웃었다. 루나라는 '인간'에 대해 이야기를 하면서.

문승호의 심장에 이상이 생긴다. 루나라는 '인간'을 볼 때마다.

앞에 '문승호'라는 이름이 들어가 있을 때는 도무지 연결이 되지 않지만, '남자'라는 단어를 넣고 보면 연결이 된다.

남자가 웃었다. 그녀에 대한 이야기를 하면서.

남자의 심장에 이상이 생긴다. 그녀를 볼 때마다.

승호의 심장 이상에 대한 병명이 나오는 순간, 승민은 비명을 지를 뻔했다. 다행히 진료실에서 비명을 지르는 추태를 보이는 대신, 한 손으로 입을 살짝 막았다. 승호는 여전히 건방진 자세로 승민의 대답을 기다리고 있었다.

"얘기 좀 더 들어보자. 루나에 대해서."

"루나가 내 심장이랑 무슨 상관이 있는 거지?"

"걔 볼 때마다 아프면, 걔가 병의 근원일지도 모른다는 말이니까. 얘기 좀 해봐. 어떤 애야? 취미가 뭐야? 예쁘냐? 몸매는? 몇 살이야? 어디 살아? 부모님은 뭘 하시고?"

아들의 애인에 대해 캐묻는 어머니 같은 질문이었지만, 승호는 전혀 이상하게 생각하지 않고 덤덤히 말했다.

"말 그대로 모델이 될 거고, 취미는…… 글쎄. 빈정거리는 거? 코만 빼면 예뻐. 몸매는 모델 몸매, 말랐고. 나이는 스무 살. 같이 살고. 부모님은, 글쎄…… 뭘 하시는지 모르겠군."

"자, 잠깐! 같이 산다고?"

"응."

"게다가 너한테 빈정거리고?"

"응."

"근데 용케 안 죽었네?"

"빈정거리는 게 죽을 일인가? 그래서 정말 루나가 내 심장병이랑 관계가 있나?"

승민은 여전히 건방진 자세로 앉아 있는 승호를 물끄러미 응시했다.

심장병이랑 관계가 있냐고? 물론 있지. 루나라는, 그 애 딱 하나 때문에 그렇게 된 거거든. 그런데 내 동생아, 이 건방진 동생아, 나 그 루나라는 애가 너무너무 궁금하다.

"일단 좀 지켜보자. 만약 좀 이상한 증상이 나타난다 싶으면 바로 찾아와서 보고해야 돼. 좀 두근거리거나 그래도 꼭 말하고."

"알겠어. 그럼 난 이만 가볼게."

연예계의 살아 있는 전설 문승호. 너무너무 똑똑해서 학창 시절에 전교 1등을 놓치지 않고, 한국 제일의 대학에서 4년 내내 전액 장학금을 받은 문승호.

승민은 그런 동생이 갖고 있는 이런 바보 같은 면이 굉장히 좋았다.

제9장

　CF를 찍고 나오는데 검은 양복을 입은 남자 세 명이 기다리고
있었다.

　"강나은 씨 되십니까?"

　라는 질문에 무섭기보다는 화가 났다.

　"대한민국 사람 맞아요? 어떻게 내 얼굴도 몰라?"

　"잠깐 같이 가실 곳이 있습니다."

　"됐거든요. 나 바쁜 사람이에요. 보면 모르겠어요?"

　"같이 가야겠습니다."

　남자가 손목을 거칠게 움켜쥐었을 때에야 겁을 먹었다.

　"아, 뭐야! 이거 놔! 이거 완전 미친놈 아냐? 왜 남의 몸에 손을
대? 매니저 어디 갔어?"

까랑까랑한 목소리로 외쳤지만 도와주는 사람은 아무도 없었다. 늘 옆에 붙어 있는 매니저조차 보이지 않았다. 검은색 승용차에 구겨지듯 밀어 넣어졌다. 양쪽으로 한 명씩 앉아 있어서 몰래 도망칠 수도 없었다.

덜덜 떠는 동안 차는 달리고 달려 어느 건물로 들어갔다. 나은도 아는 건물이었다.

MBN.

한국에서 열 손가락 안에 들어가는 대기업.

작년에 MBN의 자회사인 화장품 회사의 광고를 찍은 적이 있었다.

"여기는…… 왜……?"

검은 양복들은 대답하지 않았다.

수상쩍은 곳으로 끌려온 것도 아니니, 더 이상 도망치려고 애쓸 필요는 없었다. 게다가 MBN이다. 일부러 찾아와서 저 좀 모델로 써달라고 비굴하게 허리를 굽히는 짓도 할 수 있을 정도의 기업이다. 몇몇 여배우들이 후원을 받기 위해 MBN의 힘 있는 사람들과 관계를 가진다는 이야기도 있었다.

'그래, 한 번 자는 걸로 후원을 받을 수 있으면 못 할 것도 없어. MBN이잖아. 시시껄렁한 기집애들은 감히 들어오지도 못해.'

양복들이 나은을 데리고 간 곳은 MBN 건물 최고층에 있는 사무실이었다.

"데리고 왔습니다."

"들어와요."

안에서 들려온 목소리가 여자의 것이었기에 조금 실망을 했다. 아무래도 그런 이유로 불려 온 것은 아닌 모양이다.

'왜 여자가 날 찾은 거지? 나랑 만난 남자 중에 여기랑 관계된 남자라도 있었나?'

다시 걱정이 되기 시작했다.

문이 열리고 덩치의 손에 등을 떠밀려 안으로 들어갔다. 위압감이 느껴질 만큼 고급스런 가구들로 채워진 넓은 사무실엔 자그마한 체구의 여자가 서 있었다. 키는 작지만 비율이 좋아서 연보라색 세미 정장이 몹시도 잘 어울렸다.

'저 옷…… 몇 천만 원 하는 옷인데…….'

젤로 스무스에서 VIP 고객만을 위해 만든 정장. 한정품으로 나와서 협찬을 받을 수도 없는 옷이었다. 미국 대부호의 딸과 유럽 어느 나라 수상의 딸이 샀다고 화제가 됐었는데.

옷의 브랜드를 알고 나자 여자를 똑바로 볼 수가 없었다.

"강나은 씨?"

이쪽을 모른다는 말투에 화를 내지도 못했다.

"난 윤아미라고 해요. 일단 앉아요."

"네."

작은 목소리로 대답하고 아미의 맞은편에 앉았다.

"뭐 마실래요?"

"아, 아니요."

"그래요? 우리 회사 티는 정말 맛있는데, 안 됐네요."

대답을 할 수가 없었다. 아미가 비서를 불러 얼그레이를 주문하는 동안 나은은 마른침만 삼켰다. 비서가 얼그레이를 가지고 올 때까지 아미는 조용히 나은을 응시했다. 도저히 고개를 들 수가 없어서 신발만 내려다봤다. 몇 천만 원짜리일 것이 분명한 젤로 스무스의 구두를 앞에 두니, 몇 백만 원짜리 자신의 구두가 초라해 보였다.

"난 여기서 일하지 않아요."

얼그레이의 향은 좋았다. 입술이 바싹바싹 탔기 때문에 아까 얼그레이를 시킬 걸 그랬다고 후회했다.

"그럼……?"

"할아버지께 말씀드려서 사무실을 하루 빌렸어요. 조용히 얘기할 곳이 필요했거든요."

"할아버지…… 요?"

"응, 몰랐어요? 우리 할아버지가 여기 회장님이세요."

"……!"

"TV에서만 보던 강나은 씨를 직접 보게 되니 영광이네요."

그건 이쪽이 할 말이다. MBN의 손녀를 직접 만나게 되다니.

"강나은 씨가 서는 무대, 아주 좋아해요."

전혀 관심 없다는 어투였지만, 나은은 그에 대해 지적하지 않았다.

"고, 고맙습니다."

"고맙긴요, 사실인데. 그래서 이번 주희수 쇼 이야기를 듣고 많이 놀랐어요. 주희수 쇼에서 단독 피날레를 한다면, 분명 강나은 씨가 하게 될 줄 알았거든요."

"아……."

"그런데 알고 보니 듣도 보도 못한 신인이더라구요."

"신인…… 이에요?"

"그래요, 신인. 루나라고 불리더군요."

새삼 아미의 위치를 깨달았다.

'영화관의 그녀'가 주희수의 피날레를 장식한다는 기사를 보자마자 주희수를 찾아갔다. 주희수에게 예쁨을 받는 편이었기 때문에 주희수가 그녀의 정체에 대해 알려줄 거라 생각했다. 하지만 주희수는 조금도 말해주지 않는다. 약간의 힌트조차 던지지 않았다. 그래서 신인인 줄은 몰랐다. 이름만 들어도 아는 여자, 그런 여자일 줄 알았는데.

여기저기 사람을 써서 알아낸 거라곤 '그녀가 문 대표와 함께 살고 있는 것 같다.'는 추측성 발언뿐이었다. 권강우가 매일 선팅된 차를 타고 승호의 집에 갔다가 나오기는 하는데, 그 안에 진짜로 '그녀'가 타고 있는지, 아니면 타고 있는 척하는 건지 알아낼 방도가 없다는 거였다.

"신인이었구나……."

"강나은 씨가 신인한테 밀릴 줄은 몰랐어요."

"미, 밀린 건 아니에요!"

"그래요?"

아미가 피식 웃었다. 조롱이 담긴 웃음이었다. 나은은 자신의 실력을 무시당한 것 같아 화가 났지만, 아미에게는 함부로 화내지 못하고 입술만 세게 깨물었다.

아미는 나은의 그런 반응을 즐기고 있었다. 자존심에 상처를 받은 머리 빈 여자만큼 다루기 쉬운 것도 없기 때문이다.

"자존심이 상했다면 미안해요. 화나게 하려고 한 말은 아니었어요. 나, 강나은 씨 팬이거든요."

"……."

"주희수 쇼는 내가 좋아하는 무대 중에 하나예요. 내가 즐기는 무대를 이름도 모르는 신인이 망치는 걸 보고 싶지 않아요. 강나은 씨가 주희수 쇼 피날레에 서는 걸 보고 싶어요."

나은은 지금껏 아미가 자신의 자존심을 건드렸던 것도 잊고 눈을 크게 떴다.

"지금 그 말씀은……."

"강나은 씨 팬이라고 말했잖아요. 내가 MBN의 이름으로 강나은 씨를 후원해주겠어요."

"그거…… 정말이세요?"

믿어지지 않았다. 정말로 MBN의 후원을 받게 되다니. 그것도 몸을 팔지 않고.

"대신 조건이 있어요."

조건? 뭐든 할 수 있다. MBN의 후원을 받기 위해 노친네와 자야 한다면 그것도 감사하게 받아들일 수 있다.

"뭐든 하겠습니다."

"그런 자세, 아주 좋아해요."

아미가 만족스러운 듯 웃었다.

"문 대표님은 앞으로 루나를 키워줄 생각인 것 같아요. 하지만 난 그걸 원하지 않아요. 난 강나은 씨를 키우겠어요. 그러니 1년 후, 강나은 씨는 누구도 넘볼 수 없는 자리에 올라야 해요. 그걸 위해서 무엇이든 해야 하구요. 그게 내 조건이에요."

바라던 바다. 안 그래도 최고의 모델이 될 생각이었다. 누구도 넘볼 수 없는. 젤로 스무스의 한정판 슈트와 구두를 마음껏 살 수 있는, 그런 위치로 올라가고 싶었다. MBN의 후원까지 받게 된다면 정상에 서는 것은 어렵지 않다.

"아미 님이 말하는 건 뭐든 따를게요."

아미가 작게 웃었다.

"아미 님이 뭐예요. 앞으로 자주 볼 텐데, 편하게 언니라고 불러요."

"정말 그래도 될까요?"

"그럼요. 나 그렇게 어려운 사람 아니에요."

어려웠다. 젤로 스무스의 한정판 아이템을 온몸에 두르고 있는 것만으로도 충분히 어려웠다.

"차, 안 마실래요?"

아미가 식은 차를 내려다보며 물었다.

"저, 전 언니랑 같은 걸로."

"그래요."

아미는 이번에도 얼그레이를 시켰다. 따뜻하고 향이 좋은 얼그레이로 입술을 축이며 물었다.

"언니, 근데…… 우리 대표님이랑…… 사이 안 좋으세요?"

"그럴 리가요. 난 문승호 대표님 약혼녀예요."

"저, 정말요?"

문승호에게 약혼녀가 있다는 말은 들은 적이 없다.

"결혼 전까지는 발표하지 않을 예정이라 모르는 사람이 많을 거예요."

감개무량했다. 공개적이지 않은 사이를 털어놓다니. 이 사람이라면 정말로 믿어도 되겠다는 생각이 들었다.

"그런데 왜…… 대표님을 방해하려고 하세요?"

"그래서 그런 거예요. 내 남자가 다른 여자를 특별하게 여기는 거, 기분 좋을 여자 없잖아요. 내가 아무리 MBN 회장님의 손녀라도 사랑에 빠진 평범한 여자거든요."

❀ ❀ ❀

"허리를 좀 더 펴고, 턱을 45도 각도로 들어!"

워킹 선생의 날카로운 목소리가 등짝을 후려쳤다. 허리를 더 이상 어떻게 펴야 하는 건지 모르겠다. 너무 펴서 엉덩이와 허벅지를 잇는 근육이 아플 정도인데.

"자, 좀 더 펴 봐! 턱이 너무 올라갔잖아!"

도대체 어느 장단에 춤을 춰야 할지 모르겠다. 턱을 내리면 내렸다고 뭐라고 하고, 들면 들었다고 뭐라고 하고. 인간이 기계도 아닌데, 어떻게 45도 각도를 정확히 맞춘단 말인가. 그럴 능력이 있다면 모델이 아니라 기인열전에 나가겠다.

"선생님, 저 잠깐 화장실 좀……."

"지금 화장실 갈 시간이 어디 있어! 그렇게 막할 거야?"

"으윽, 그럼 그냥 여기에 쌀까요?"

"어휴, 정말…… 됐으니까 얼른 갔다 와! 열 셀 때까지 와야 돼!"

"넵!"

대답을 하다가 강우와 눈이 마주쳤다. 강우가 살짝 눈썹을 꿈틀거렸다. 잠깐 쉬다가 오라는 눈빛이라고 해석하고 싶었다. 연희는 고개를 끄덕이고는 재빨리 밖으로 나갔다.

"누나."

복도로 나가자마자 경인과 마주쳤다.

"어, 한경인? 여긴 웬일……."

"가요!"

웬일이냐고 묻기도 전, 경인이 연희의 손목을 잡아끌었다.

"우왓! 뭐 하는 거야?"

"보면 몰라요? 납치하는 거죠."

"야, 나 연습해야 돼. 이럴 시간 없어."

"오늘은 좀 쉬어요. 아팠잖아요."

경인은 걸음을 늦추지 않았다. 도망치려면 도망칠 수 있었지만, 쉬고 싶은 마음이 강했기 때문에 어쩔 수 없는 척 경인에게 끌려갔다.

강우와 창가에 서서 연희의 연습에 대해 얘기를 하던 워킹 선생의 눈에 도망치듯 건물에서 나가는 두 사람의 모습이 보였다.

"어머! 쟤들 좀 봐! 루나! 한경인!"

워킹 선생의 외침에 연희와 경인이 동시에 2층을 올려다봤다. 강우도 뒤늦게 두 사람을 발견했다.

"니들 어디 가는 거야? 한경인, 얼른 루나 안 보내?"

"쌤! 미안해요. 나 오늘 루나 누나 좀 빌릴게요!"

"빌리긴 뭘 빌려! 얼른 데려다 놔!"

"죄송합니다, 쌤!"

"쟤들이, 쟤들이……! 강우 씨, 쟤들 어떻게 해?"

워킹 선생이 분한 듯 발을 동동 굴렸다. 강우는 뭐라 할 말이 없었다. 연희는 열정적이긴 하지만 아직 절박하지가 않다. 절박함이라는 건 주위에서 뭐라고 한다고 해서 만들어지는 게 아니다.

'루나, 정말 어쩌려고…….'

어제 쉬었다면 오늘 세 배로 열심히 해야 하는 것이 이쪽 세계인데. 답이 나오질 않았다. 문득 승호의 말이 떠올랐다.

—의외로 두부 같은 분이군요.

※　※　※

보골보골.

오리탕은 끓는 소리마저 맛있었다. 아침에 먹은 거라고는 양상추 샐러드에 오렌지 반쪽이 전부였기 때문에 몹시 허기가 졌다.

"몸 좀 괜찮아요?"

"으응. 괜찮아."

걱정스러운 표정의 경인에게 도저히 '사과 훔쳐 먹다가 체했었던 거야.' 라고 말할 수가 없었다.

오리고기 전문점은 경인의 부모님이 운영하시는 가게로, 경인이 모델 일을 하면서 번 돈으로 차려드렸다고 했다.

짭조름하고 고소한 오리탕의 냄새가 참을 수 없을 만큼 진해졌을 때, 경인이 고기 한 덩어리를 건져 연희의 접시에 담아줬다.

"많이 먹어요. 체하지 않게 꼭꼭 씹어서."

"응, 고마워. 넌 정말 다정한 것 같아."

"누나한테만요."

"그런 식으로 말하지 마."

"왜요?"

"여자들은 그런 말에 약하거든."

"난 누나가 내 앞에서 약해졌으면 좋겠는데?"

"좋을 게 뭐가 있어? 찌질한 감정만 생기게 되는데."

"찌질한 감정? 남녀 사이에 찌질한 감정이 뭐가 있어요?"

"상대는 날 싫어하는데, 나 혼자 좋아하고 상처받고, 그런 거. 아니면 이별을 했는데 잊지 못하고 몰래 그 사람 싸이월드 들어가보고, 그런 거."

"그게 왜 찌질해요? 사랑해서 그러는 건데."

"찌질하지. 상대가 이쪽에 마음이 없다는 거 알면서도 혼자 기대하고 상처받는 건데."

"난 그거 찌질하다고 생각 안 해요. 그걸로 상대한테 해를 끼친다면야 잘못된 거지만, 혼자서 가슴앓이하는 건 나쁜 게 아니잖아요."

"그렇긴 하지. 하지만 그래도 난 싫어. 마음에도 없는 말을 해서 기대하게 만드는 남자도 싫고, 마음에도 없는 말을 듣고 기대하는 여자도 싫어."

"그건 누구 얘기?"

"콕 집어서 누구라고는 할 수 없잖아. 많은 사람들이 이러니까."

"응, 그렇긴 하죠."

"이거 되게 맛있다."

"그죠?"

고기는 연하고 소스는 매콤새콤했다. 닭가슴살이 아닌 고기를 먹는 건 오랜만이었기 때문에, 먹는 와중에도 계속 배고프다는 생각이 들었다. 어제처럼 체하면 안 되기에 천천히 꼭꼭 씹어서 넘겼다.

"어머니는 자장면이 싫다고 하셨어, 그런 노래 있잖아. 나한테는 그게 어머니가 아니라 오빠였어."

"오빠? 누나, 오빠 있어요?"

"응. 우리 오빠, 되게 멋있어."

"헤에. 남매끼리 되게 친한가봐요. 난 우리 누나랑 하나도 안 친한데."

"친하다기보다는 의지한다고 해야겠지. 나랑 오빠, 둘뿐이니까."

"헤에, 왜 둘이에요? 나도 있…… 아!"

경인은 둘뿐이라는 말의 의미를 바로 알아듣지 못하고 장난스럽게 말하다가, 뒤늦게 깨닫고는 입을 다물었다.

"미안해요."

"응? 왜 미안해? 우리 부모님 안 계신 게 너 때문도 아닌데."

"그래도…… 미안해요."

"그 말, 난 참 싫더라. 난 힘든 거 하나도 없었어. 우리 오빠는 많이 힘들었겠지만. 우리 오빠, 부모님 살아계실 때처럼 살게 해주려고 되게 고생했거든."

"좋은 오빠네요."

"응, 공부를 무지무지 잘했어. 늘 전교 1등. S대에 장학금 받고 들어갔다?"

"헐! 진짜요? 대박!"

"그치? 근데 부모님 돌아가시고 바로 학교 그만뒀어. 나 돌봐줘야 한다고. 재작년 오빠 생일 때, 오리고기를 먹으러 갔었어. 그때 오리고기가 한창 유행이었거든. 한 마리 시키기엔 돈이 모자라서 반

마리만 시켰는데, 오빠가 안 먹는 거야. 오리 알레르기 있다면서."

연희는 목이 메어 잠시 말을 멈췄다.

"그래서 나 혼자 고기 다 먹고, 마지막에 죽을 끓여줬거든. 난 혼자서 오리 반 마리를 다 먹었더니 배가 불렀고. 내가 너무 배불러서 더 이상 못 먹겠다고 했더니 오빠가 죽을 먹더라고. 나 진짜 철딱서니 없지? 오리 알레르기가 있으면 그 국물도 못 먹는 게 당연한 건데…… 오빠가 오리 알레르기 같은 거 없었다는 걸……."

툭.

눈물이 떨어졌다.

"그걸…… 방금 깨달았어."

"……."

"아, 나 진짜 철딱서니 없다. 동생이 뭐 이래."

"……."

"네가 모처럼 맛있는 것도 사주는데, 이런 얘기하면서 울기나 하고……. 아, 정말 형편없어."

주절주절 되는대로 말을 내뱉는 와중에도 눈물이 멈추지 않았다. 오리고기를 먹던 그날, "인마, 너 오빠가 오리 알레르기 있는 것도 몰랐단 말이야? 완전 실망인데?"라며 쾌활하게 웃던 영우의 표정이 눈에 선했다. 가슴이 미어졌다.

—우와, 죽도 되게 맛있다. 한 숟가락이라도 먹어봐. 안 먹으면 후회할걸. 연희 덕분에 이런 것도 먹어보네.

영우는 조금 많다 싶은 죽을 깨끗이 먹었다.

"미안해, 경인아. 나…… 안 되겠어. 못 먹겠어. 이렇게 신경 써 줬는데……."

"아뇨, 누나. 괜찮아요."

"정말 미안해. 나, 정말 이러고 있을 때가 아니야. 나 성공해야 돼. 오리고기, 이거, 우리 오빠 몇 백 마리든 사줄 수 있을 만큼 성공해야 돼."

"응, 그래요. 누나는 성공할 거예요. 앞으로 방해 안 하고, 많이 도와줄게요. 힘든 거 있으면 꼭 말해줘요."

연희가 비틀거리며 일어났다.

연희는 항상 잘 웃고 장난도 잘 받아줬다. 힘든 기색을 보인 적이 한 번도 없기 때문에, 어느 귀한 집에서 오냐, 오냐, 대우를 받으며 자랐을 거라고만 생각했다.

모델이 되려는 이유도, 우연찮게 문승호란 남자를 만났는데 그 남자가 MS의 대표였고, 키워준다는 말에 별생각 없이 '그럼 해볼까.'라는 생각으로 모델계에 뛰어든 건 줄 알았다. 그랬기 때문에 편하게 연희를 만나러 갈 수 있었고, 연습 중인 연희를 빼 올 수도 있었다.

너무 쉽게 생각했다.

"안 데려다줘도 돼. 괜히 같이 갔다가 너까지 혼날라."

"그래도……."

"혼자 가고 싶어."

눈물은 멈췄지만 코끝이 빨갰다. 경인은 연희를 따라 나갈 수가 없었다. 힘없는 모습으로 돌아서는 연희를 불러 세웠다.

"저기요, 누나."

"응?"

"누나네 오빠, 어디 사세요?"

❋　❋　❋

승호는 아미가 내민 서류 봉투를 받지 않았다. 아미는 상관없다는 듯 어깨를 으쓱하고는 승호의 앞으로 봉투를 밀었다.

"읽어볼 시간이 없는 거라면 내가 요약을 해줄게."

"내 약혼녀는 일하는 시간에 막무가내로 찾아오는, 그런 귀찮은 여자였나?"

승호의 말에 아미가 움찔하더니, 곧 달콤한 미소를 지었다.

"내가 약혼녀라는 자각은 있나보네. 아주 기뻐."

"……."

"루나에 대해 좀 알아봤어."

"윤아미!"

"내 남자가 키우기로 하고 같이 사는 애야. 난 오빠 약혼녀고. 그 애에 대해서 조사를 좀 해본다고, 오빠가 날 비난할 일은 아니라고 보는데. 오빠는 내가 잘못했다고 생각해?"

"뭘 조사했든, 나한테 보고를 할 필요는 없다. 알고 싶지도 않고."

"응, 나도 조사해서 별거 안 나왔으면 오빠한테 얘기를 하러 오지도 않았어."

"……."

"그 애, 문제가 좀 있더라구. 아니, 그 애의 가족한테 문제가 있다고 해야겠지."

"루나의 과거사도, 루나의 가족사도 문제가 될 거 없어. 당장 사무실에서 나가."

"그 애 오빠가 음주운전을 해서 사람을 쳤어. 그것도 얼마 전에."

"……!"

"어떻게 돈을 구해서 합의는 한 모양이지만, 피해자는 현재 혼수상태. 깨어난다고 해도 평생 하반신 마비로 살아갈 거라고 하더라. 일단은 풀려난 상태지만 피해자가 그대로 깨어나지 못하고 사망하면 처벌을 받게 돼. 만약 이게 과거에 마무리가 된 일이라면 크게 문제될 게 없겠지. 하지만 현재진행형이야, 오빠. 만약 루나가 데뷔를 해서 승승장구하고 있을 때, 피해자가 사망을 하게 되면 루나뿐만 아니라 MS까지 타격을 받게 되어 있어. 물론 이건 루나가 저지른 잘못이 아니지만, 대중들은 가끔 가족의 잘못까지도 한 사람이 책임지게 만들곤 하거든. 알잖아, 그런 습성."

승호는 말없이 서류 봉투를 노려봤다.

"시간 내서 읽을 생각, 생겼어?"

"윤아미."

"왜?"

"지금 나랑 게임을 하려는 건가?"

"게임? 내가 오빠랑? 그럴 리가 없잖아."

아미가 부드럽게 미소를 지으며 승호의 옆으로 자리를 옮겼다. 안기듯 승호에게 기대어, 한 손으로 승호의 미끈한 볼을 쓸어내렸다. 촉촉한 입술로 승호의 볼과 입술에 살포시 입을 맞추며 속삭였다.

"오빠는 내가 사랑하는 사람이야. 난 내 사랑하는 사람을 대중의 비난에서 지켜주고 싶은 것뿐이고."

"……."

"잘 생각해봐, 오빠. 오빠가 어떤 결정을 하든 난 오빠 편이니까."

승호는 아미가 나가자마자 믿을 만한 조사원을 불렀다. 앞머리가 눈을 살짝 덮는, 차가운 인상의 남자가 사무실로 찾아온 것은 30분도 안 되어서였다.

"안녕하십니까, 박창민 씨."

"어쩐 일이십니까, 살아 있는 전설께서 나를 다 부르고."

"이 서류의 진위 여부를 알아다주세요."

"MS 대표님한테는 의뢰비를 많이 받을 텐데요."

"빠르고 정확하기만 하면 얼마를 부르든 상관없습니다."

"좋습니다. 오늘 저녁까지 보고드리죠."

창민이 나간 후, 승호는 서류가 놓여 있던 자리를 노려봤다.

아미의 말은 틀리지 않았다. 현재진행형인 가족의 문제는 승승장구하는 연예인이 고스란히 뒤집어쓰게 된다. 이슈를 원하는 대중들은 아주 작은 흠집만 있어도 그걸 몇 배로 확대해 더 큰 흠집으로 만들어버린다. MS는 손가락에 꼽히는 기획사였지만, 신문기사들과 인터넷에 퍼지는 소문들을 일시에 종결시킬 만한 힘을 갖고 있는 대기업은 아니었다. MBN은 그런 힘을 가지고 있지만, 루나에 대한 것은 아미의 힘을 빌릴 수가 없다.

"루나가 윤아미 마음에 안 들었나보군."

생각해보면 연희를 첫눈에 마음에 들어 한 사람은 아무도 없었다. 강우도, 미쉘도, 주희수도, 워킹 선생도, 연희를 처음 보는 순간엔 표정이 굳었다.

"어째서지? 다들 빛에 눈이 먼 건가?"

연희와 함께 산 지 벌써 한 달이 넘었다. 갈수록 빛이 바랜다면 자기 눈이 잘못되었던 거라고 생각할 텐데, 승호의 눈에 연희는 점점 더 밝게 빛났다. 특히 연희가 작은 미소라도 지을 때면 반짝반짝 빛이 나서 똑바로 볼 수가 없었다. 그 순간만큼은, 승호가 태양이라고 여기는 강우보다도 훨씬 반짝거렸다.

연희의 미소를 떠올리자 심장 부근이 또 옥죄었다. 승호는 가슴에 살짝 손을 얹고 눈을 감았다. 아미가 알아온 것이 잘못된 것이기를 바라면서.

하지만 몇 시간 후 찾아온 창민의 보고는 승호의 기대를 배신했다.

경인은 택시에서 내려 하아, 한숨을 쉬었다. 연희가 알려준 주소에 위치해 있는 빌라는 경인의 상상을 넘어섰다. 언제 지었는지, 제대로 된 건축업체에서 지은 게 확실한지 의심이 될 만큼 허름한 빌라. 당장이라도 무너질 것 같은 폐가 같은 빌라의 지하 1층이 연희가 살던 집이었다.

건물 안에 들어가기도 전부터 곰팡내가 났다. 습기 찬 퀴퀴한 냄새.

아주 예쁜 건 아니지만, 그래도 세련된 이미지의 당당한 연희가 이런 곳에서 살았다는 걸 믿을 수가 없었다.

'어떻게 이런 집에 살았으면서…… 그렇게 당당하지?'

새삼스럽게 승호가 정말 대단하다는 생각이 들었다. 외모만 봤을 때는 그리 빛나지 않는 김연희의 내부를 승호는 꿰뚫어봤던 것이다. 그 어떤 상황에서도 당당할 수 있는 그녀가 앞으로 얼마나 빛나게 될지, 승호는 연희를 보는 순간 눈치를 챘던 것이다.

'우리 대표님은 진짜……'

연희가 말해준 B101호 앞에서 심호흡을 했다. 들고 온 봉지 안에 든 그것이 무사한지 확인을 한 후에 초인종을 눌렀다.

"누구세요?"

저음의 듣기 좋은 목소리가 들려왔다.

"아, 네. 안녕하세요. 저 연희 누나 아는 동생인데요."

"아, 잠시만요!"

다급해진 목소리를 들은 것만으로도 목소리의 주인공이 연희를 얼마나 아끼는지 알 수 있었다. 끼익, 불쾌한 소리와 함께 문이 열리고, 그 안의 인물이 모습을 드러내는 순간, 경인은 연희가 승호나 강우의 앞에서도 덤덤할 수 있는 이유를 깨달았다.

'이 형! 뭐가 이렇게 멋있어?'

연희와는 달리 갸름한 얼굴, 오뚝한 코와 부드러운 원을 그리고 있는 입술. 무엇보다도 깊고 반짝이는 선량한 눈이 굉장히 예뻐서, 같은 남자인데도 심장이 두근거렸다. 이런 남자를 태어나는 순간부터 매일 보고 살았다면, 강우나 승호가 그냥 그런 남자들 중 하나로 보일 만도 했다.

"연희는……?"

영우는 경인의 어깨너머를 쳐다봤다.

"아, 저 누나는 바빠서요."

"그래요."

영우의 얼굴에 실망의 빛이 스쳐 지나갔다. 그 모습조차도 멋있었다. 경인은 영우에게 반해버릴 것 같았다. 여자였더라면, 초면에 결혼하고 싶다고 밀고 들어가 앞치마를 둘렀을지도 모르겠다.

"저기, 이거요."

경인이 봉지를 내밀었다.

"누나가 형한테 가져다달라고 했어요."

"연희가요?"

"네, 오리고기인데요. 우리 어머니가 오리고기 가게를 하시거든
요. 오리탕인데, 두 마리예요. 냉장고에 넣었다가 조금씩 꺼내서 끓
여 드시면 돼요. 국물에 밥 말아 먹거나, 칼국수 넣어서 끓여 드셔
도 맛있구요. 칼국수도 좀 넣어 왔어요."

두근두근할 만큼 잘생긴 얼굴 때문에 말이 쉴 새 없이 나왔다. 영
우는 그런 경인이 귀엽다는 듯 싱긋 웃었다.

"광고에서 보는 거랑 다르네요."

"앗! 절 아세요?"

"그럼요. 전철이나 버스 광고판에 많이 나오던데."

"히히. 앞으로 잘 부탁드립니다."

뭘 부탁한다는 건지는 모르겠지만, 영우는 상냥하게 "우리 연희
도 잘 부탁해요."라고 답했다. 승호와는 비교도 할 수 없을 만큼 인
간적이고 배려심이 넘치는 남자였다.

연희가 승호를 좋아한다는 말을 들었을 때만 해도 '그래, 우리
대표님은 좋아하는 여자들 많으니까.' 라고 생각했었다. 하지만 영우
를 보는 순간, 연희가 눈이 굉장히 낮다는 걸 실감했다. 잘생긴 얼
굴에 배려심이 넘치는, 다정하고 선량한 사람. 이런 사람을 친오빠
로 두고 있으면서 고작해야 문승호 같은 남자에게 빠지다니.

'아, 우리 대표님도 진짜 멋진 사람인데. 미안해요, 대표님. 근데
이 형님, 너무 내 이상형이에요!'

영우는 뭔가 고민에 빠져 있는 듯한 경인을 지켜보다가 살짝 옆

으로 비켜서며 물었다.

"차라도 한 잔 하고 갈래요?"

원래는 오리고기만 전해주고 갈 생각이었다. 많이 늦은 시간이기도 했고, 영우가 피곤할 것 같기도 했다. 하지만 경인은 영우의 유혹을 거절할 수가 없었다.

"그럼 실례하겠습니다."

경인과 영우가 싸구려 커피 타임을 갖는 동안 연희는 강우에게 혼나는 중이었다.

"루나, 오늘은 네가 잘못한 거다. 어제 많이 아팠던 거 알고, 아직도 피곤이 안 풀린 거 알아. 하지만 넌 지금 경인이랑 놀러 다닐 시간이 없어. 게다가 워킹 선생은 오늘 처음 만나는 거였잖아. 아무리 승호가 널 감싸준다고 해도 그렇게 제멋대로 행동하면 안 돼. 앞으로 평생 승호의 호위 속에서 살 건 아니잖아. 길게 봐야지."

"죄송해요. 앞으로 다시는 이런 일 없을 거예요."

"정말 죄송하다고 생각해? 앞으로 이런 일 없을 거라고 약속할 수 있어?"

"네. 다시는. 절대로."

"절대로라는 말은……."

"전 절대로라는 말 써요. 제 인생엔 절대라는 게 수학 아닌 곳에도 있어요. 앞으로 절대 강우 님을 실망시키지 않을게요."

"하아……."

경인과 나간 잠깐 사이에 무슨 일이 있었던 걸까. 연희의 눈빛이 변해 있었다.

"그래, 믿어볼게. 5년이야. 앞으로 5년 동안 잘 좀 해보자. 응?"

"네, 강우 님. 오늘 일은 정말 제가 잘못했어요. 내일 선생님한테도 정식으로 사과드릴게요."

"그래, 그럼 오늘 일은 덮어두자. 승호한테는 보고하지 않을게."

그때, 문이 거칠게 열리고 승호가 들어왔다.

쾅!

현관문이 닫히며 부서질 것 같은 소리를 냈지만, 승호는 개의치 않고 안으로 들어왔다. 차가운 눈동자, 굳게 다문 입술, 전에 없이 분노한 표정. 혹시 워킹 선생에게 오늘의 일을 들은 것이 아닌가 걱정이 됐다. 강우가 한 발 앞으로 나섰다. 승호는 강우를 노려봤다.

"권강우 씨는 그만 돌아가시는 게 좋겠습니다."

"무슨 일인데?"

"권강우 씨와는 관계없는 일입니다."

"루나 일이라면 나도 관계가 있다고 생각하는데?"

"……그렇군요. 루나가 잘못되면 권강우 씨에게도 여파가 올 테니."

승호는 마음대로 하라는 듯 강우를 스쳐 지나가 연희의 손목을 잡아 일으켰다.

연희는 승호의 강압적인 모습에 숨을 쉴 수가 없었다. 이 남자, 이렇게 무서운 남자였나? 지금껏 차갑고 냉정하다고는 생각했지만 무섭다고 생각한 적은 없었다. 빛 없는 검은 눈동자에서 소리 없이 흐르는 분노에 피부가 베였다. 침도 삼키지 못하고, 겁에 질린 눈으로 올려다보는 연희에게 승호가 물었다.

"왜 말 안 했지?"

"뭘요?"

"네 오빠가 범죄자라는 거."

"뭐?"

강우가 눈을 크게 떴다. 연희는 주먹을 꽉 쥐고 승호를 노려봤다.

"우리 오빤 범죄자 아니에요!"

"범죄자가 아니라고? 합의를 했다고 해서 저지른 범죄가 사라질 거라고 생각하나? 인사불성이 될 정도로 술을 마시고 사람을 치는 게 범죄가 아니면, 도대체 뭐가 범죄라는 거지? 피해자가 죽기라도 하면, 네 오빠는 살인자가 되는 거야!"

"……!"

"아니면 그 빌어먹을 음주로 인한 판단 능력의 소실, 그따위 말을 지껄여대면서 죄가 없는 척할 생각이었나? 판단 능력이 없는 인간이 운전대를 잡은 것부터가 범죄라고 생각 안 해? 난 빌어먹을 청소년보호법과 음주자보호법을 아주 싫어해. 내 앞에서 그딴 법 들먹일 생각이면 집어치워."

"그런 법 들먹일 생각 없었어요."

"그럼 도대체 왜 감춘 거지? 내가 모를 거라고 생각했나?"

연희를 노려보는 승호의 눈동자는 낯선 타인을 보는 것처럼 냉랭했다. 승호에게 잡힌 손목이 부러질 듯 아팠다.

"입 다물고 있으면 내가 아무것도 모르고 널 키워주고, 먹여주고, 그럴 줄 알았나?"

"물어본 적이나 있어요?"

"뭐?"

"김연희, 너 어떻게 살아왔냐. 너네 가족 구성원은 어떻게 되냐. 너 어느 학교 다녔냐. 어릴 적에 문제를 일으킨 적은 없었냐. 네 가족 중에 그 빌어먹을 범죄자가 있냐, 없냐! 그런 거에 대해서 물어본 적이나 있어요?"

"그런 걸 물어봐야 말해주나? 해야 할 말을 하지 않은 것도 사기인 거 몰라?"

"말할 기회조차 준 적이 없잖아요. 숨기는 거 없냐고, 할 말 없냐고, 그런 말 한 번 해준 적 없잖아요."

"아, 그래. 내 보석은 숟가락으로 밥을 떠서 입까지 넣어줘야 하나보지?"

"누가 밥을 떠서 먹여달래요? 적어도 밥 먹을 분위기는 만들어줘야 하잖아요. 똥통 옆에 두고 밥 먹으라고 하면, 숟가락으로 떠서 먹여줘도 못 먹어요. 그 흔한 고백 타임, 그런 거 한 번 한 적도 없었잖아요. 말하고 싶었어요. 되게 말하고 싶었는데요. 대표님은 단 한 번도 나라는 인간에 대해 궁금해하신 적이 없어요. 과거를 버리라고, 다 잊어버리라고, 백치가 되라고 한 건 대표님이었어요."

"그래도 범죄자가 있다는 건 말해야지!"

"대표님, 대표님은 잘 모르시나본데요. 평범한 사람들은 슬픈 과거사, 지우고 싶은 과거, 그런 거 말할 때 분위기라는 걸 봐요. 아침 먹다가 갑자기 어휴, 사실 우리 오빠 음주운전으로 사람을 죽일 뻔했어요. 그딴 식으로 고백을 하진 못한다구요!"

"왜 못 해!"

"하?"

도저히 말이 통하질 않았다. 아무리 설명을 해도 승호는 알아주지 않았다. 보석. 말하는 인형. 딱 그 정도로만 취급하는 승호에게 말하기 힘든 과거사를 주절주절 늘어놓는 것이 얼마나 힘든 일인지, 승호는 이해하지 못했다. 그렇다고 승호가 이중적인 것은 아니었다. 승호가 연희와 같은 상황이었다면, 밥을 먹다가도 아무렇지도 않게 모든 것을 고백했을 테니까.

그저 이 남자는 다른 사람들과 너무 다를 뿐이다. 생각하는 방식도, 살아가는 방식도.

연희는 더 말을 한다고 해서 승호가 알아주지 않으리라는 걸 깨달았다.

"그래서 어쩌고 싶으신데요?"

"뭐?"

"이제 어떻게 하고 싶으신 거냐고요."

어쩌고 싶냐고?

승호는 대답할 말을 찾을 수가 없었다. 어쩌고 싶은 건지, 승호 본인도 알지 못했다.

원래대로라면 연희를 내보내는 것이 맞았다. 연희에 대한 지원을 끊고, 계약 파기를 하는 한이 있더라도 연희와의 관계 역시 끊어버리는 것이 승호의 방식이었다.

그러나 지금은 여태껏 해온 그런 방식에 대해 생각할 겨를이 없었다. 한 마디, 한 마디 내뱉을 때마다 일그러지는 연희의 표정에 가슴이 아파, 심장이 찢어질 것 같아 그 고통을 참아내는 것만으로도 힘들었다.

차라리 연희가 말해주기를 바랐다.

죄송하다고, 앞으로는 모든 걸 다 말하겠다고, 앞으로는 대표님이 시키는 대로 하겠다고. 그렇게 말하면 용서해줄 생각이 있었다. 그러나 연희는 지친 표정으로 승호가 원치 않는 말을 내뱉었다.

"일이 이렇게 됐으니, 제가 나가는 게 맞겠죠? 대표님은 그런 사람이잖아요. 흠집이 생기면 가차 없이 버리는 사람."

울컥했다.

내가 널 얼마나 특별하게 생각했는지, 넌 모르겠어?

그 말이 튀어나올 뻔했다. 강우가 없었더라면 그 말을 해버렸을지도 모르겠다. 그리고 맹랑한 말만 내뱉는 저 입술에 키스를…….

'어째서?'

승호는 혼란스러웠다. 이런 상황에서 키스 따위를 하고 싶어 하는 자신을 이해할 수가 없었다. 키스뿐만이 아니었다. 가느다란 목에, 가슴에, 허리에, 연한 살결 어느 한 곳도 빠뜨리지 않고 꼼꼼히 낙인을 찍고 싶었다. 저 입술이 자기 멋대로 이 집을 나가겠다는,

승호의 품을 벗어나겠다는 말을 할 수 없도록. 문승호의 것인 김연희가 다른 어느 곳에도 갈 수 없도록. 그녀를 소유하고 싶었다.

'왜?'

이런 감정을 가져서는 안 된다. 연예인을 키우면서 단 한 번도 그들이 자신의 것이라 생각해본 적이 없었다. 그들이 유명해지고 홀로서기를 할 수 있게 된다면, 그래서 더 이상 계약을 연장시키고 싶어 하지 않는다면 보내주는 게 맞다고 생각해왔다.

아무리 아름다운 여배우여도, 사랑스러운 아이돌이어도, 심지어는 약혼녀인 아미에게도 이런 강렬한 소유욕을 가져본 적이 없다. 키스도, 섹스도 필요하니까 했을 뿐, 온몸이 들끓도록 원해본 적은 없었다.

미쳐가는 것 같다. 눈앞의 이 여자 때문에. 단 한 번도 승호의 말에 '네.'라고 대답한 적 없는 이 맹랑한 여자 때문에 가슴도, 뇌도 미쳐가고 있다.

승호는 이성적으로 생각하기 위해 노력했다. 일단, 연희의 손목을 잡은 손에서 힘을 뺐다. 그녀의 피부와 닿은 곳에서부터 표현하기 어려운 이상한 느낌이 전해져 왔기 때문이다. 그다음으로는 연희의 눈을 향하고 있던 시선을 거뒀다. 그러자 혼란스러웠던 뇌 속이 조금씩 정리되어가는 게 느껴졌다.

"널 모델로 키워주겠다고 했으니 키워주지. 하지만 넌 더 이상 보석이 아니야. 네 말대로 흠집이 있는 보석은 값어치가 떨어지니까."

얼음이 떨어지는 듯한 낮은 음성에 가슴이 저몄다. 보이지 않는 송곳이 연희의 심장에 박혔다. 한 개, 두 개, 세 개. 심장이 보이지 않을 만큼 빽빽하게.

"연습생을 위한 숙소가 몇 개 있어. 모든 게 갖춰져 있으니 앞으로 그곳에서 생활하는 게 좋겠군. 그리고 매니저는……."

"난 매니저 계속할 거다."

강우가 선수를 쳤다. 승호는 강우를 잠시 응시하다가 고개를 끄덕였다.

"네, 권강우 씨 선택이시라면 그렇게 하시지요. 매니저는 권강우 씨가 계속해주겠지만, 다른 특별 관리는 모두 제외하겠어. 앞으로는 다른 모델 준비생들이랑 똑같은 여건하에서 노력을 하게 될 거야. 그리고 주희수 쇼의 피날레, 그건 보류해두지. 쇼 전날, 주희수 디자이너의 선택에 맡기겠어. 그때까지 네가 네 흠집을 가릴 만한 보석이 된다면, 넌 피날레에 설 수 있겠지."

"차라리 절 버리세요."

연희의 말에 승호가 차갑게 웃었다.

"널 버려? 웃기는 소리 하지 마. 난 널 위해 초석을 깔아뒀어. 너에게 투자한 돈, 적어도 그 정도는 뽑아내야 하잖아. 안 그래?"

심장이 얼어붙었다. 이제는 고통조차 느껴지지 않는다. 연희는 모르는 사람을 보는 듯 승호를 올려다보다가 말했다.

"네, 대표님 말씀이 맞네요. 그럼 앞으로 열심히 하겠습니다."

제10장

"괜찮아?"

강우가 걱정스레 물었다. 연희는 말없이 짐을 옮겼다. 짐이라고 해봤자, 승호의 집에 올 때 가지고 왔던 작은 가방이 전부였다. 승호가 연희를 위해 사둔 옷은 전부 놔두고 왔다. 연희가 나갈 때까지 승호는 나와 보지도 않았다.

숙소는 승호의 집에서 한 시간쯤 떨어진 거리에 있었다. 승호의 집에 비하면 형편없지만, 영우와 살던 집에 비하면 무척 아늑한 곳이었다. 서울 변두리에 위치한 작은 아파트. 세 동짜리 아파트 중 한 동이 승호의 소유라고 했다.

"여긴 MS 소속 연습생들이 많아. 이미 연예인 된 애들도 있고. 심심하진 않을 거야."

말없는 연희가 걱정됐는지, 강우의 말이 많아졌다.

연희의 숙소는 2층이었다.

침대가 있는 방이 하나, 작은 주방과 좁은 거실, 화장실이 하나 씩. 베란다도 있었다.

"여자들만 쓰는 층이니까 불편하진 않을 거야. 혹시 무슨 일 생기면 바로 연락하고."

"네."

"오늘, 괜찮겠어? 나랑 술이나 한잔할래?"

"강우 님."

"응?"

연희는 강우를 올려다보며 물었다.

"오빠, 라고 불러도 돼요?"

※ ※ ※

승호는 눈을 감았다. 가슴의 통증이 사라지지 않는다. 지금까지 와는 다른 통증이다. 아프다가도 연희를 보지 않으면 진정하던 심장이, 이제는 진정되지 않았다. 울컥울컥, 심장이 쏟아내는 피가 몸 밖으로 흘러나오는 것 같다. 옥죌 뿐 아니라 날카로운 손톱에 찔리는 고통까지 더해졌다. 거기에 잘 버린 칼로 심장을 조각조각 잘라 내는 고통도.

연희의 눈동자가 지워지지 않는다. 아무 감정도 담기지 않은, 인형의 유리알 같은 눈동자. 늘 생기가 넘치던 눈동자가 빛을 잃은 것처럼 보였다.

딩동.

초인종 소리가 들렸다. 이런 시간에 찾아올 사람이 없었기에 혹시나 하는 마음이 들었다. 이성적으로 생각하기도 전, 몸이 먼저 거실로 뛰어나갔다. 인터폰 모니터에 비친 아미의 모습을 보자, 심장이 다시 차갑게 식었다.

"그 애는?"

아미가 거실을 둘러보며 물었다. 대답할 마음이 들지 않아 그냥 방으로 향했다. 자연스럽게 따라 들어오는 아미를 말리진 않았다.

승호가 누운 침대에 아미도 누웠다. 천천히 올라온 손이 승호의 단추를 풀어헤치고, 뜨거운 입술이 몸을 지분거리는 와중에도 승호는 연희를 잊을 수 없었다.

그 눈동자. 감정이 담기지 않은 유리알 같은 눈동자가 심장을 헤집었다.

"그만해라, 윤아미."

차갑게 말했지만 아미는 멈추지 않았다.

"그만하라고 했다."

승호는 한 손으로 아미의 손목을 잡았다. 그러자 연희의 손목을 잡았던 그 느낌이 되살아났다.

"왜 그래? 기분 나빠 보이네."

"그만 가라."

"난 오늘 오빠랑 하고 싶어."

"난 전혀 하고 싶지 않아."

아미의 애무에도 마음이 동하지 않았다.

"오빠, 오늘 이상하네."

승호도 자신이 이상하다는 걸 알고 있었다. 가만히 생각해보면, 연희를 만난 후 단 한 순간도 정상이었던 적이 없다. 옆에 있는 아미를 사랑하진 않지만, 그렇다고 해서 귀찮은 적도 없었다. 그러나 지금은 아미가 이곳에 있다는 사실이 짜증났다. 이 집에, 연희가 없는 이 집에.

이성적으로 생각하자.

그렇게 마음을 먹었건만, 이성적이 될 수 없었다. 누구보다도 감정에 휘둘리지 않을 자신이 있었는데, 이제는 그마저도 의심스럽다.

─대표님은 단 한 번도 나라는 인간에 대해 궁금해하신 적이 없어요.

연희의 서릿발 같은 음성이 떠올랐다.

궁금한 적이 없다고? 그렇게 보였나?

사실은 궁금했다. 연희가 어떻게 살아왔는지, 어디서 살았었는지, 부모님은 뭘 하시는지, 학교는 어디를 다녔었는지, 오빠라는 사람은 어떤 사람인지…… 사실은 묻고 싶은 것이 많았다.

다만 물어볼 수 없었을 뿐이다.

타인의 과거에 대해 궁금해하는 자신의 모습이 두려웠다. 이미 지나간 과거, 고칠 수 없는 과거를 궁금해봐야 좋을 건 없다고 생각하며 28년을 살았다. 그 어떤 여자를 만나도, 그 어떤 연예인을 데리고 와도 그들의 과거가 궁금한 적이 없다. 중요한 건 살아서 숨쉬는 이 순간, 바로 현재니까.

때문에 연희의 과거를 궁금해하는 자신의 모습이 정신병 초기인 것 같다고 생각했다. 28년 동안 모르고 지냈던 스토커 기질이 비집고 올라오는 것 같아, 간신히 궁금증을 억눌렀다.

또 다른 것들도 궁금했다.

어떤 음식을 좋아하지? 취미는? 쉬는 시간에는 뭘 하지? 어떤 장르의 영화를 좋아하지? 어떤 스타일이 좋지? 가지고 싶은 건? 좋아하는 노래는? 하고 싶은 건?

알아봐야 아무짝에도 쓸모없는 것들. 그런 것들이 궁금하다는 건, 역시 미쳐가고 있다는 것 아닌가.

"알겠어, 오빠. 나도 구걸해가면서까지 하고 싶진 않아."

아미의 목소리에 정신을 차렸다. 아미는 승호의 벌어진 셔츠의 단추를 하나하나 도로 채웠다.

"그냥 우리 차 마시면서 얘기라도 해. 나 없는 동안 어떻게 지냈는지 궁금해."

"궁금해?"

"응."

"뭐가?"

"뭐라니? 나 여기 없었잖아. 서로 바빠서 연락도 잘 못 했고."

"내 과거가 궁금하다는 건가?"

"과거라니."

아미가 작게 웃었다.

"정말 이상하네, 오빠."

"왜 그런 게 궁금하지? 어차피 너도, 나도 여기에 있는데."

"왜 궁금하긴. 내가 사랑하는 사람이잖아. 내 사랑하는 사람, 나 없는 동안 어떻게 살아왔는지 궁금한 거. 그거 당연한 거야, 오빠."

쿵, 하고 떨어졌다.

뭐가 떨어진 거지?

승호는 위를 올려다봤지만, 떨어질 만한 것은 아무것도 없었다. 고개를 옆으로 돌려도 보이는 건 없었다. 그런데 또 뭔가가 쿵 하고 떨어졌다. 머리에 직통으로. 아주 무겁고 단단한 것이 머리를 꽉 짓눌렀다.

사랑하는 사람이라고 아미는 말했다.

사랑하는 사람이 어떻게 살아왔는지 궁금한 게 당연한 거라고?

다른 때였더라면 무심코 넘겼을 그 단어가 아프도록 거세게 심장에 박혔다. 뚫린 심장으로 바람이 지나갔다. 말할 수 없이 고통스러워서 승호는 이불을 꽉 움켜쥐었다.

"오빠?"

"윤아미……."

흘러나오는 음성이 자신의 것이 아닌 듯 느껴졌다. 쇠가 긁히는 듯한 형편없는 목소리가 내 것일 리 없다.

"가라……."

"오빠……."

"아프니까…… 그만 가……."

너무 아파서 눈물이 날 것 같았다. 아무것도 담겨 있지 않던 그녀의 눈동자가 너무 아파서, 그래서 승호는 괴로웠다.

아미가 나가고, 승호는 두 손으로 얼굴을 덮었다. 그래도 이 사이로 새어 나오는 신음을 막을 수가 없었다.

연희가 이 집을 나가고 세 시간.

승호는 울고 싶을 만큼 연희가 그리웠다.

❋ ❋ ❋

강우는 잠든 연희를 내려다봤다. 긴 속눈썹이 젖어 있었다. 잠시 망설이다가 손가락으로 눈가의 눈물을 훔쳐냈다. 으응, 연희가 작은 신음을 흘리며 돌아누웠다. 괴로운 표정이었다.

술을 마시며 연희는 놀라운 고백을 했다. 연희의 입술에서 흘러 나온 긴 이야기가 한 단어도 빠지지 않고 뇌리에 박혔다.

"있잖아요, 오빠. 전요, 그냥 정말 되게 평범했어요. 얼마나 평범했냐 하면요. 학교에 다녀도 그냥 눈에 띄지도 않고, 그렇다고 너무 묻히지도 않는 그런 애였구요. 예쁘다는 말도, 우리 엄마랑 아빠랑 오빠한테만 들어봤어요. 아, 동네 아줌마들이 엄마 앞에서 빈말로 예쁘다고 하는 거 빼구요. 몇 번 고백을 받은 적은 있지만, 그렇다고 해서 죽을 만큼 절 좋아하는 애들도 아니었구요. 수학 문제 못 풀어서 선생님한테 혼나기도 하고, 애들이랑 수업 중에 도시락 까먹기도 하고…… 정말 되게 평범했어요. 우리 집도 진짜 그냥 평범한 집이었어요. 아빠는 작게 사업을 하셨구요, 엄마는 세상 참 좋은 곳이라고 믿는 전업주부였어요. 오빠가 되게 잘생기고 공부를 잘했기는 했지만, 그런 집은 어디에나 있잖아요. 주말이면 같이 외식도 하고, 가끔은 여행도 다니고, 여행 가는 길에 엄마랑 아빠랑 다투기도 하고…… 그냥 그런 가족. 그렇게 평범하게 살아왔어요. 15년 동안은."

15년 동안은.

마지막 덧붙인 그 말이 얼마나 큰 의미가 있는지 강우는 몰랐다.

"저 초등학교 때, 아빠 회사가 부도난 적이 있어요. 그것 때문에 조금 힘들긴 했지만…… 아무튼 그때 크게 데어서, 아빠는 집 명의도, 재산 명의도 전부 우리 고모한테 돌려놨어요. 고모랑 아빠랑 많이 친했거든요. 고모부가 아빠 회사에서 일하기도 했구요. 혹시라도 나중에 또 부도가 나거나 해도 집은 뺏기지 않게."

부도라도 난 건 줄 알았다.

"교통사고가 났어요, 5년 전에. 졸음운전을 하던 버스 기사 한 명 때문에 이중, 삼중으로 충돌을 해서 희생자가 많은 사건이었어요. 버스 승객들도 많이 죽었구요. 우리 부모님이 그 버스 승객이었어요. 결혼기념일이라서 휴가를 내고 여행을 가시는 길이었거든요."

그러면서 연희는 강우를 응시했다. 강우는 아무 말도 할 수가 없었다. 그제야 연희가 하는 말의 무게를 실감했기 때문이다.

"자다가 오빠가 깨워서 일어났어요. 택시를 타고 그렇게 먼 길을 가본 건 처음이었어요. 그런 거 있잖아요. 실감이 안 돼서 주위의 모든 게 영화처럼 느껴지는, 나 혼자 동떨어진 곳에서 영화를 보는 것처럼 느껴지는 그런 거. 그 아우성 속에서 전 그런 기분을 받았어요. 아빠랑 엄마가 하얀 침대에서 다시는 나올 수 없다는 것도 받아들일 수가 없었어요. 그냥 멍하니 침대를 보고 있었어요. 그런데 옆 침대에서 절규하는 소리에 정신을 차렸어요."

—그럴 리 없어!

"난 현실로 돌아왔어요. 영화 따위가 아니었어요. 우리 부모님은 피투성이가 돼서 돌아가셨고, 우리 오빠는 눈물을 흘리면서 의사랑 얘기를 하고 있었고, 고모는 침대를 잡고 울고 있었고, 많은 사람들이 소리를 지르고 있었고…… 그리고…… 오빠는 그 침대 옆에서 절규했어요."

—죽었을 리 없어! 나만 살아남았을 리 없어!

강우는 그녀의 침대 옆에서 그렇게 소리를 질렀다. 혼자 살아남

앉다는 것을 지금도 여전히 믿을 수가 없다.

"나는요, 오빠 팬이었어요. 오빠 브로마이드까지 사서 벽에 붙여 놓을 만큼 팬이었는데, 그 순간엔 오빠가 내가 좋아하던 권강우라는 것도 몰랐어요. 그냥, 아, 저 사람 우는구나. 저 사람 소리치는구나. 나도 저렇게 울어야 하는데, 나도 저렇게 소리쳐야 하는데, 나도 혼자 살아남았는데…… 그런데 왜 난 눈물이 안 나지? 그 생각만 했어요."

거기까지 말하고, 연희는 술을 한 모금 마셨다. 쓰디쓴 소주를 마시면서도 인상을 찌푸리지 않는 건, 지독하게 쓴 현실 때문일 것이다.

"나요, 한동안 자폐아처럼 살았나봐요. 그래서 아주 많은 일들이 일어났다는 것도 모르고 있었어요. 우리 고모는요, 그리 믿을 만한 사람이 아니었어요. 우리 오빠한테 넌 이제 성년이니까 책임져줄 이유가 없으니, 절 데리고 나가라고 했대요. 부모님의 유산 같은 건 한 푼도 주지 않았대요. 전부 자기 명의로 되어 있다고, 사실은 자기가 다 빌려준 거였다고, 줄 이유가 없다고 했대요. 그래서 우리 오빠는요, 나만이라도 잠깐만 데리고 있어 달라고, 집을 구할 때까지만 데리고 있어달라고 했어요. 나는 오빠가 혼자서 돈을 구하러 다니는 것도 모르고, 다시 현실로부터 도망을 쳤어요. 영화를 보는 듯이, 또 그렇게 세상을 보고 있었어요. 그런데 또 오빠 목소리를 들었어요. 이번엔 TV에서."

―살아가야지요. 살아남아버렸으니.

그런 인터뷰를 한 적이 있었다. 승호의 손에 이끌려 억지로 모델
한 명을 맡게 되었을 때였다.

"전 다시 현실로 나왔어요. 오빠도 살아가는데, 나도 살아가야 했
거든요. 제일 먼저 한 건, 병원에서 봤던 오빠처럼 울고 절규하는
거였어요. 베개를 잡고 울고, 벽을 치면서 울고…… 얼마나 울었는
지 몰라요. 그리고 나선 정신을 차렸어요. 정신을 차리고 공부를 했
어요. 우리 오빠가 날 데리러 왔을 때, 좋은 모습을 보여줄 생각이
었어요. 그런데요. 내 사촌은 그게 참 마음에 안 들었나봐요. 자기
가 갖게 된 좋은 집에, 가족도 아닌 내가 있는 게 참 싫었었나봐요.
정말 나를 무섭게 괴롭히더라구요. 나이도 어린 게. 정말 엿 같고
짜증나도 참았어요. 나도 살아가야 했으니까요. 우리 오빠도 살아가
고, 오빠도 살아가는데, 나도 살아야 하잖아요."

영우가 연희를 데리러 온 것은 일 년 정도가 지났을 때였다고 했
다.

"학교를 그만두고 일했대요. 허물어져가는 빌라에 곰팡이 핀 벽,
화장실에 창고 같은 방 하나 있는 집이지만 그래도 전 좋았어요. 사
촌의 괴롭힘, 고모부의 징그러운 눈빛에서 벗어난 것만으로도 너무
행복했어요. 운명의 여신은 날 버렸지만, 영우 오빠는 날 안 버렸으
니까. 난 정말 행복했어요. 근데 있죠, 참 웃긴 게 뭔지 알아요? 공
부 잘하고 멋있는 우리 오빠는 학교까지 그만두고 막노동판에서 일

해야 하는데, 싸가지 없고 머리 빈 고모 딸은 모델이 된 거예요. 우와, 나 그 순간 정말…… 운명의 여신, 진짜 엿 같다. 그렇게 생각했어요. 그 고모 딸이 나한테 한 짓, 진짜 지독했거든요. 난 걔가 날 죽이려고 하는 줄 알았다니까요. 뭐, 진짜로 그런 마음으로 했을지도 모르구요. 근데 더 엿 같은 건 뭔지 아세요?"

연희의 얼굴이 고통으로 일그러졌다. 취한 듯 붉은 볼, 꼬인 혀로 연희는 열심히 말했다.

"뭐냐면요…… 우리 오빠가 음주운전을 했다는 거예요. 우리 오빠, 평생 법 안 어기고 사는 사람이거든요. 진짜 정직하게 살아온 사람이거든요. 술도 안 좋아하구요. 그런 우리 오빠가 음주운전을 해서 사람을 쳤다는 거예요. 음주운전……."

가슴이 아팠다. 혀가 꼬일 만큼 취한 상태에서도 꼬이지 않을 만큼 가슴에 담아두고 있었던 연희의 슬픔이 고스란히 전해졌다.

"그래요. 문승호 말대로 음주운전, 범죄인 거 알아요. 그거 나쁜 거죠. 거기에 사람까지 쳤으면, 그거 정말 용서할 수 없는 짓이에요. 그런데…… 나까지 그걸 용서하지 않으면…… 그럼 우리 영우 오빠, 불쌍해서 어째요? 나, 있죠. 부모님 돌아가셨는데 바뀐 건 집이 좁아진 거뿐이었어요. 울 부모님 살아계실 때처럼 먹고, 입고, 잤어요. 우리 영우 오빠가, 나 같이 못난 동생 뭐가 예쁘다고, 나 고생하지 않게 해주려고 정말…… 정말 개같이 일했거든요. 그래서 지금 내가 있는 건데, 근데 우리 오빠 음주운전했다고 나까지 비난할 수는 없잖아요. 난…… 난 우리 오빠 가족인데…… 나까지 우리 오빠한테 넌 범죄자라고, 썩을 놈에 개자식이라고…… 그럴 수는 없잖아요."

거기까지 말하고 연희는 울었다. 엉엉 크던 소리가 꺽꺽 쉰 소리로 변했다가 지친 듯 잠이 들었다.

"문승호, 개똥구리 같은 놈."

이라는 말을 남기고.

갈증 때문에 눈을 떴다. 창문에 걸린 커튼 사이로 햇빛이 들어오고 있었다. 여긴 어딜까. 멍하니 낯선 천장을 바라보다가 어제의 일이 떠올랐다.

그래, 나 이사했지. 이사라고 하기도 부끄러울 정도였지만.

쓴웃음을 지으며 몸을 돌리다가 그대로 굳어버렸다. 바로 옆에 강우가 몸을 웅크리고 누워 있었다.

'헉……'

숨을 삼키며 시선을 아래로 내렸다. 강우의 옷 상태는 정상이 아니었다. 자주색 셔츠가 처참히 찢어져 있었다. 어제 술 마시기 전에만 해도 다림질 선이 남아 있을 만큼 단정한 상태였는데.

'무슨 일이 있었던 거지?'

연희는 짐작조차 할 수 없었다.

"깼어?"

그때, 강우가 눈을 떴다. 반만 뜬 피곤한 눈이 섹시하다고 생각하는 자신을 때려주고 싶었다.

272

이 와중에 뭔 어울리지 않는 생각을 하고 있는 거야!

"네, 저…… 어제……."

"굉장하더라."

"헉…… 제가 무슨 짓을…… 했나요?"

찢어진 셔츠에서 눈을 뗄 수가 없었다. 팔 부분이 찢겨 강우의 쇄골이 드러났다.

"했지. 기억 안 나?"

"네, 저…… 술 마시고 옛날 얘기 좀 하다가…… 막 울었던 것도 기억나고…… 그러고 나서 잠든 것 같은데……."

"와, 실망이네. 어제 그렇게까지 해놓고."

"채, 책임지겠습니다!"

"풉……."

강우가 작게 웃음을 터뜨렸다.

"저기…… 저 지금 놀림당한 건가요?"

"놀림이라니. 너 진짜 어제 굉장했어."

"제가…… 무슨 짓을 했는데요? 혹시…… 제가 술김에 오빠를……."

"나를?"

"그 섹시한 유혹을 이기지 못하고……."

"으흠?"

"덮쳤나요?"

"하하. 그럴 리가. 내가 아무리 나이가 있어도 여자한테 당할 만

큰 약하진 않아."

"물론 그러시겠죠. 하지만 저도 여자치고는 센 편이라서……."

더듬더듬 말하며 강우의 눈치를 봤다. 강우는 피식 웃으며 일어
나 앉았다. 부스스한 머리, 얼굴엔 눌린 자국. 늘 단정하던 강우의
흐트러진 모습이 연희를 긴장하게 했다. 이러고 있으니 마치 첫날밤
을 같이 보낸 신혼부부 같았다.

"우리…… 이러고 있으니까 꼭 신혼부부 같지 않아요?"

생각을 숨기는 법이 없는 연희의 말에, 아무 생각 없이 기지개를
펴던 강우가 푸읍, 콜록콜록, 사레에 들렸다.

"인마, 너랑 나랑 열 살이 넘게 차이 나. 남들이 보면 우린 그냥
삼촌이랑 조카 같을걸."

강우가 먼저 씻으러 들어갔다. 쏴아아, 욕실에서 샤워기의 물소
리가 들려왔다. 그러고 보면, 승호와 사는 한 달 동안 승호가 샤워
하는 소리를 들어본 적이 없다. 승호는 늘 연희보다 일찍 일어나고,
연희보다 늦게 잠들었으니까. 그렇게 적게 자면서도 쓰러지지 않는
승호가 신기하다고 생각하다가, 어제의 서늘한 눈빛이 떠올랐다. 승
호라면 말하겠지.

'신경 꺼. 궁금할 거 없잖아. 넌 그냥 보석일 뿐이니까.'

그러나 이제는 그 보석이라는 말조차 들을 수 없게 됐다.

영우를 원망하지는 않았다. 영우가 밉지도, 영우가 없었으면 좋
을 뻔했다고 생각하지도 않았다. 그저 평범하게 돌아간 것뿐이다.
운명의 여신도, 행운의 여신도 따라주지 않는데 승호의 친절이 너무

과하기는 했다. 아래에서부터 차근차근 밟아 올라가는 게 연희에게
는 편했다. 이상할 정도의 배려와 버거울 정도의 지원은 없는 편이
나았다.

—내 보석.

하지만 이제 들을 수 없다고 생각하니, 귀에 딱지가 앉도록 들었
던 그 단어가 얼마나 듣기 좋았는지 깨달았다. 연희는 화장대에 앉
아 거울을 응시했다. 거울 안의 소녀는 괴물처럼 보일 만큼 눈이 부
어 있었다. 한마디로 형편없다. 연예인이 아닌 승호의 약혼녀조차도
이보다는 나았다.

'성장하는 거야, 김연희. 이제는 도망칠 곳도, 기댈 곳도 없어.
문승호 말이 맞아. 아무리 내가 영우 오빠를 감싸려고 해도, 영우
오빠는 범죄자야. 앞으로 그 사실이 영우 오빠를 많이 힘들게 하겠
지. 그러니까 네가 돈을 벌어야 돼. 영우 오빠를 편하게 살게 할 수
있을 만큼. 그만큼⋯⋯.'

연희는 손을 뻗어 거울 속 소녀의 볼을 만졌다. 거울 속 소녀는
못났지만 눈빛만은 타올랐다.

'그만큼 돈을 버는 거야.'

강우가 젖은 머리를 털며 나왔다. 연희는 일어나 강우에게 다가
갔다. 그리고 찢어진 셔츠를 살짝 잡아 똑바로 고정시켜주며 말했
다.

"오빠, 영우 오빠는 내 인생의 걸림돌이 아니에요."

강우가 연희를 내려다봤다. 연희는 강우의 시선을 피하지 않고
말했다.

"내가 성공하고 싶은 이유예요. 나는 최고가 될 거예요."

"돈을 벌기 위해?"

"네, 이 세상의 돈을 전부 모으기 위해."

강우가 부드럽게 웃었다.

"응, 그래. 같이 한번 해보자."

스케줄이 전면적으로 조정될 예정이다. 오늘은 각 담당들을 만나
스케줄 조정을 해야 한다고 했다. 담당들의 '연희만을 위한 시간'이
사라졌으니, 다른 연습생들이 연습하는 시간에 적절히 끼워 넣어야
했다. 강우와 함께 집을 나서다가 마침 나오던 옆집 연습생과 마주
쳤다. 콧등의 주근깨가 귀여운 소녀였는데, 강우를 보자마자 소스라
치게 놀라더니 꾸벅 인사를 하고 다시 들어가버렸다.

"저 애, 오빠를 무서워하는 거 같은데요?"

"내가 아니라 승호를 무서워하는 거겠지."

"오빠를 대표님이라고 착각할 것 같지는 않은데."

"그게 아니라…… 전에 쟤가 나한테 버릇없이 군 적이 있거든."

"버릇없이?"

강우가 볼의 흉터를 만지작거렸다.

"이거, 징그럽다고 눈에 좀 띄지 말라고 하더라고."

"대놓고…… 그런 말을…… 했다고요?"

"대놓고 그런 말을 하는 사람들 많아."

강우가 씁쓸한 표정으로 말했다.

"다만 승호한테 안 걸릴 뿐이지. 근데 쟤가 그 말을 할 때, 마침 승호가 들어오던 중이었거든."

"그래서요?"

"긴말은 안 했고…… 그러더라."

강우는 흠흠, 목을 가다듬고는 승호처럼 냉정한 표정을 지으며 말했다.

"중세 유럽엔 말 많은 여자들 혀를 잡아 늘이는 형벌이 있었는데, 사라진 게 아쉽군. 넌 입을 좀 다물고 있는 편이 좋겠어."

"정말…… 그렇게 말했단 말이에요?"

"그것도 딱 문승호 표정으로."

"겁에 질릴 만하네요."

"응. 난 지은 죄도 없는데 무섭더라."

날씨가 좋다. 승호를 처음 만났을 때만 해도 매서운 칼바람이 불었는데, 이제는 아침에도 뼈 시린 바람은 불지 않는다. 그래도 조금은 쌀쌀해서 야상 재킷의 옷깃을 여몄다.

늘 아무도 없을 때만 방문해서 미쉘의 트레이닝 센터에 다른 연예인들도 다닌다는 걸 실감하지 못했다. 연습생들로 가득 찬 트레이닝 센터가 낯설게 느껴졌고, 동시에 지독한 갭을 느꼈다. 어제도, 오늘도 똑같이 모델 지망생의 삶을 살아가고 있는데, 오늘은 어제와 다르다. 어제까지의 모든 것이 꿈처럼 느껴졌고, 오늘에야 비로소 자신이 현실 속에 서 있다는 것을 실감했다.

"루나! 강우 씨!"

두 사람이 들어가자마자 연습생 한 명의 트레이닝을 봐주던 미쉘이 기가 막히게 알아채고는 버럭 소리를 질렀다. 그 바람에 트레이닝을 하던 십 수 명의 연습생들 시선이 두 사람에게 꽂혔다. 그중 강우를 알아본 연습생들이 꾸벅 인사를 했지만, 강우가 그들의 인사를 받아줄 새도 없이 미쉘이 다가왔다.

"늦으면 늦는다고 언질이라도 줘야 할 거 아니에요! 두 시간 동안 아무것도 안 하고 기다렸다구요!"

미쉘의 말을 이해할 수가 없었다.

"승호한테 연락 못 받았어?"

"승호한테요? 승호가 연락해주기로 했었어요?"

"아니, 그러니까…… 승호한테 들은 거 없어?"

"오늘 승호한테 연락 못 받았는데. 잠깐만요."

미쉘은 다른 트레이너를 불러 승호에게 받은 연락이 있는지 물어봤다. 트레이너들은 다들 그런 적이 없다며 고개를 저었다. 미쉘이 인상을 찌푸렸다.

"승호한테 연락 온 거 없어요. 아침에 프로필 촬영이라도 있었어요?"

미쉘은 어제의 일을 전혀 모르는 것 같았다. 승호의 확실한 일처리에 대해 아는 강우로서는 의아할 수밖에 없었다. 어제 그런 일도

있었으니, 승호는 어젯밤, 늦어도 오늘 아침에는 미쉘에게 연희에
대해 말해뒀어야 했다. 그게 강우가 아는 승호였다.

"잠깐 안으로 들어가자."

강우의 표정이 심상치 않음을 느낀 미쉘이 분노를 거뒀다. 사무
실 문을 닫고, 연희와 강우가 소파에 앉자마자 미쉘이 물었다.

"무슨 일 있어요?"

"승호가 연희를 버렸어."

가슴 아플 말을 강우는 아무렇지도 않게 했다. 연희는 아픔을 표
정에 드러내지 않으려 애썼다.

"승호가 연희를…… 연희가 누구…… 아, 루나 본명이 연희였지.
승호가 루나를 버렸단 말씀이세요?"

"그래."

"왜요? 어제까지만 해도 문제없었잖아요. 무슨 일이라도 생긴 거
예요?"

"그게……."

강우가 말해도 되냐는 듯 연희를 쳐다봤다. 연희는 고개를 끄덕
였고, 강우는 미쉘에게 어제 있었던 일에 대해 설명을 했다. 들으면
들을수록 미쉘의 표정이 어두워졌다.

"사건이 현재진행중이라면 확실히 위험 요소이긴 하죠. 그래도
승호 성격에 그 정도 가지고 키우려던 연예인을 포기할 리는 없어
요."

"그럼 윤아미 때문인가?"

"윤아미…… 때문일지도 모르죠. MBN 측에서 MS 소속 연예인들을 일절 거부하라고 방송국에 압력을 넣으면 방송국도 어쩔 수가 없으니까. 하지만 그것 때문이라고 보기도 어려운 게…… 문승호, 그런 거 신경 안 쓰는 남자잖아요."

"그렇긴 해. MBN이 압력을 가하면 그때부터 승호에게 있어서 MBN은 무서운 대상이 아니라……."

"적이 되죠. 무너뜨려야 할 적. 윤아미도 승호 성격 잘 알아요. 대놓고 그런 짓을 하지도 않을 거고, 협박 같은 걸 하지도 않겠죠. 문승호가 그런 상황에서 어떻게 나올지 잘 아니까."

"하지만 어제 승호의 반응은 격했어."

"그 격하다는 것부터가 이상하지 않아요? 문승호가 루나한테 아무것도 안 물어본 건 팩트, 말할 기회를 주지 않은 것도 팩트예요. 루나가 일부러 속인 것도 아니고. 문승호, 싸가지는 없지만 그렇다고 기회를 주지 않는 애도 아니에요. 한 번의 기회, 문승호는 그거 아주 중요하게 여겨요. 아무리 실수를 해도 한 번은 더 기회를 주잖아요."

"그렇지."

"루나 같은 경우엔 실수도 아니었어요."

거기까지 말한 미쉘은 잠시 입을 다물었다. 아까부터 자꾸만 이상한 생각이 들었기 때문이다.

강우의 이야기 속 승호는 오랫동안 알아온 승호와 달랐다. 거기서 이름만 다른 이름으로 바꿨다면, 미쉘은 이렇게 생각했을 것이다.

'남자가 완전 질투쟁이에 소유욕 짱이잖아!'

루나의 가족이 범죄자인 것이 문제가 아니라, 루나가 자신에게 직접 말해주지 않은 게 서운해서…….

'삐친 것 같아.'

딱 그렇게 보였다. 하지만 그건 말도 안 됐다.

문승호가 서운하다는 이유로 삐쳐? 아니, 애초에 서운함이라는 걸 느껴?

미쉘은 강우의 옆에 조용히 앉아 있는 연희를 쳐다봤다. 작은 얼굴이 앳되어서 고등학교 저학년이라고 해도 믿을 외모. 몸집이 작고 인형 같은 얼굴을 가진 아미와는 여러모로 달랐다.

어마어마한 재력과 권력, 거기에 외모까지 출중한 윤아미도 승호에게서 인간적인 감정을 끌어내지 못했는데, 아무것도 없는 평범한 연희가 그걸 성공했을 리 없다.

"루나, 넌 나한테 뭐 할 말 없어?"

"있어요."

"말해봐."

어쨌든 승호가 연희를 버렸다면 미쉘도 선택을 해야 했다. 연희를 앞으로 어떻게 대할 것인지.

연희는 미쉘을 조용히 응시하다가 입을 열었다.

"언니, 저는 지금까지의 특별한 대우 같은 거 바라지 않아요. 시궁창 속에서 뒹굴어야 한다면, 그렇게도 할 수 있어요. 다만……."

고양이 같은 아몬드형의 눈매 안에 보석이 있었다.

"제가 정상에 섰을 때, 언니도 제 옆에 있었으면 좋겠어요."

흑갈색의 보석은 조금씩 그 찬란함을 더해가 미쉘을 사로잡았다. 미쉘은 연희에게서 눈을 뗄 수가 없었다.

'이거였구나.'

승호가 말한 반짝거림을 이제야 발견했다. 동시에 깨달았다.

'아, 승호가 이 애를…… 정말로 사랑하는구나.'

❀　❀　❀

통증이 사라지질 않는다. 심장이 찢기는 통증 때문에 한숨도 자지 못했다. 하루 3시간 30분의 수면. 그것만은 확실하게 지켰다. 아무리 바빠도 3시간 30분은 반드시 자는 것이 철칙이었다. 단 하루라도 지키지 못하면 생활 패턴이 무너져버리니까.

그러나 그 철칙을 생각할 겨를도 없었다. 왼쪽 가슴 위에 손을 얹은 채로, 차라리 심장이 사라졌으면 좋겠다는 생각을 했다.

해가 뜨자마자 거실로 나왔다.

아침에 일어나 샤워를 하고, 옷을 갈아입고, 커피 두 잔 분량을 내려 한 잔만 따라 소파로. 거기서 신문을 읽다보면, 달칵, 문 열리는 소리. 후다닥 욕실로 향하는 소리. 그리고 쏴아아, 샤워기에서 물이 떨어지는 소리. 연희가 있다는 걸 증명하는 소리들이 있었다. 젖은 머리카락을 돌돌 말며 나오는 연희를 기대했다. 신문의 내용에 집중하면서도 연희를 기다렸다.

그러나 더 이상 그 일상을 누릴 수 없다.

'일상?'

승호는 그것을 일상이라고 여기는 자신이 이상했다. 고작해야 한 달 남짓일 뿐이다. 일상이라고 할 만큼 오랜 시간을 함께 있었던 게 아니다. 일상으로 따지자면, 혼자서 생활하는 것이야말로 일상이었다.

'허전하군.'

그러나 연희가 없는 집은 너무 조용해, 그 침묵이 목을 옥죄었다. 연희가 없는 집에서 도망치고 싶었다.

승호는 서둘러 밖으로 나왔다. 아직 진료를 시작할 시간은 아니지만, 승민을 만나야만 했다. 승민에게 확인받고 싶은 것이 있다.

주차장에 차를 세우며 승민은 고민에 빠졌다.

'내 동생, 왜 저런 무시무시한 표정으로 아침부터 날 기다리는 거지?'

이대로 도망칠까 하다가, 무시무시함 속에 절박함이 담겨 있기에 어쩔 수 없이 차에서 내렸다. 승민이 내리자마자 승호가 기다렸다는 듯 다가왔다. 이토록 다급히 행동하는 승호는 처음이었기에 승민은 이 괴로워 보이는 남자가 자기 동생이 맞는지 의심이 들었다.

"아침부터 어쩐……."

"여기가…… 찢어지고 있어, 형님."

승호가 자기 왼쪽 가슴을 부여잡았다.

"숨을…… 못 쉬겠어……."

"갑자기 왜 그래? 일단 안으로 들어가서 검사부터……."

"내가 화를 냈지. 그랬더니 루나의 눈에서 빛이 사라졌어. 그리고 나를 떠났어. 아니, 내가 쫓아냈다고 하는 게 맞겠지."

"루나를 쫓아냈어?"

"말해봐, 형님. 나는 사랑을 믿지 않는 게 아냐. 다만…… 이렇게 격렬할 거라고는 생각 안 해. 이거, 이렇게 아픈 거…… 도저히 내가 더 이상 나 같지 않은 거…… 내가 정말 미쳐가는 것 같은 거……."

승호의 눈이 괴롭게 일그러졌다.

"이게 사랑인가?"

승민은 동생의 아름다운 얼굴을 물끄러미 응시하다가 고개를 끄덕였다.

"응, 그게 사랑이야."

"제길!"

"아직 덜 컸구나, 동생. 지금 네가 느끼는 그 고통은 고통 축에도 못 들어. 사랑 처음 해보고, 사랑 때문에 처음 아파봐서 그게 죽을 것처럼 느껴지는 거겠지."

"이보다 더 아프다고?"

"통각은 말이지. 한계치라는 게 있어. 그 한계치를 넘어서면 아프다는 것조차 모르게 돼. 그냥 죽어갈 뿐."

"……."

"루나가 정말로 널 떠나게 되면, 넌 고통조차 못 느끼게 될 거야."

그 순간, 연희가 아닌 강우가 떠올랐다. 진짜로 연인을 잃게 된 강우.

사고가 나고 얼마 되지 않아 찾아갔을 때, 강우는 영혼이 없는 사람 같았다. 빛을 잃은 눈동자, 무표정한 얼굴, 그리고 몇 분마다 한 번씩 흘러나오는 한숨.

—제가 아는 권강우 씨는 이렇게 한심한 분이 아니셨을 텐데요.

연인을 영원히 잃은 남자에게 그렇게 말했다. 먼발치에서도 볼 수 없게 된 강우의 슬픔을, 그때는 이해하지 못했다.

'뭐가 한심스럽다는 거냐.'

한심한 건 자신이었다.

사랑이 사랑인 줄도 모르고 그녀의 눈에서 빛을 빼앗았다. 자기가 쫓아낸 주제에 저 혼자 아파하고 괴로워했다.

사랑을 하지 않겠다, 결심한 적은 없었다. 사랑을 믿지 않는 것도 아니었다. 만약 사랑을 하게 된다면, 지금까지 살아왔던 것처럼 완벽한 사랑을 하겠다고 결심했다. 그러나 '사랑'이라고 할 만한 감정을 느끼게 하는 여자를 만난 적이 없다.

여자는 다 비슷비슷했다. 예쁘장한 여자는 외모를 믿고 자만심에 빠졌고, 재력이 있는 여자는 돈을 가지고 승호를 손에 넣으려 했다. 외모가 평범한 여자는 승호 앞에서 열등감을 느끼고, 승호가 자신의 열등감을 알고 위로해주기를 바랐다. 그런 비슷비슷한 여자들 중에 하나였던 아미가 고백을 해왔을 때, 나쁘지 않다고 생각했다.

사랑을 꼭 해보고 싶은 것도 아니었고, 사랑하는 사람과 결혼을 하고 싶다는 소망이 있었던 것도 아니었다. 아미와 약혼을 하는 순간, 사랑이란 감정 자체를 머릿속에서 지웠다. 결혼은 사회적인 계약. 계약으로 이루어진 관계를 망치는 건 승호의 방식이 아니었다.

"괜찮나?"

한동안 말이 없는 승호가 걱정됐는지, 승민이 조심스레 물었다. 승호는 고개를 저었다.

"일단 들어가자."

"아니, 이제부터 할 일이 많아."

승호가 단호하게 말했다. 승호의 거침없는 성격을 아는 승민으로서는 걱정이 될 수밖에 없었지만, 말린다고 들을 승호가 아니라는 걸 알기에 붙잡지 않았다.

승호는 우선 MS 사무실로 갔다. 지난밤에 수신된 메일들을 정리하고, 매니저들의 보고를 꼼꼼히 읽었다. 비서가 가져다준 허브티는 차갑게 식어 있었다. 식은 티를 마시고 소파에 길게 누워 눈을 감았다.

고통의 원인을 알고 나니, 차분히 생각할 여유가 생겼다. 물 건너갔던 이성도 다시 돌아왔다. 천천히, 느릿하게 생각을 끝낸 승호는 오후 스케줄이 없다는 걸 확인한 후에 아미에게 전화를 걸었다.

✼　✼　✼

미셸은 지금까지와 같이 지원을 해주기로 약속했다.

"워킹 쪽에도 아직 연락이 안 갔나봐요."

미셸이 닭가슴살 샐러드와 삶은 계란, 미네랄워터를 꺼내 오며 말했다. 연희의 점심이었다. 닭가슴살 샐러드는 식초만 살짝 뿌린 터라 맛이 없었다.

"근데 그쪽은 MS에서 연락받으면 연습 시간 조정할 거라고 하더라구요. 아무래도 루나만을 위해서 뺀 시간이 꽤 길었으니까, 그쪽도 부담스러웠던 모양이에요. 워킹 쪽은 우리보다 더 사람이 많으니까 2, 30분이 아쉽겠죠."

"그래, 다음 주부터는 연기 연습을 들어가려고 했는데, 그쪽도 시간 따로 빼주긴 힘들겠지?"

"그쵸. 그쪽은 정말 인력 부족이니까요. 차라리 섭외하는 게 어때요? 과외 선생처럼."

"해줄 만한 사람이 있을까. 승호가 지원을 끊었으니, 최소 비용으로 성과를 거둬야 돼."

"해줄 사람이야 많죠. 연기력은 뛰어나지만 뜨지 못한 사람들. 그런 배우들 위주로 구하면 될 거예요. 그리고 중요한 건, 주희수 디자이너 마음을 사로잡는 건데……."

"주희수 디자이너, 승호와의 계약 때문에 연희에 대한 인상이 최악일 거야. 일단 나는 주희수 쇼엔 큰 기대를 안 걸고 있어."

"하긴…… 어차피 주희수 쇼에 내보내자는 계획도 승호가 세운 거였으니까…… 문승호 지원이 있어도 힘든 판에, 지원이 끊겼으니 가능성이 제로에 가깝겠죠. 그럼 어떻게 하시게요?"

"프로필 사진에 영상 준비해서 주희수 쇼 떨어지면 바로 다른 쪽에 넣어보게. 어차피 바닥부터 시작해야 하는 거라면, 처음부터 높은 곳을 노리면 안 되겠지."

"그래도 이름이 있는 곳부터 시작을 하는 게 좋을 텐데요."

"그래서 생각해둔 곳이 있긴 한데……."

"어디요?"

"KGS."

"KGS요? 거긴 너무 큰데요? 거기 잡으면 정말 대박이죠! 거긴 홍보, 기획 빵빵하게 하잖아요. 루나, 신인인데 가능하겠어요?"

"응. 거기 홍보부 담당이 아는 사람이야. 이렇게 된 거, 인맥을 동원해봐야지."

두 사람의 이야기를 들으며 연희는 닭가슴살 샐러드를 입에 밀어 넣었다. 어제 술을 많이 마신 터라 매운 해장국이 절실했지만, 애써 욕구를 억눌렀다.

"어엇! 연희 누나다!"

경인이 사무실 문을 박차고 들어오다가, 사무실의 진지한 분위기를 깨닫고는 꾸벅 인사를 했다.

"방해해서 죄송합니다."

"마침 잘 왔네, 한경인. 이리 와서 앉아봐."

미쉘의 부름에 경인이 겁에 질린 표정을 지었다.

"어엇…… 누님, 죄송해요. 저, 앞으로 열심히 할게요. 아직은 살아 있고 싶어요."

"누가 죽이겠대? 부탁할 게 있어서 그래."

경인은 의심스럽다는 눈빛을 보내며 주춤주춤 다가왔다.

"근데 연희 누나가 이 시간에 여긴 어쩐 일이에요? 연습 늦게 끝났어요?"

"너, 어젯밤에 승호네 안 갔어?"

"네, 대표님이 오지 말라고 하셔서요. 왜요? 무슨 일 있어요? 연희 누나, 쫓겨나기라도 한 거예요?"

"응, 쫓겨났어. 문승호가 루나를 포기했어."

농담으로 한 말이었는데 미쉘이 쉽게 수긍해버리는 바람에 경인은 당황했다.

"거……짓말이죠?"

경인이 연희를 쳐다봤다. 연희는 양상추를 우물거리며 말했다.

"거짓말 아냐. 나 이제 보석 아니래."

"에엣! 그럴 리가 없어요! 대표님이 연희 누나를 버리다니……절대 그럴 리가 없어요."

경인이 강하게 부정했다. 이쪽은 버림받는 걸 직접 경험했는데, 그 자리에 있지도 않았던 경인이 저렇게 부정을 하니 어이가 없었다. 미쉘도 마찬가지였는지 오버 좀 하지 말라고 핀잔을 줬다.

"아, 근데 진짜 대표님이 연희 누나를 버릴 리가 없는데…… 진짜 이상하네."

경인은 미쉘의 옆에 앉으면서도 계속 중얼거렸다.

"경인아, 너 연희 좋아하지?"

"완전 좋아하죠."

강우의 말에 경인이 아무렇지도 않게 대답했다.

"그럼 연희를 위해 해줄 게 좀 있어. 도와줄 수 있겠냐?"

"그럼요. 뭔데요?"

"주희수 디자이너 좀 만나라."

"으엑!"

경인의 표정이 대번에 일그러졌다.

"승호의 지원 없이는 힘든 거 알지만, 그래도 난 연희가 주희수 쇼의 피날레를 장식할 수 있으면 좋겠다. 일단 해볼 수 있는 데까지는 해봐야지. 일단 연희는 초보니까 분위기를 익혀야 돼. 주희수 쇼, 이번 컨셉이 어떤 건지 알면 연희한테 도움이 될 거야."

"이왕이면 피날레에 대한 주희수 디자이너 생각도 알아오면 좋고. 혹시라도 다른 쪽에서 제안 들어온 거 없는지, 그런 것들."

미쉘이 끼어들었다. 경인의 얼굴이 하얗게 질렸다.

"저기, 경인아. 무리하진 않아도 돼."

보다 못한 연희의 말에 경인은 애써 웃었다.

"아뇨, 뭐…… 무리랄 것까진…… 하아, 맞아요. 무리예요. 주 디자이너님은 만날 때마다 몸을 더듬어서 완전 싫은데……."

"몸을 더듬어?"

연희는 경악했지만, 미쉘과 강우는 그런 이유일 줄 알았다는 듯 그 정도는 참으라고 했다. 연희는 아이라인을 진하게 그린 주희수의 얼굴을 떠올리며 몸을 부르르 떨었다. '그 정도'라고 할 만한 것이 아닐 텐데.

"하아…… 연희 누나를 위해서니까 해보긴 할 텐데요. 그럼 저한테 뭐 해주실 거예요?"

"뭘 바라는데?"

강우가 물었는데, 경인은 연희를 쳐다보며 매혹적인 미소를 지었다.

"연희 누나랑 하루 종일 데이트."

❋　❋　❋

"왜 이런 데서 보자고 했어? 우리 회사 근처 커피숍이 더 편할 텐데."

아미가 맞은편에 앉으며 물었다. 딱히 대답을 바라고 한 질문은 아니었다. 승호는 다리를 꼰 채로 창밖을 지그시 응시하고 있었다. 아는 사람이라도 서 있나 싶어 따라서 밖을 봤지만 아무도 없었다.

"오빠?"

승호는 대답하는 대신 살짝 눈동자만 움직여 아미를 쳐다봤다. 잘 만들어진 인형이 움직이는 것 같아서, 섬뜩함과 두근거림을 동시에 느꼈다.

그저 그곳에 앉아 있는 것만으로도 세상을 화보로 만들었다. 조명과 보정이 없이도 승호는 잘 찍힌 패션 화보의 주인공 같았다. 호리호리한 몸매에 긴 다리, 자그마한 얼굴을 사랑했다. 원하는 것이 생기면 거침없이 행동에 옮기는 삶의 방식도, 인간적인 감정이 없는 면마저도 사랑했다.

승호에게 결혼을 전제로 사귀자고 제안을 할 때, 승호가 그 제안을 거절하지 않으리란 자신이 있었다. 아미는 승호가 원하는 모든 것을 줄 수 있었다. 아미의 예상대로 승호는 생각할 것도 없다는 듯 아미의 제안을 받아들였다.

계약과도 같은 관계이지만, 아미는 승호가 사랑하게 될 여자는 자신뿐일 거라고 확신했다. 승호는 자기 자신을 너무도 사랑했기에, 본인에게 큰 도움을 줄 수 있는 여자에게만 사랑을 줄 남자였다.

"파혼하도록 하지."

때문에 승호가 덤덤히 던진 말의 의미를 바로 이해할 수가 없었다. 대답하지 않고 있으니, 승호가 덧붙였다.

"너도, 나도, 서로에게 준 것도, 받은 것도 없으니 파혼의 절차는 생략해도 된다고 생각하는데. 혹시라도 위자료 같은 것이 필요하다면, 법에 근거해서 처리하도록 하지."

"잠깐만."

아미의 얼굴근육이 실룩거렸다. 아미는 미소를 지으려고 애썼고, 간신히 성공했다.

"지금 오빠가 무슨 소리를 하는지 잘 모르겠는데."

"언어장애라도 생겼나? 아니면 미국에 있는 동안 조국어를 잊었나?"

"오빠!"

"파혼, 하자고. 너와 나 사이에 있는 약혼이란 관계, 없었던 걸로 하자고."

"하아……."

아미는 작게 한숨을 쉬고는 백에서 담배를 꺼내 들었다. 불을 붙이고 길게 한 모금 빨았다가 훅 내뱉었다.

"내가 뭐 잘못한 거 있어?"

"아니."

"그럼 나한테 뭐 바라는 거 있는데, 내가 눈치 못 챘어?"

"아니."

"그럼 갑자기 왜 파혼을 하자는 건지 모르겠네. 이유가 있는 거야?"

"그래."

"그럼 이유 먼저 말해줘."

"사랑하는 사람이 생겼다."

"……응?"

잘못 들은 거겠지.

"사랑하는 사람이 생겼으니 우리 약혼을 지속하는 게 의미가 없는 것 같다. 이 정도면 이유가 됐나?"

아미는 손에 담배를 들고 있다는 것도 잊고 승호를 멍하니 바라봤다.

'이 남자, 누구지?'

"난 할 일이 많아서 가야 하니, 파혼에 필요한 것이 있으면 이번

주 내로 알리도록 해."

"오빠, 지금 나랑 장난해?"

"장난하는 것처럼 보이나?"

"응, 그렇게 보여. 내 약혼자가 갑자기 사랑하는 여자가 생겼다고 파혼을 하재. 어제까지만 해도 아주 잘 지냈는데, 언질도 주지 않고 파혼을 하재. 그게 장난이 아니면 뭐야?"

"결혼과 사랑 사이에선 결혼이 우선이겠지만, 약혼 관계보다는 사랑이 우선이라고 생각하는데."

"오빠, 그거 되게 말도 안 되는 소리인 거 알지? 당연히 약혼이 우선이지. 약혼이라는 거, 사랑하는 사람이랑 하는 거잖아!"

"네가 나한테 뭐라고 말했는지 잊었나?"

잊지 않았다. 잊고 싶었지만, 승호의 냉랭한 태도를 볼 때마다 되새겨졌다.

─난 오빠가 원하는 걸 줄 수 있어. 사랑하는 사람이 없다면 결혼을 전제로 사귀는 거 어때?

생각을 하자.

아미는 필터까지 타들어간 담배를 끄고 새 담배를 꺼냈다. 달각, 달각, 떨리는 손으로 불을 붙였다. 자신을 이런 상황으로 밀어 넣은 승호에게 화가 났고, 더불어 승호가 사랑하게 됐다는 여자에게도 화가 났다.

"일단은, 난 파혼 못 해."

"뭘 원하지?"

"내가 원하는 건……."

아미가 담배 끝으로 승호를 가리켰다.

"오빠 하나."

"날 줄 수는 없겠는데. 다른 건?"

"다른 건 필요 없어. 알다시피 난 다 가지고 있거든. 내가 원하는 건, 문승호라는 남자 하나야."

"그건 안 되겠군."

"안 되는 건 없어. 오빠가 다른 여자를 사랑하게 됐다면, 마음껏 사랑해. 어차피 결혼 전이니까. 결혼한 후에만 내 것으로 남아 있으면 돼."

승호의 검은 눈동자가 조롱하듯 아미를 응시했다.

아미는 입술이 떨릴 정도로 분노했지만 간신히 참았다. 지금 자신의 모습은 조롱을 받아도 할 말이 없었다. 남자가 다른 사랑을 찾아 떠나겠다는데 매달리는 여자, 아미가 되고 싶지 않은 여자 중 하나였다. 그리고 절대로 될 일 없을 거라고 확신했던 여자 중 하나였다. 그러나 지금 문승호라는 남자가 자신을 궁지로 밀어 넣었다.

"윤아미, 이렇게 말이 안 통하는 여자였나?"

"사랑에 빠진 여자들은 가끔 상식이 안 통할 때가 있거든. 난 오빠 사랑해. 오빠가 그 여자를 얼마나 사랑하는지 모르겠지만, 나 역시 지지 않을 만큼 오빠를 사랑해. 오빠가 나와의 파혼을 감내하면서까지 그 여자를 사랑하고 싶은 것처럼, 나도 그런 마음 가지고 있어. 그건 오빠가 뭐라고 하면 안 되는 거 아냐?"

"너한테 날 사랑하지 말라고 하는 건 아닌데. 사랑은 해도 상관없어. 다만, 난 너와의 약혼 관계를 끊고 싶은 것뿐이야. 약혼이라는 관계에 묶여 있으면, 그녀를 마음껏 사랑할 수가 없으니까."

어째서인지, 승호의 말을 듣는 순간 연희의 얼굴이 떠올랐다. 트레이닝 센터 앞에 서 있던, 특별할 거 하나 없는 여자.

아미는 승호가 사랑하게 된 그녀가 연희일 거라고는 생각하고 싶지 않았다. 그 여자는 아미 자신과 상대가 안 됐다. 너무 초라했다. 외모로도, 능력으로도, 배경으로도.

묻고 싶지 않았다. 자신의 생각이 맞을 것이 두려웠다. 그러나 확인을 해야만 했다.

"루나야?"

"응."

승호는 숨기지 않았다.

"그래, 그 애였구나. 그럴 것 같았어."

"……."

아미는 한 모금밖에 안 빤 담배를 비벼 껐다.

"파혼, 난 그거 안 해. 오빠가 그 애한테 느끼는 그거, 사랑이라고도 생각 안 해."

"사랑이 아니면 뭐라는 거지?"

"흥미겠지. 지금까지 오빠 주위엔 재력 있고 예쁜 애들밖에 없었잖아. 그렇게 외모도 안 되고, 집안 환경도 어려운 애가 씩씩하게 살려는 거 보니까 흥미가 생긴 거겠지."

"……."

"나랑 약혼 관계를 유지해두는 건 오빠한테도 좋을 거야. 오빠, 앞으로 더 많이 커야 하잖아. 나한테 이런 식으로 대하는 거 오빠한 테도 안 좋아. 알지?"

"뭔가 오해를 하는 것 같군."

승호는 다리를 꼬며 가볍게 웃었다. 비스듬히 앉은 모습이 시리 도록 아름답다. 아미는 절대로 승호를 놓치고 싶지 않았다.

그림 같은 모습으로 아미를 응시하며 승호가 물었다.

"내가 왜 성공을 하려는 것 같나?"

"남들보다…… 우월한 위치에 있기 위해서?"

"아니. 내 인생, 내 마음대로 살기 위해서."

"그게 그거지."

"달라, 윤아미. 아주 달라. 난 말이지, 내 마음대로 살기 위해 우 월함을 버려야 한다면 가차 없이 버릴 수 있어. 너와의 약혼 관계를 유지하는 게 좋을 거라고? 사랑 하나 내 마음대로 하지 못하는 삶, 그건 내가 원하는 삶이 아니야."

중저음의 나직한 말이 얼음칼처럼 아미의 가슴에 꽂혔다.

"네가 가진 그 재력이 있다면, 내 마음대로 사는 데 도움이 되긴 하 겠지. 하지만 네가 그걸 가지고 날 네 마음대로 휘두르려고 한다면?"

승호가 허리를 약간 앞으로 기울이고 아미를 노려봤다.

"그때부터 넌 내 적이야."

"……나를…… 적으로 돌리면 우리 MBN도 적이 되는 거야."

"상관없어, 윤아미."

승호의 눈동자가 차갑게 얼어붙었다.

"이 세상에 대기업이 MBN 하나만 있는 건 아니니까."

"……."

"회장님께는 내가 말씀드리도록 하지."

승호는 뒤도 돌아보지 않고 커피숍을 나갔다. 승호가 나간 후, 아미는 한동안 가만히 앉아 있었다. 눈치를 보던 알바생이 주춤주춤 다가와 괜찮으세요, 물어볼 때까지 아미는 승호가 나간 문을 노려봤다.

'적이라고?'

아미의 입술에 차가운 미소가 떠올랐다.

'그래, 오빠. 오빠는 날 적으로 생각하겠지만 내 적은 오빠가 아니야. 한참 오해했어.'

덜덜 떨리는 손으로 세 개비째 담배를 꺼내 입에 물었다.

'내 적은 루나야. 오빠가 사랑한다는, 오빠를 나에게서 뺏어간 그 여자.'

제11장

의외의 인물이 아파트 입구에 서 있어서 환영을 보는 건 줄 알았다. 손등으로 슥슥 눈을 비볐는데도 사라지지 않는 데다가, 옆에 있는 강우의 "승호가 웬일이지?"라는 중얼거림에 그것이 실제라는 걸 알았다.

두 사람을 발견한 승호가 성큼성큼 다가왔다.

"안녕하십니까."

"어, 그래."

승호는 우선 강우에게 인사를 하고, 연희에게 시선을 옮겼다. 연희는 표정 없이 승호를 올려다봤다. 단지 하루 못 봤을 뿐인데, 오랜만에 만난 것처럼 느껴졌다.

"잘 잤나?"

"이젠 잘 자라고 인사할 시간인데요. 시계 못 보세요?"

"다시 집으로 들어오지?"

황당함에 벌어진 입을 다물 수가 없었다.

이 남자, 진짜 정신이 이상한 것 같아.

"농담을 하기 위해 일부러 행차를 하기엔 늦은 시간인 것 같다는 생각이 드는데요. 하룻밤 새에 한가해지셨나봐요?"

"농담하는 거 아닌데."

"제 귀에는 농담으로 들리네요."

"진담이야."

아주 잠깐, 승호의 음성이 아프게 들렸다. 하지만 귀의 착각일 게 분명했다. 이 남자가 아픈 목소리를 낼 리 없으니까. 독감에 걸려도, 평소와 똑같이 감정 없는 목소리를 낼 마네킹 같은 남자니까.

"그만 가세요. 저 여기 마음에 들어요."

"여기가 마음에 든다고?"

승호가 한쪽 눈썹을 올리고 아파트를 올려다봤다.

"마당이 있는 집에서 살고 싶다고 하지 않았나?"

"응, 맞아요. 근데 조건이 하나 붙어요. 문승호가 없는 마당이 있는 집."

"……"

"어젯밤엔 내 말을 듣지도 않고 쫓아내시더니, 이제 와서 왜 이러시는지 모르겠네요. 저 피곤해요. 비켜주세요."

"집이 허전해."

"강아지라도 한 마리 키우세요."

"네가 있어야 돼."

또다. 또 승호의 음성이 아프게 다가왔다. 연희는 주먹을 꽉 쥐고 승호를 노려봤다. 어두워서 그런 건지 모르겠지만, 승호가 다른 사람처럼 보였다. 승호의 얼굴에 괴로운 표정이 떠오른 듯 보이는 건, 아마도 그림자 때문일 것이다.

'착각하면 안 돼, 김연희. 이 남자, 원래 달콤한 말 잘하는 남자 잖아. 이제 혼자서 기대하고 실망하고 아파하는 찌질한 짓은 그만하자. 영우 오빠를 생각해야지.'

"가세요. 저 좀 그만 휘두르시고."

"휘두를 생각 없어."

"대표님은 절 보석이라고 하고 키워주겠다고 하고 그 집으로 들어오라고 했죠. 그런데 흠집 하나 생겼다고 더 이상 보석이 아니라고 하고 키울 생각도 없다고 하고 나가버리라고 했어요. 이제 와서 다시 허전하다고 들어오라구요? 그것도 딱 하루 지나고 나서? 대표님은 잘 모르시겠지만, 평범한 사람들은 그걸 휘두른다고 해요."

"그런가?"

"그래요! 도대체 왜 이래요?"

"사랑해서."

"네?"

"사랑해서 그래."

이번에야말로 귀를 의심했다. 옆에 선 강우를 쳐다봤다. 강우는 못 들을 것을 들었다는 듯, 경악에 가까운 표정을 짓고 있었다. 그 표정을 보고서야 승호가 정말로 사랑 타령을 했다는 걸 깨달았다.

"널 사랑해, 루나."

연희가 못 들었을까봐 걱정된다는 듯, 승호는 다시 한 번 말했다. 이번엔 좀 더 분명한 발음으로.

연희는 승호를 이해할 수가 없었고, 거짓이 분명한 저 고백에 두근거리는 자신의 심장도 이해할 수가 없었다. 이 이해 못 할 상황이 짜증을 불러일으켰고, 짜증은 순식간에 분노로 변했다.

"장난치지 마요."

"장난치는 거 아냐."

"대표님은 모르시나본데, 평범한 사람들은 이런 걸 두고 장난이라고 해요! 날 사랑한다구요? 그래요? 그럼 실컷 사랑하세요! 난 대표님이 진저리가 나게 싫으니까!"

연희는 승호가 잡을 새도 없이 아파트 안으로 들어가버렸다. 강우는 연희를 따라가야 했지만, 발바닥에 뿌리가 내린 듯 움직이지 못하고 승호를 쳐다보고 있었다. 승호는 연희가 들어가버린 아파트 정문을 물끄러미 응시했다.

"승호, 너……."

강우가 입술을 달싹이며 간신히 소리를 내었을 때에야 승호가 강우를 돌아봤다. 승호는 강우의 앞으로 다가가 깊이 허리를 숙였다.

"죄송합니다, 권강우 씨."

"……."

"권강우 씨가 느꼈을 고통을 그때는 몰랐습니다."

사실은 승호를 나무랄 생각이었다. 연희를 버렸으면, 이런 식으로 연희를 휘두르지 말라고. 아무리 돈을 주고 연희의 5년을 샀어도, 연희는 인간이라고. 그런 말을 해줄 생각이었다. 그러나 승호의 사과를 듣는 순간, 강우는 승호가 연희에게 했던 모든 말들이 진심이라는 것을 깨달았다.

강우는 할 말을 찾지 못해 멍하니 승호를 응시하다가 힘겹게 조언이라고 할 만한 말을 내뱉었다.

"그러니까…… 일단은…… 연희한테…… 네가 인간이 맞다는 것부터 알려야 되지 않을까?"

❋ ❋ ❋

강우는 승호와 헤어져 안으로 들어갔다. 연희는 분노의 빨래를 하고 있었다. 퍽퍽, 물 튀기는 소리와 빨래 두드리는 소리가 시원하게 들렸다.

"지하에 공용 빨래방 있을 텐데."

"이 빨래를 문승호라고 생각하고 있어요, 지금!"

"……그, 그래."

"네! 문승호한테는 내가 문승호를 문승호라고 불렀다는 거 이르지 말아주세요. 문차반이라고 부르고 싶은 걸 간신히 참고 있으니까."

"문차반?"

"문승호 플러스 개차반이요!"

"픕……."

"문승호는 도대체 왜 그래요? 무슨 약 같은 거라도 해요? 그게 아니면 정신병이라도 있어요?"

"그러게……."

"살다 살다 그렇게 미친 인간은 처음 봐요. 도대체 나랑 뭘 하고 싶은 거래요?"

'연애를 하고 싶은 거겠지.'

라는 말을 삼켰다.

문승호가 김연희를 사랑한다. 그렇게 생각하면, 연희의 앞에서만 승호가 달라 보였던 이유를 알 수 있었다. 사랑하기 때문에 달랐던 것이다. 정작 사랑받는 사람은 그게 '미친 짓'으로 보인 모양이지만.

"아무튼 승질나서 안 되겠어요. 완전 유명해져서 문차반이 나한테 꼼짝도 못 하게 해야지, 진짜."

"그, 그래. 빨래 너무 오래하지 말고 좀 쉬어. 난 그만 가볼게."

계속 있다가는 불똥이 튈 것 같아 강우는 서둘러 연희의 숙소를 벗어났다. 밖으로 나오다가 아까 봤던 주근깨 소녀를 마주쳤다. 그녀는 이상한 사람을 보는 듯 강우를 쳐다보다가 억지로 인사를 하고는 쏙 들어가버렸다.

'앞으로 집 안까지 들어가는 건 자제해야겠군.'

빨래를 널고 누우려는데 초인종이 울렸다. 이 시간에 찾아올 사람이 없기 때문에 승호일지도 모른다는 생각이 들었다. 잠시 망설이고 있는데, 또 딩동.

"누구세요?"

"아, 저…… 옆집에 사는 사람인데요."

승호가 아니라는 사실에 안도하며 문을 열었다. 아침에 봤던 주근깨 소녀가 서 있었다. 강우에게 들은 이야기가 있기에 그녀가 곱게 보이진 않았지만 일단은 매너 좋게 웃었다.

"어쩐 일이세요?"

"아, 우리 아침에 봤죠? 저 옆집에…… 전해미라고 해요."

"웅, 그래요. 그런데 무슨 일로?"

"좀 들어가도 돼요?"

연희는 뒤를 돌아봤다. 거실은 깨끗했지만 별로 들이고 싶지 않았다. 밤 12시가 넘은 시간에 방문해서 미안한 기색도 없이 들어오려고 하는 해미가 마음에 들지 않았다.

"아뇨. 잘 준비를 하고 있었거든요. 긴 얘기면 내일 하죠?"

연희의 행동에 해미는 기분이 상한 듯 인상을 찌푸렸다.

"언제 시작했어요?"

"뭘요?"

"연습 생활, 언제부터 시작했냐구요. 나 그쪽 한 번도 본 적 없는데, 아무래도 내가 먼저 시작한 거 같은데."

해미의 말이 짧아졌다. 연희는 도어체인이 걸려 있는 걸 확인하고 팔짱을 꼈다.

"어차피 이 세계는 언제 데뷔했느냐로 선후배 가르지 않아요? 연습생 생활한 지 오래된 게 자랑은 아닐 텐데?"

"야, 너 말 너무 막한다?"

"말은 그쪽이 막 하는 거죠. 나 존댓말 꼬박꼬박 쓰는 거 안 보여요?"

"너 흉터남이랑 같이 다닌다고 되게 잘난 줄 아나본데, 흉터남이 키워준 애들이 다 유명한 모델 된 건 아니거든? 네가 벌써부터 성공한 것 같아?"

"흉터남?"

"그래! 너랑 다니는 그, 권강우!"

연희는 한 손으로 문을 쾅 내려쳤다. 갑작스러운 행동에 전해미가 꺅, 낮은 비명을 지르며 문에서 떨어졌다. 문 사이로 전해미를 노려보며 연희는 낮게 말했다.

"어이, 주근깨녀."

"뭐?"

"흉터 있어서 흉터남이면 주근깨 있는 사람은 주근깨녀 아냐?"

"야!"

복도가 소란스러워지자, 연습생들이 무슨 일인가 싶어 하나둘씩 밖으로 나오기 시작했다. 연희는 다른 곳으로 눈을 돌리지 않았다. 연희의 눈동자는 전해미 한 사람에게 고정되어 있었다. 강렬한 눈빛에 해미는 당황한 듯 침을 삼켰다.

'사람들도 많은데 무슨 짓이야 하겠어?'

그런 생각으로 도망치지 않고 연희를 쏘아봤다. 연희는 입가에
차가운 미소를 띠며 말했다.

"잘 들어, 주근깨녀. 한 번만 더 흉터가 어쩌고 하는 소리 지껄이
면 네가 무서워하는 문승호 대표님한테 싹 다 일러버릴 거야."

"야, 내가 뭘 어쨌다고!"

연희는 검지와 중지를 펼쳐 자신의 눈에 한 번 갖다 댄 다음, 그
손가락 두 개로 해미를 가리켰다.

"지켜보고 있을 거야, 주근깨녀. 어디서든 우리 권강우 선생님 그
따위로 부르면, 그거 전부 다 문 대표님 귀에 들어가게 될걸."

해미는 어이없다는 표정으로 연희를 노려봤지만, 연희는 빙그레
미소를 지으며 "그럼 실례."라는 말을 남기고 문을 닫았다.

"뭐야, 무슨 일이야? 왜 그래?"

"쟤 누구야?"

문이 닫히자마자 해미와 친분이 있는 연습생들이 복도로 슬렁슬
렁 걸어 나왔다. 밖에 나온 연습생들을 모아 복도 구석으로 간 해미
는 닫힌 문을 쏘아보며 속삭였다.

"이번에 새로 온 애인 것 같은데……. 쟤, 흉터…… 아니, 권강
우랑 잔 것 같아."

"뭐? 정말? 권강우랑?"

"내가 봤어. 오늘 아침에 집에서 같이 나오는 거. 완전 웃기지 않

아? 얼굴에 그런 징그러운 거 있는 게 뭐가 좋다고."

"웬일이야. MS는 연애 금지잖아. 그렇게 막 자고 그래도 되나?"

"우리 대표님이 권강우 아끼잖아. 권강우한테 잘 보이면 권강우가 말을 잘해줄 테니까."

"근데 의외다. 권강우, 원래 여자 모델은 안 키우잖아."

"원래 권강우랑 아는 사이든가 그러겠지. 권강우도 여친 죽었다고 여자 안 만난다고는 하는데…… 솔까말, 그게 말이 돼? 뒤에서만날 거 다 만나고 그러면서 비운의 어쩌고, 그 지랄 떠는 거겠지."

"하긴, 권강우도 남자는 남잔데. 그건 그렇고, 권강우 진짜 실망이다. 나 권강우 좀 존경했는데. 쟤, 어려 보이던데 그렇게까지 하면서 모델이 되고 싶을까? 권강우, 완전 삼촌뻘이잖아."

"그러니까. 난 그런 흉터랑 자는 거, 절대 못 해. 완전 징그럽잖아. 차라리 대표님이랑 자고 말지."

"야, 대표님이 너랑 자주겠냐? 대표님은 완전 멋있잖아!"

까르르.

문틈으로 들려오는 소리를 들으며 연희는 쭈그리고 앉아 문에 등을 기댔다.

이런 취급을 받고 있었구나.

모델계의 태양이라 불리며 사람들의 환호를 받았던 강우는 퇴물취급을 넘어서서, 흉물 취급까지 받고 있었다. 강우는 그 사실을 모를 리 없는데도 내색 한 번 하지 않았다. 차라리 그대로 숨어버렸더라면, 이런 취급을 받는 일도 없었을 것이다. 강우에 대한 여러 이야기들도 시간의 흐름과 함께 사라져갔을 것이다.

'강우 오빠…….'

연희는 두 손으로 얼굴을 감쌌다. 그런 상황을 조용히 견뎌내던 강우가 안쓰러웠다. 강우를 처음 만난 날, 강우가 몇 억을 주면서까지 연희를 매니징해주지 않으려고 했던 이유를 이제야 알 것 같았다. 집에서 한 발 나올 때마다 강우를 향해 쏟아지는 근거 없는 이야기들. 악의에 가득 찬 비난들. 집에서 나오지 않으면 소리 없는 악의를 마주하지 않아도 되기에 강우는 연희를 맡고 싶지 않았던 것이리라.

'미안해요, 오빠. 난 몰랐어요.'

연희 자신이 강우를 존경하기에, 승호가 강우를 태양처럼 떠받들기에 강우에게는 아무런 문제도 없을 줄 알았다. 오래전 잃은 연인, 가슴에 품고 있는 그 사랑을 제외하면 괜찮은 줄 알았다.

'열심히 할게요. 오빠가 저런 소리 안 들어도 될 만큼. 역시 태양은 꺼지지 않았다는 말을 들려드릴 수 있을 만큼 나 열심히 할게요.'

❋　❋　❋

며칠 만에 만난 경인은 초췌해 보였다.

"헤어스타일 바뀌었네?"

연갈색 염색과 텍스쳐 펌이 경인과 잘 어울렸다. 다른 남자 연예인들이 하면 귀여워 보이는 헤어스타일인데, 경인은 오히려 물에 살짝 젖은 것처럼 보여 섹시했다. 잘 어울린다는 말에 경인은 쑥스러운 듯 머리를 뒤로 쓸어 넘기며 웃었다.

"주희수 디자이너 좀 떠봤어?"

미쉘이 물었다.

"네, 일단 주 디자이너님은 대표님이 연희 누나를 내친 걸 모르는 눈치였어요. 피날레 걱정을 많이 하더라구요. 그리고 이번 시즌은 프레피 룩을 약간 변형해서 선보일 거라고 하던데요."

"프레피 룩을?"

"연희 누나한테는 잘된 일이죠. 연희 누나는 어려 보이니까, 프레피 룩 입으면 잘 어울릴 것 같지 않아요?"

"그렇긴 하지. 그런데 어떤 식으로 변형을 시킬 건지가 문제야."

"프레피 룩이 뭐예요?"

연희가 조심스레 끼어들었다. 미쉘은 고개를 살짝 저으며 강우를 쳐다봤다. 강우가 작게 한숨을 쉬었다.

"연희, 지금 용어 공부 말고도 할 일이 많아. 차차 알게 되겠지."

"그래도 오늘부터 슬렁슬렁이라도 패션 잡지를 읽는 게 좋지 않겠어요?"

"그래, 준비해놔야겠다."

프레피 룩은 미국 명문 사립학교 학생들이 즐겨 입는 심플하고 클래식한 복장을 말한다. 강우가 프레피 룩에 대해 설명하는 동안 경인이 프레피 룩을 검색해서 보여줬다. 남색이나 아이보리색이 주

류인 옷을 보는 순간, "아, 이 옷!"이란 말이 나왔다. 대학생들이 깔끔하게 입는, 흔히 볼 수 있는 스타일이었다.

"그럼 전 촬영 있어서 가볼게요."

경인이 일어났다.

"CF?"

"네, 갑자기 CF 폭풍을 맞았어요. 다음 주까지는 정신이 없을 것 같아요."

"그래, 고생해."

"아참, 어제 나오다가 되게 예쁜 누나 봤어요."

"되게 예쁜 누나?"

"네, 키가 작은 걸로 봐선 모델 같진 않고…… 완전 인형처럼 생겼던데."

그 말에 미쉘과 강우의 표정이 굳었다. 연희는 아무 생각 없이 있다가 '인형 같다'는 말에 한 여자를 떠올렸다.

문승호의 약혼녀.

"암튼 되게 예쁘더라구요. 그렇게 예쁜 사람 첨 봐요. 그럼 가보겠습다."

경인이 나간 후, 강우는 손가락으로 입술을 톡톡 두드렸다.

"윤아미인 것 같죠?"

"그렇겠지. 경인이가 아무한테나 예쁘다고 할 리도 없고."

"윤아미가 주희수 디자이너 만난다는 거, 좀 문제 있어 보이지 않아요?"

"아무래도 그렇지. 아미는 눈치가 빠르니까."

"눈치요?"

"아니, 뭐……."

승호는 연희에게 사랑한다고 고백한 이후로 찾아오지 않았다. 강우에게 따로 연락을 하지도 않았다. 그대로 물러날 승호가 아니니, 아마도 무언가를 하고 있을 것이다. 그중 하나가 아미와의 파혼이라고 확신했다. 승호는 언제나 거침없이 행동하니까.

'MBN 쪽이 걸릴 텐데.'

거기까지 생각하다가 고개를 저었다. 문승호가 뭔가를 걸려 해? 그런 일은 절대로 없다. 승호는 늘 자기가 원하는 것을 위해 움직이는 남자였다. 만약 그걸 방해한다면 대기업 회장이든 그 손녀든 승호에게는 문제가 되지 않았다.

'어쩌면 벌써 파혼 얘기를 꺼냈을지도 모르겠네.'

강우는 연희를 쳐다봤다. 연희는 아무것도 모른다는 표정으로 인터넷으로 검색한 프레피 룩을 열심히 들여다보고 있었다.

'아미는 자존심이 세니까 이대로 물러나진 않을 거야. 아마도…… 연희를 제거하려고 하겠지.'

몇 년 전, 아미가 승호와 약혼을 하기 전에 승호에게 접근했던 여자가 있었다. 승호가 자주 가는 레스토랑의 오너였는데, 갑작스럽게 레스토랑이 망하고 교통사고로 다리 하나를 못 쓰게 됐다. 모르는 사람들은 그녀가 운이 없었다고 했지만, 강우는 그게 아미의 짓일 거라고 확신했다.

'연희가 위험해지겠는데…… 어떻게 보호를 해야 할까.'

＊　＊　＊

아미는 주희수에게 종이 한 장을 내밀었다. S/S 시즌 S.F.A.A.
의 시간표였다. 무표정하게 시간표를 훑어보던 주희수가 눈을 크게
떴다.

"이건……."

"이번 시즌 때, 주희수 쇼는 두 번을 하게 될 거예요."

"이 시간, 아미 씨가 잡은 거야? 쉽지 않았을 텐데."

S.F.A.A.는 국내에게 가장 큰 쇼이기 때문에 참가하는 것이 쉽
지 않았다. 개최하기 몇 달 전부터 참가하는 디자이너 쇼의 스케줄
이 잡히는데, 주희수 쇼는 마지막 날로 잡혀 있는 터였다. 그런데
아미가 가지고 온 시간표에는 주희수 쇼가 첫날 오후에 한 번, 마지
막 날 저녁에 한 번으로 잡혀 있었다.

"저한테는 쉬운 일이에요."

아미가 우아하게 미소를 지었다.

"아미 씨, 정말 대단한 여자네. 정말 대단해."

아미는 잠시 눈을 감고 주희수의 감탄사를 즐겼다. 그래, 이게 맞
는 반응이다. 아미를 대하는 모든 사람들이 이런 반응을 보여야 마
땅했다. 문승호는 틀렸다.

"두 번 하세요. 첫날은 숨이 막히도록 화려하게. 첫날의 주희수

쇼가 진짜예요. 화려하게 시즌을 여세요."

"그리고 피날레는 강나은을 세우고 말이지?"

"네, 마지막 날은 버리세요. 디자이너님이 실패한 옷들, 버릴 옷들, 그리고 버릴 모델들."

"그래, 좋아. 어차피 문 대표에게 쇼를 한 번만 하겠다고 약속한 적은 없으니까."

❀ ❀ ❀

승호의 집에서 나오게 된 지 일주일. 결국 연희만을 위한 워킹 시간이 사라졌다. 워킹 선생은 너무 바빠서 시간을 따로 빼기가 힘들다며, 시간 조율이 필요하다고 했다.

강우는 그것조차도 윤아미의 농간이라고 생각했지만 의심을 입 밖으로 내지는 않았다.

"난 밖에서 기다릴 거야. 혹시 무슨 일 생기면 바로 연락하고."

강우가 걱정스럽게 말했다.

"무슨 일이 생기겠어요? 사람도 많고 선생님도 있는데."

"모르지. 어딜 가나 위험한 사람은 꼭 있는 법이잖아. 다른 모델들이랑 문제 일으키지 말고."

"네."

"누가 뭐라고 하면 한 번 더 참고."

"네, 걱정 마세요."

연희의 시원스런 대답에도 강우는 안심이 되지 않았다. 연희가 참는 성격이 아니라는 걸 알고 있기 때문이다. 연예계는 선후배 관계가 철저했다. 단 하루를 먼저 데뷔해도 선배 대접을 해야 하는 게 이쪽 세계였다. 상대가 아무리 어려도 데뷔를 먼저 하는 순간 선배는 선배였다. 하늘 같은 문승호를 문차반이라고 부르는 연희가 과연 후배 노릇을 해낼 수 있을지가 걱정이었다.

강우가 그런 걱정을 하는 줄 모르는 연희는 밝은 표정으로 연습실에 들어갔다. 사면이 거울로 되어 있는 연습실은 그동안 매일 왔던 곳이라는 생각이 안 들 정도로 사람들이 많았다. 그중에는 이미 모델로 데뷔한, 얼굴이 낯익은 사람도 몇 명 끼어 있었다.

연희가 들어가자 일순 주목을 했지만, 곧 관심을 끄고 제각각 연습에 들어갔다. 지도를 하는 선생은 연희의 담당이었던 워킹 선생 말고도 몇 명이 더 있었다.

"거기, 허리를 좀 더 펴고!"

어느 모델의 허리를 회초리 같은 막대로 톡톡 쳐서 자세를 교정시킨 워킹 선생이 연희를 흘끗 쳐다봤다.

"왔으면 얼른 옷 갈아입고!"

"네!"

공교롭게도 그곳엔 연희와 해미 사이에 실랑이가 있을 때 그 자리에 있던 연습생이 있었다. 연희가 탈의실로 들어가자마자 연습생은 옆에 있는 친구의 어깨를 툭 쳤다.

"쟤야."

"쟤?"

"흉터남이랑 잔 애."

"아…… 쟤였어? 쟤 완전 어려 보이는데? 몇 살이야? 나보다 어려 보이는데?"

"몇 살인지는 정확히는 모르겠는데…… 많아야 17살 아닐까?"

"뭐야, 그럼? 흉터남, 완전 아저씨잖아!"

"그니까. 쟤 진짜 독하다니까. 나 같음 절대 못 해. 쟤네 집에 들어가는 남자도 맨날 바뀌더라."

잤을지도 모른다는 '추측'은 일주일 새에 잤다는 '사실'로 변해 있었다. 그걸 까맣게 모르는 연희는 옷을 갈아입고 나왔을 때 쏟아지는 비난 어린 시선의 이유를 알지 못했지만, 무시하기로 했다. 다른 모델들이랑 문제 일으키지 말라는 강우의 당부도 있었고, 이런 일은 익숙했기 때문이다.

"루나, 일단 모델 애들 보내고 봐줄 테니까 어제 했던 거 복습 좀 하고 있어."

워킹 선생의 말에 따라 구석에서 복습을 했다. 허리를 펴고, 가벼운 걸음걸이로, 흔들리지 않게. 거울에서 시선을 떼지 않고 연습하는데 연습생 몇 명이 다가오는 게 보였다.

모르는 척하자고 생각하며 연습에 집중하려 했지만, 연습생들이 아예 대놓고 연희를 둘러쌌다. 누구든 말려주기를 바라며 연습생들 너머를 쳐다봤다. 하지만 이런 일이 드물지는 않은 듯 워킹 선생조차도 이쪽에 관심을 주지 않았다. 특이하고 좁은 세계일수록 텃세가

316

심하다는 게 사실인 모양이다.

연희는 낮게 한숨을 쉬며 연습을 멈추고 그들을 돌아봤다.

"왜……요?"

연희보다 어릴 것이 분명했다. 왜, 라고 짧게 말하려다가 한 번 더 참으라는 강우의 걱정스런 표정을 떠올리며 존댓말을 붙였다.

"신경 쓰지 말고 연습해."

연희는 존댓말을 써줬건만, 연희보다 세 살은 어려 보이는 여자가 조롱 섞인 말투로 말했다. 연희는 그녀를 한 번 노려보고는 그녀의 말대로 신경을 끄기로 했다. 그래, 누가 쳐다본다고 죽는 것도 아닌데.

10분쯤 지나면 지쳐서 관둘 줄 알았지만, 그들은 팔짱까지 끼고 서서 연희의 움직임을 주시했다. 열 명 남짓한 사람들의 매서운 시선이 꽂히니, 하지 않을 실수도 할 수밖에 없었다. 작은 실수 하나 할 때마다 키득키득, 소곤소곤. 아주 작정하고 괴롭히는데도 누구 하나 그들을 나무라지 않았다.

"루나! 똑바로 안 할래?"

멀리 있던 워킹 선생의 불호령이 떨어졌다. 처음 만났을 때부터 워킹 선생이 자신을 마음에 안 들어 한다는 건 알았지만, 이 정도일 줄은 몰랐다. 하지만 달리 생각해보면, 이곳은 학교가 아니다.

좋고 싫음이 분명한 곳. 눈 밖에 난 사람은 가차 없이 내치는 곳. 선생님이나 학부모의 울타리에서 보호받으려는 생각은 버려야 했다.

실제로 내 보석이네 어쩌네 하면서 이 세계로 끌어들인 승호조차 단 한 번의 실수를 용서하지 않고 연희를 내치지 않았던가. 이들의 곱지 않은 시선보다 아무것도 담기지 않았던 승호의 시선이 더 아팠다.

몇 번을 실수하고, 몇 번을 혼나가며 연습을 끝냈다. 육체적인 괴롭힘보다 지그시 응시하는 시선들이 더 괴롭다는 걸 실감했다. 두 시간 남짓의 연습 시간이 끝났을 땐, 완전히 녹초가 되어버렸다.

하지만 바로 연기 학원으로 장소를 옮겨야 한다.

모델은 연기를 할 줄 알아야 한다. 어떤 상황이 닥치더라도 여유롭고 자신만만하게 무대 위를 걸을 수 있도록. 어떤 옷을 입어도 그 옷에 맞는 분위기를 만들어낼 수 있도록. 무대 위에서만큼은 최고의 연기자, 최고의 배우가 되어야 한다고 강우는 말했다.

오늘이 첫 수업이기에 약간 긴장이 됐다. 타인 앞에서 감정을 꾸며내고 표정을 만들어내야 한다는 것이 쑥스러웠다.

서둘러 옷을 갈아입는데, 아까 연희를 둘러싸고 있던 연습생들이 들어왔다.

"야, 너 낙하산이라며?"

눈꼬리가 매섭게 올라간 연습생이 날카롭게 물었다. 연희는 대답하지 않고 옷을 마저 갈아입었다. 강우가 골라준 주황색 남방의 단추를 끝까지 채운 후 나가려는데,

"옷 센스하고는. 진짜 후지다."

라는 중얼거림이 들려왔다. 왠지 강우가 욕을 얻어먹은 것 같아

서 기분이 상했지만, 그래도 참았다. 한 번은 참자.

"우와, 선배 말에 대답 안 하는 거 봐. 권강우가 봐준다고 지가 스타라도 되는 줄 아나봐."

"꼭 저런 애들이 있다니까. 옛날에 유명했던 사람들이 봐주면 지도 유명해지는 줄 아는 애들."

"야, 권강우한테 몸 팔아가면서 이 짓 하고 있으니까 좋냐?"

나가려던 연희는 걸음을 멈추고 뒤를 돌아봤다. 앳되어 보이는 얼굴들에 악의가 가득 담겨 있었다. 이제 고작 열여섯, 열일곱쯤 되었을 소녀들은 가장 높은 곳에 올라가기 위해선 남을 짓밟아줘야 한다는 걸 너무 빨리 배워버렸다.

"뭘 꼬라봐. 눈 안 깔아?"

연희는 피식 웃으며 탈의실을 둘러봤다. 구석에 놓인 청소 도구가 보였다. 연희는 천천히 걸어가 대걸레를 잡았다. 그리고 연습생들이 놀라기도 전, 대걸레를 휘둘러 라커를 후려쳤다.

까앙!

시끄러운 소리가 울렸다.

"꺅!"

"뭐야!"

"미친 거 아냐?"

"이게 진짜!"

연습생들이 비명을 질렀다. 연희는 다시 한 번 라커를 후려쳤다.

까앙!

"니들, 약해."

연희는 대걸레의 끝을 눈꼬리가 올라간 연습생의 코앞에 들이밀었다. 눈꼬리가 당황한 듯 눈을 크게 떴다. 연희는 눈꼬리를 물끄러미 응시하며 말했다.

"니들, 너무 약해. 고작 이 정도야?"

"야! 이거 치워!"

눈꼬리가 신경질적으로 대걸레 자루의 끝을 쳐 냈다. 그 순간, 연희는 다가가 눈꼬리의 멱살을 잡고 벽에 밀어붙였다. 연희의 과감한 행동에 아무도 도와줄 생각을 못 하고, 멍하니 연희를 쳐다봤다.

"잘 들어, 눈꼬리. 옛날에 내 사촌은 날 옥상에서 밀어서 죽이려고도 했었어. 니들이 하고 있는 이거, 니들이 당하면 괴롭겠지? 근데 나한테는 괴롭힘이란 단어조차도 아까워. 날 울게 하고 싶으면 좀 더 해봐. 적어도 이 눈에……."

연희는 대걸레의 끝을 눈꼬리의 눈에 가져다 댔다. 대걸레가 눈을 찌를 것 같았기에 눈꼬리는 숨도 쉬지 못하고 벌벌 떨었다.

"광기 정도는 서려줘야 내가 무서워하지, 안 그래?"

"……."

"찌질한 기집애들."

연희는 대걸레를 던져버리고 탈의실에서 나왔다. 계단을 올라가는데, 정신을 차린 연습생들이 우르르 따라 나왔다. 그들이 무섭다기보다는 강우가 그 상황에서 참지 못한 연희에게 실망을 느낄 것이 마음에 걸렸다.

아이고, 괜히 건드렸네. 두 번 참을걸.

"야! 이 쌍년아!"

눈꼬리가 찢어지는 듯한 목소리로 외쳤다. 연희는 무시하고 계단을 올라갔고, 연습생들은 연희를 놓칠세라 빠르게 연희를 따라왔다. 그때, 건물 안으로 쏟아져 들어오는 햇빛을 등지고 한 남자가 모습을 드러냈다.

"중세시대에는 화형이라는 형벌이 있었지."

나직하게 내리깔리는 음성에 연습생들이 우뚝 멈춰 섰다. 연희 역시, 이곳에서 들릴 리 없는 목소리 때문에 움직임을 멈췄다.

"마녀 같은 여자들을 잡아다가 산 채로 불태우는 형벌이었는데……."

승호가 아래에서 올라오는 연습생들을 노려봤다.

"지금 내 눈에 마녀 같은 것들이 보이네."

"대, 대표님……."

"아쉽군. 화형이 사라진 게."

승호의 음성은 섬뜩해서, 연희는 잘못한 것도 없는데 몸을 부르르 떨었다.

"아, 대표님, 그게 아니구요…… 쟤가 우리한테…… 막…… 먼저 욕하고……."

"탈의실에서 대걸레로 우릴 때렸어요! 막 휘두르면서……."

"그래?"

승호가 피식 웃으며 계단을 내려와 연희의 옆에 섰다. 그리고 한 팔로 연희의 허리를 감싸듯 둘렀다.

"내 보석은 그래도 돼."

"……!"

연희는 연습생들이 그대로 재가 되어 흩어진다 해도 이상할 것 같지 않았다. 연습생들은 숨도 못 쉴 만큼 놀라, 작은 소리도 내지 못하고 승호와 연희를 쳐다봤다. 그런 연습생들을 느긋하게 내려다 보던 승호는 "가지."라고 말하며 연희의 허리를 감은 손에 힘을 줬다.

연희의 얼굴에 노골적으로 싫은 표정이 떠올랐지만 승호는 개의치 않았다. 승호 덕분에 '마녀' 같은 무리들에게서 벗어난 건 고맙지만, 승호와 단둘이 있는 건 피하고 싶었다. 건물에서 어느 정도 떨어지자마자 연희는 걸음을 멈췄다. 승호가 손을 떼기를 기다렸다. 하지만 승호는 오히려 팔에 힘을 줘 연희는 가까이 끌어당겼다.

"뭐 하시는 거죠?"

"걷는 방법을 잊은 것 같아서 부축해주는 건데?"

"강우 오빠는요?"

"일이 생겨서 잠깐 자리를 비우신다고 하더군."

"대표님은 일없으세요?"

"널 연기 학원까지 데려다주는 게 일이지. 그럼 차로 가지?"

승호가 턱으로 유료 주차장 끝에 세워져 있는 반짝거리는 검은 차를 가리켰다. 연희는 허리 부근에 걸쳐져 있는 승호의 손가락을 친절하게 하나, 하나씩 떼어내며 말했다.

"저 혼자서도 갈 수 있으니까 이렇게 부축해주실 필요는 없어요."

조수석에 탈까 하다가 관두고 뒷좌석에 앉았다. 마치 승호가 운전기사라도 된다는 듯한 태도였지만, 승호는 별말 하지 않고 시동을 걸었다.

"김재욱이라고 아나?"

"사극에서 왕 역할 많이 하시는 분이요?"

"그래, 김재욱 선생님이 네 연기 지도를 맡아주기로 하셨지."

"그분, 잘나가지 않아요?"

"잘나가지."

"연기력은 좋아도 좀 한가한, 안 유명한 분으로 섭외할 거라고 들었는데……."

"내 보석한테 아무나 붙여줄 수는 없지."

"……."

승호의 보기 좋은 입술에서 흘러나오는 '내 보석'이라는 말에 설레던 때도 있었다. 얼마 되지 않은 일인데도 먼 옛날의 일처럼 느껴졌다. 이제는 내 보석이라는 말을 들어봐야 짜증이 날 뿐이다.

"어린이날엔 뭐하나?"

"네?"

창밖을 보며 딴생각을 하고 있는데 승호의 목소리가 들려왔다. 잘못 들은 줄 알았다.

"어린이날에 뭐하냐고."

"걱정 마세요. 휴일에도 쉬지 않고 연습하니까."

"그날 가고 싶은 데 없나?"

"네?"

"가고 싶은 데 없냐고."

승호의 질문이 너무 생뚱맞아서 연희는 계속 되물었지만 승호는 짜증내는 기색 없이 다시 한 번 질문의 내용을 들려줬다. 하지만 전혀 고맙게 느껴지지 않았다. 승호가 질문을 하는 의도가 의심스러웠기 때문이다.

"가고 싶은 데가 있다 하더라도 대표님한테 말하고 싶진 않네요."

"어린이날 오후 1시에 명동 밀리오레에서 만나지."

"대표님, 저 휴일에도 연습한다니까요."

승호는 연희의 말을 귓등으로도 안 듣는 것 같았다. 백미러로 보이는 갸름한 눈은 무감정하게 정면을 향하고 있었다.

딱 한 번, 딱 몇 분이라도 좋으니까 저 남자 속 좀 들여다보고 싶다.

"B105호, B105호."

승호에게 들은 교실을 잊어버리지 않게 중얼거리며 안으로 들어갔다. 휴식 시간인지, 화려한 외모를 가진 소년, 소녀들이 복도에 나와 수다를 떨고 있었다. 길거리를 다니면서는 평균 이상의 사람들을 본 적이 별로 없는데, 평균 이상인 사람들을 다 이 건물에 가둬놔서 그랬나보다.

내려가는 계단으로 향하는데,

"꺅! 뭐야? 김연희! 언니가 왜 여기 있어?"

날카로운 목소리가 들려왔다.

연희는 총에 맞은 것처럼 우뚝 멈춰 섰다. 목소리는 뒤에서 들려왔다. 돌아보지 않아도 누군지 알 수 있었다.

돌아봐야 하는데, 돌아서서 당당하게 웃어줘야 하는데 그녀의 목소리 자체가 트라우마가 되어 연희를 옭아매고 있었다. 두껍고 무거운 사슬이 온몸을 칭칭 동여맸다.

"뭐야? 연희 언니 아닌가?"

그래, 나 김연희 아니야. 나 이제 루나라는 이름을 써. 그러니까 가까이 오지 말고 저리 꺼져버려!

하지만 목소리의 주인공은 기어코 연희에게 다가왔다.

"맞네, 김연희! 언니, 왜 나 모르는 척해?"

"정혜진, 아는 사람이야?"

"응, 내 사촌 언니."

정혜진이 TV에 나올 때마다 다른 채널로 돌렸기 때문에 정혜진의 얼굴을 보는 건 오랜만이었다. 패션 잡지에 종종 등장하는 모양이지만, 연희는 패션 잡지에 관심이 없었다.

"뭔데? 언니 왜 여기 있는데? 설마…… 언니, 막…… 연예인 되려는 거 아니지?"

혜진이 연희의 바로 앞에 와서 섰다. 보고 싶지 않은 얼굴을 마주할 수밖에 없었다. 오랜만에 보는 얼굴은 전과 달라진 게 별로 없었다. 여전히 강아지 같은 선량한 얼굴. 사람들은 알까. 이 순진무구한 얼굴 뒤에 감춰져 있는 악마 같은 악랄함을?

과거의 고통이 해일처럼 밀려와 연희의 등을 강타했다.

"우와, 키 크다. 정혜진, 우리 소개 좀 시켜줘."

"어휴. 야, 나 우리 언니 만나는 거 되게 오랜만이거든. 나중에 소개시켜줄게. 나 언니랑 할 얘기 많아."

"난 없어."

연희가 딱 잘라 말했다. 호의 섞인 미소를 지으며 다가오던 몇 명이 굳은 표정으로 걸음을 멈췄다. 연희의 태도가 심상찮다는 것이 그들에게도 전해졌기 때문이다.

"난 없으니까 정혜진. 가서 네 할 일이나 하지그래? 나, 바쁘거든."

"언니…… 우리 오랜만에 보는 건데 왜 그런 식으로 말해……?"

강아지 같은 혜진의 눈에 그렁그렁 눈물이 고였다.

병약해 보일 만큼 하얀 얼굴, 강아지처럼 커다란 눈, 도톰한 입술과 가느다란 팔다리. 혜진은 자신의 외모를 이용해 사람들의 관심과 동정을 사는 법을 알았다. 무뚝뚝한 연희는 그런 혜진을 이길 수가 없었다.

"그거 하지 마."

"그거?"

혜진이 훌쩍거리며 손가락으로 눈물을 닦아내며 물었다. 쏟아지는 시선들에 담긴 적의가 느껴졌다. 낯선 타인들. 이쪽의 상황에 대해서 전혀 알지 못하면서도 그들은 차가운 시선을 내리꽂았다. 그것조차도 연희에게는 익숙했다.

"그래, 그거. 착한 척, 약한 척 하는 그거. 아무것도 모르는 순진한 어린양 흉내 내는 그거. 다른 사람들 앞에서는 아무래도 좋은데, 내 앞에서는 하지 마. 그거, 정말 못 참아주겠거든."

"김연희……."

혜진은 기가 막히다는 표정이었다. 그럴 법도 했다. 지금껏 연희는 혜진의 앞에서 하고 싶은 말을 제대로 해본 적이 없으니까.

고모의 집에서 신세를 질 때는 부모님을 잃은 충격 때문에 혜진이 괴롭히는 것조차 몰랐다. 집을 나오게 됐을 때는 착하게 살아야 영우가 욕을 안 먹는다는 생각에 참고 감내했다. 이렇게 잘하다보면 고모가 조금쯤은 불쌍히 여겨서 돈을 돌려줄지도 몰라, 그러면 우리 오빠 저렇게 고생 안 해도 될 거야, 그렇게 생각했다.

하지만 아니었다.

아무리 참아도, 아무리 착하게 살아도 돌아오는 건 아무것도 없었다. 오히려 점점 더 나락으로 떨어지게 된다는 것만을 뼈저리게 실감했다.

황당해하는 혜진을 놔두고 계단을 내려갔다.

B105호는 계단에서 내려오자마자 보였다. 조금만 더 빨리 움직였더라면 혜진을 마주칠 일도 없었을 것이다.

강의실은 40명 정도를 수용할 수 있을 만큼 넓었고, 정면에는 흰색 화이트보드가 세워져 있었다. 대학교 강의실 같은 분위기였다. 문득 한 달도 채 채우지 못한 대학 생활이 그리워졌다.

더벅머리의 과대는 아직도 그런 머리스타일일까, 재수를 했던 그 언니는 여전히 예쁜 손톱일까, 늘 옆자리에 앉던 이름 모를 남학생은 군대에 빨리 간다고 했던 것 같던데. 그런 생각을 하고 있는데 문이 열렸다. 혹시 혜진이 따라왔나 싶어 주먹을 꽉 쥐고 돌아봤다.

"어…… 안녕하세요."

다행히도 혜진이 아닌 김재욱이었다. 젊을 적에 많은 여성들의 심금을 울렸던 김재욱은 구레나룻이 희끗희끗한 중년의 신사였다. 진청색 바지와 깔끔한 흰색 니트가 잘 어울렸다.

"안녕하신가. 이름이 루나라고?"

"네, 앞으로 잘 부탁드립니다."

김재욱은 건성으로 고개를 끄덕였다.

'이분, 날 마음에 안 들어 하는 것 같아.'

"그런데 아까 저 위에서 있었던 일을 우연히 봤는데 말이야."

마음에 안 들어 한다고 생각한 건 착각이 아니었다. 혜진과의 일은 속사정을 모르는 사람이 보면, 무조건 연희 잘못으로 보일 터였다.

"자네는 좀 웃어야겠다고 생각하는데."

"웃어야겠다고요?"

"자네와 그 아이 사이에 무슨 일이 있었는지 나는 몰라. 그러니

누가 잘했고, 잘못했고를 따지고 싶진 않아. 하지만 자네는 앞으로 연예인이 될 거 아닌가? 그렇다면 이미지 관리가 무엇보다도 중요한데, 자네는 너무 속마음을 겉으로 드러내더군."

"……."

"화가 나고 기분이 나빠도 남들 앞에서는 좀 웃어야 하지 않겠는가?"

"저는…… 저는 잘 모르겠어요."

"잘 모르겠다고?"

김재욱이 연한 미소를 지으며 물었다. 김재욱이 한 말 때문인지, 그 미소가 진짜처럼 보이지 않았다.

"네, 물론 무대에서, 카메라 앞에서 연기를 잘해야 하는 건 맞아요. 울고 싶은 일이 있어도 웃는 연기를 제대로 해내야 한다는 건 알겠어요. 하지만 생활에서까지 그렇게 꾹꾹 누르면서 웃어야 한다면…… 그럼 제 마음은요? 제 마음이 썩어가는 건 어떻게 해야 돼요?"

"마음이 썩는다……."

"네, 여기가 썩더라구요."

연희는 가슴 위에 손을 얹었다.

"저도 울고 싶은데 웃고, 화내고 싶은데 웃고…… 그러면서 살았거든요. 그런데 그렇게 했더니 여기가 막 썩는 거예요. 그런데도 계속 웃어야 하는 거예요? 어차피 똑같은 인생, 화내고 싶을 땐 화 좀 내고 울고 싶을 땐 울고…… 그러면 안 돼요?"

김재욱은 한동안 연희를 물끄러미 응시했다. 연기를 하는 사람이라서 그런 건지, 아니면 세월의 차이 때문인지는 모르겠지만 눈동자가 깊었다.

"그렇다면 난 자네를 가르칠 수가 없겠네."

한참 후, 김재욱이 부드럽게 말했다. 여전히 희미한 미소를 띠고 있어서 화가 난 건지, 아니면 다른 의미가 있는 건지 파악하기 힘들었다.

"문 대표에게는 내가 말해두겠네. 자네는 그만 돌아가지."

"하지만……."

"말했잖은가. 가르칠 수가 없다고."

"웃을게요."

연희는 이대로 물러서면 안 된다는 걸 알았다.

"화내고 싶어도, 슬퍼도 웃을게요. 가르쳐주세요, 선생님. 저 꼭 배워야 돼요."

김재욱이 천천히 고개를 저었다.

"아니야. 난 자네를 가르칠 수가 없어. 좀 더 나중에, 자네가 진짜로 그럴 마음이 생기면 찾아오도록 하게. 그때가 되면 문 대표가 내 앞에서 고개를 숙이지 않아도 자네를 가르치도록 하지."

"문 대표님이…… 선생님 앞에서 고개를 숙였다구요?"

재욱이 고개를 끄덕이는 걸 황망히 쳐다봤다.

문차반이 남에게 고개를 숙이다니. 자기 위에 사람 없이 사는 그 오만한 남자가.

'내가 무슨 짓을 저지른 거지?'

문승호가 이 사람 앞에서 고개를 숙였다면, 그럴 만한 이유가 있다는 것이다. 반드시 이 사람에게 배워야 하기 때문에 문승호가 고개까지 숙여가며 부탁을 한 것이리라. 단지 웃을 기분이 안 든다는 이유만으로 연희는 그 소중한 기회를 날려버렸다.

하지만 더 이상 매달릴 수도 없었다. 그 어떤 말을 해도 김재욱의 마음이 변하지 않으리라는 걸 알 수 있었다.

연희는 어깨를 늘어뜨리고 강의실에서 나왔다. 혜진과 마주칠지도 모른다는 생각은 남아 있지 않았다. 다행히도 수업이 시작됐는지 복도가 한산했다.

'대표님 얼굴을 어떻게 보지?'

연희는 고개를 들 수가 없었다.

저벅저벅.

다가오는 소리가 들렸다. 땅을 향하고 있던 시야에 문승호의 반짝반짝 빛나는 구두가 아닌 세련된 운동화가 들어왔다. 강우였다.

"오빠……."

"벌써 끝났어?"

"저…… 일 쳤어요."

"일? 무슨 일이야? 너 설마……."

부끄러움의 무게가 목덜미를 짓눌렀지만, 연희는 애써 고개를 들었다.

"오빠, 저…… 차였어요."

"차여?"

"네, 김재욱 선생님이 절 가르치실 수가 없대요."

"어떻게 된 일이야?"

있었던 일을 설명할수록 강우의 표정이 굳어졌다. 강우는 잠시 망설이다가 차갑게 말했다.

"네가 잘못한 거야."

"……."

"연희야, 가끔은 하고 싶은 말이 있고, 네 생각이 틀리더라도 참아야 할 때가 있는 거야."

"……."

"승호, 김재욱 선생님 어렵게 섭외했어. 승호가 대단해 보이겠지만, 그래 봐야 널리고 널린 여러 기획사 중 하나의 젊은 대표일 뿐이야. 김재욱 선생님은 거물이고. 아직 위치를 확고히 하지 못한 연예인들이야 승호를 신처럼 떠받들지만, 김재욱 선생님 같은 분들은 안 그래. 넌…… 하아……."

차라리 비난을 했으면 좋겠다.

이 머저리야! 이 백치야! 머리에 든 게 없냐? 김재욱이잖아. 상대는 김재욱이라고! 네가 알아서 기었어야지. 그거 하나 못 참아? 그냥 꿀꺽 삼키고, 웃으면서 '네.' 대답했으면 끝날 일이잖아! 그거 잠깐을 못 참아서 문승호가 힘들게 잡은 기회를 차버려? 그래 놓고 모델이 되겠다고? 고기를 잘 구워서 입에 넣어주기까지 했는데, 그걸 뱉은 주제에 최고가 되겠다고? 넌 자격 미달이야!

그렇게 욕을 하고 마음껏 비난을 해줬으면 좋겠는데, 할 말을 삼키며 터져 나온 한숨이 더 무거웠다.

"일단…… 돌아가자. 내가 김재욱 선생님을 설득할 수 있는 것도 아니고."

"죄송해요."

"나한테 미안할 건 없어. 애를 쓴 건 승호였으니까."

"……."

아파트로 향하는 차 안에 침묵이 무겁게 내려앉았다. 달리는 내내 강우는 한 마디도 하지 않았다.

'실망했겠지.'

연희도 자신에게 실망했다. 이곳은 학교가 아닌데. 사회라는 곳에 던져졌는데. 학생일 때처럼 제멋대로, 자기 하고 싶은 대로 하던 버릇을 못 고쳤다. 최고가 되려면 버려야 할 것도, 참아야 할 것도 많다는 걸 깨닫지 못했다. 다 버리겠다고, 최선을 다하겠다고 했던 다짐은 그저 말뿐인 다짐이었다.

강우에게도, 승호에게도, 그리고 자기 자신에게도 부끄러웠다.

"너무 자책할 건 없어."

강우의 말에 쓴웃음조차 지어줄 수 없었다.

"아직 어리니까……."

"어리지 않아요. 아무리 나이가 어려도, 사회라는 곳에 발을 내딛는 순간 어른이 되려고 노력해야만 하는 거였어요. 제가, 정말로 어리석었어요. 정말로요."

"그래."

"앞으로 두 번 다시, 이런 일 없을 거예요."

어느새 아파트에 도착했다. 연희가 내리자, 강우도 따라 내렸다. 연희는 차 너머로 강우를 응시하며 말했다.

"오빠, 약속해요. 다시는 실망시키지 않을게요. 이제 김연희 말고 다른 것도 생각할게요."

"다른 거?"

"응, 오빠랑 미쉘 언니랑 문 대표님의 무게."

강우가 차를 빙 돌아 연희의 옆에 섰다. 잠시 망설이던 단단한 팔이 연희의 어깨를 감쌌다. 그리고 살짝 힘을 줘 연희를 보듬어 안았다. 강우의 가슴은 생각보다 따뜻하고 부드러웠다. 연희는 강우의 품에 얼굴을 묻고 눈을 감았다. 옷 너머의 심장 소리가 무게감 있게 다가왔다.

'그래, 지금 이 사람들은 날 위해 뛰고 있어. 그러니까 난 내 심장 말고 다른 사람들의 심장도 생각해야 돼.'

강우는 연희가 안쓰러웠다.

말은 차갑게 했지만, 사실은 그렇게까지 말하고 싶지 않았다.

연희가 벼랑 끝에 서 있기는 해도, 아직 어린 것은 사실이었다. 연희는 사회에 나오는 순간 어른이 되어야 한다고 했지만, 아이가 갑자기 어른이 될 수는 없는 노릇이다.

실제로 연예인이 되겠다는 아이들, 이미 연예인인 아이들이 전부 어른스러운 건 아니었다. 아니, 오히려 더 안하무인인 경우가 많았다. 아이인데도 어른처럼 돈을 버는 '어른아이' 들은 성인의 권리와 그에 따른 의무를 이해하지 못했다. 때문에 이기심으로 책임지지도 못할 권리만을 내세우는 경우가 많았다.

그들과 비교했을 때, 연희는 어른스러웠다. 어쩌면 오랫동안 사회생활을 한 어른들보다도 더 어른스러운지도 모르겠다.

그럼에도 연희를 꾸짖어야 하는 상황이 마음에 들지 않았고, 그것은 애절함으로 이어졌다.

품에 안은 연희가 생각보다 훨씬 가냘팠기에 강우는 씁쓸한 심정으로 연희의 머리를 쓰다듬었다. 다른 여자들이라면 울 상황에서 연희는 울지 않았다. 그저 조용히 호흡을 했을 뿐이다.

"괜찮아. 앞으로 조금씩 같이 고쳐 나가자."

승호는 차를 세웠다. 차창 너머로 두 사람의 모습이 보였다. 분명 배경으로 아파트도 있고, 나무도 있는데 이상하게 그런 것들은 하나도 눈에 들어오지 않았다. 오로지 두 사람, 한 몸인 듯 끌어안고 있는 강우와 연희만 보였다. 이 세계에 그 둘만 존재한다는 듯.

자신조차도 이 세계에 속해 있지 못한 것 같았다. 이곳은 저 두 사람을 위해 존재하는 세계다. 승호가 발을 붙일 곳은 없었다.

김재욱에게 연락을 받은 후, 혹시 연희가 자기 탓이라고 생각할까봐 그럴 필요 없다고, 김재욱은 다시 한 번 설득하면 된다고 말해주려고 부리나케 이곳으로 달려왔다. 결재해야 하는 서류, 훑어봐야 하는 메일도 전부 미뤄뒀다. 한시라도 빨리 연희의 부담감과 죄책감을 줄여주기 위해서.

그런데 이런 장면을 보게 되다니. 이럴 줄 알았으면 받은 메일을 다 확인하고, 서류에 사인도 하고 올걸. 그랬으면 적어도, 이 눈으로 직접 보는 일은 없었을 텐데.

연희가 집을 나가던 날 느꼈던 그 고통이 최대치인 줄 알았는데 아니었다. 승호는 한 손을 가슴에 얹고 고개를 뒤로 젖혔다. 결 좋은 머리카락이 반듯한 이마를 쓸고 옆으로 흘러내렸다.

"아⋯⋯."

눈을 감았다.

"아프다⋯⋯."

제12장

프로필 사진을 찍으러 가는 날이 됐다. 얼굴의 부기가 빠지는 오후 2시경부터 밤까지 촬영을 할 거라고 했다. 그전에 MS 사무실에서 승호와의 미팅이 있었다. 김재욱의 개인 교습이 무산이 됐기에 앞으로 연기 공부를 어떻게 진행할지에 대한 의논 때문이었다.

"MS에는 처음 가봐요."

승호가 어렵게 김재욱을 섭외해주었는데 자신의 실수로 내쳐졌다는 생각에 연희는 승호를 볼 낯이 없었다. 강우가 운전하는 차의 조수석에 앉아 다른 때보다 더 많이 수다를 떠는 이유는, 승호를 어떤 얼굴로 봐야 할지 알 수 없었기 때문이다. 강우는 마음에 걸리면 혼자 다녀오겠다고 했지만 그건 안 될 말이었다. 직접 만나서 얼굴을 보고 사과해야 한다.

MS 엔터테인먼트는 서울 번화가에 위치해 있었다. 네모반듯한 건물 사이에서 MS 건물만 형이상학적으로 만들어져 눈에 띄었다. 건물의 간판을 보지 않고도 그 건물이 MS 본사일 거라고 생각한 이유는, 그 근처에 진을 치고 있는 소녀들 때문이었다. 손에 좋아하는 연예인의 이름이 적힌 피켓과 선물 꾸러미를 들고 대기를 하는 교복 입은 소녀들의 모습에 조금 놀랐다. 연희는 학창 시절 단 한 번도 저렇게 연예인을 따라다닌 적이 없었기 때문이다.

선팅되어 있는 강우의 차가 MS 본사 주차장으로 들어가려 하자, 혹시 연예인인가 싶어 소녀들이 우르르 몰려왔다. 어느 공포 영화에서 봤던 장면 같았다.

"굉장하지?"

강우가 혀를 찼다.

"응, 정말. 누군가를 저렇게 열정적으로 좋아할 수 있다는 게 대단해요."

"대단해?"

강우는 팬들에 대한 안 좋은 기억이 있는지, 인상을 찌푸리고 있었다.

"대단하죠. 저런 것도 저 나이니까 가능한 거잖아요. 뭔가에 열중하고 매달리고, 그러는 거."

강우가 귀엽다는 듯 웃었다.

"남들이 들으면 네 나이 서른은 된 줄 알겠다."

"마음은 서른이에요. 오빠도 저렇게 팬들이 와서 기다리고 그랬었어요?"

"장난이 아니었지."

자랑하는 말투가 아니었다. 강우는 떠올리는 것도 싫다는 듯 진
저리를 쳤다.

"네 말대로 어린 나이고 열중하고 매달리는 거, 열정이라고 볼
수도 있겠지만, 그게 과해지면 집단 광기가 되는 거잖아."

"무슨 일…… 있었어요?"

"나한테 하는 건 다 용서해줄 수 있었어. 내 팬이니까. 방법이 잘
못됐더라도 날 좋아해주는 거고, 그들이 있기에 내가 그 생활을 할
수 있었던 거니까."

주차장에 차를 세웠다. 넓은 주차장에 세워진 차는 많지 않았다.
하지만 차를 모르는 연희의 눈에도 고급스러워 보이는 차들만 있었
다. 엘리베이터로 향하며 강우가 말을 이었다.

"하지만 내 주위 사람들한테 하는 짓은 참고 넘어가기가 힘들더
라."

강우는 딱 거기까지 말하고 입을 다물었다. 그러고 보니, 강우가
한창 유명했을 당시에 팬들이 강우의 여자친구에게 해코지를 한다
는 기사를 본 적이 있었다. 인터넷으로 그녀의 개인 블로그와 사이
트를 찾아내서 욕설과 협박을 남긴 건 차라리 애교였다. 그녀의 집
주소까지 알아내서 벽에 낙서를 하고 오물을 투척하고, 때때로 그녀
에게 신체적인 가해까지 하는 바람에 몇 번이나 이사를 했다고 했
다.

"웃기는 게 뭔지 알아?"

엘리베이터 버튼을 누르며 강우가 말했다.

"그랬던 팬들이 내가 이 지경이 된 후엔 아무도 내 옆에 남아 있지 않더라."

뭐라 할 말을 찾을 수가 없었다. 그래서 잠시 망설인 끝에 조심스레 말했다.

"제가 남아 있잖아요, 오빠. 저도 팬이었어요."

진청색 슈트에 반짝거리는 구두를 신은 승호는 고급스런 사무실과 아주 잘 어울렸다. 집에서 볼 때와 달라 느낌이 신선했다.

연예인을 해도 될 것 같은 외모의 비서가 차 석 잔을 가지고 왔다. 향이 좋은 황금색 액체를 물끄러미 응시했다. 승호의 얼굴을 똑바로 볼 수가 없었기 때문이다. 당장이라도 승호의 불호령이나 비난의 말이 쏟아질 것 같았다.

그러나 승호는 연희를 비난하는 대신 강우에게 물었다.

"권강우 씨가 보시기에 루나의 연기는 어떻습니까?"

강우는 연희를 흘끗 보고는 냉정하게 말했다.

"형편없어."

연희는 어깨를 움츠렸다.

"그렇습니까."

승호는 잠시 생각에 잠겼다. 승호가 말이 없자, 연희는 눈만 빼꼼 들어 승호의 표정을 살펴봤는데 입술을 톡톡 두드리는 모습이 숨

막히도록 매력적이라서 저도 모르게 침을 삼켰다. 이런 상황에서 승호의 매력에 감탄하는 자신이 한심스러웠지만 어쩔 수 없었다. 어떤 상황이든 뛰어난 예술 작품은 감탄을 불러일으키는 법이니까.

"권강우 씨도 연기를 잘하셨죠."

"잘했다기보다는 필요했으니……."

거기까지 말한 강우가 인상을 찌푸렸다.

"너 설마……."

"권강우 씨가 가르치시면 되겠군요."

"그걸 말이라고 해? 난 누굴 가르칠 만한 실력은 아니었어!"

"무대 위에서는 최고 아니셨습니까. 딱 그만큼만 가르치시면 됩니다."

"문승호, 아무리 다급해도 그건 아냐. 나 같은 놈한테 배우면 이도저도 아니게 돼. 너, 루나한테는 최고만 해주는 거 아니었냐?"

"권강우 씨는 최고 아닙니까. 최고의 모델이 캣워크를 걸을 때 어떤 표정을 지어야 하고, 어떤 포즈를 취해야 하는지, 그 정도만 가르쳐주시면 됩니다."

"그게 어렵다니까. 난 쇼를 떠난 지 오래됐어."

승호는 대답 대신 창밖을 가리켰다. 정오를 향해 달리는 태양이 승호의 손가락 끝에 머물렀다.

"태양이 움직여 땅끝으로 사라진다고 해서 빛나지 않는 건 아닙니다."

"그놈의 태양 타령 좀 그만하고. 난 네 눈에만 태양일 뿐이야."

"아니요. 권강우 씨는 여전히 태양입니다. 다만 본인이 인정하지 않을 뿐이지요. 물론 태양이 인정하지 않는다고 해서 태양이 아니게 되는 것도 아니고요."

강우를 향한 승호의 눈동자는 확신으로 가득 차 있었다. 연희는 강우가 부러웠다. 문차반이 저렇게까지 신뢰를 하다니.

"그럼 권강우 씨가 가르치는 걸로 알고, 연기에 대해서는 불안을 내려놓겠습니다."

"문승호."

"강우 오빠도 연기 배웠었어요?"

"그래, 난 그냥 연기 학원에서 되는대로 배웠었어. 무대에 간신히 설 수 있을 정도로만."

"하지만 굉장했었잖아요. 그럼 저도 가르쳐주실 수 있을 것 같은데."

"달라. 학생이 전교 1등이라고 해서 같은 학생을 잘 가르칠 수 있는 건 아니잖아. 가르치려면 노련함이 필요해."

"하지만 전 가르쳤는데요?"

"뭐?"

연희가 싱긋 웃었다.

"저, 전교 1등을 놓쳐본 적이 없어요."

"하아…… 그럼 네가 공부 쪽으로 노련했나보지."

"에이, 그렇지도 않았어요. 그냥 아는 거 가르쳐준 거지. 보여주세요."

"뭘?"

"오빠 연기."

"내 연기?"

강우가 눈을 크게 떴다. 안면 근육의 움직임에 따라 볼의 흉터도 움직였다. 모르는 사람이 본다면 흉측하다고 생각될 만큼 흉터가 짙었다.

성형을 해도 완전히 사라지지는 않겠지만, 그래도 지금보다는 많이 흐려질 것이다. 적어도 보는 사람이 눈살을 찌푸리지는 않게 될 거다. 하지만 강우는 흉터를 없애려는 노력을 하지 않았다.

묻지 않아도 그 이유를 알 수 있었다.

강우의 흉터는 강우가 사랑했던 그녀였다. 불의의 사고로 인해 공기 중에 흩어져버린 연인을 강우는 도저히 지울 수가 없는 거다. 얼굴의 흉터가 사라지는 순간, 그녀와 함께했던 시간도 기억에서 사라져버릴 것 같아서.

아침에 일어나 거울을 볼 때마다, 쇼윈도에 비치는 얼굴을 볼 때마다 가슴이 뜨거워지는 격통을 느낄 것이 분명한데도, 그렇게 남겨둔 채 살아가는 강우가 대단했다. 저 흉터만 없다면 다시 무대에 설 수 있을 정도로 근사한 외모인데도, 흉터를 안고 살아가기로 결심한 강우가 신기했다.

더불어 이제는 세상에 없는 강우의 그녀가 부러워졌다.

그녀는 모르겠지. 한 남자가 전부를 바쳐 그녀를 사랑하고 있다는 것을. 한 남자의 시선이 이제는 세상에 있지 않은 그녀만을 향하고 있다는 것을.

"네, 제가 보고 판단할게요! 제 연기 선생님이 될 자격이 있는지 없는지."

본다고 해서 판단할 만한 안목이 있는 건 아니지만, 강우의 연기가 보고 싶었다. 무대 위의 강우는 순수하게 즐기는 것처럼 보였기 때문에 그것이 연기라는 것을 믿기 어려웠다.

"난 그만둔 지 오래됐어."

강우가 연희에게서 떨어지며 말했다.

"그래도요. 오빠가 하는 거 보고 싶어요."

"TV에서 본 적 없어?"

"실제로 보는 거랑 다르죠."

"똑같아."

"실제로 보고 느끼면 더 잘할 수 있을 것 같아요."

"정말?"

"네, 정말!"

강우가 편한 이유는 가끔 이렇게 생떼를 부려도 못 이기는 척 받아주기 때문이다. 강우는 잠시 망설이는 듯싶더니 고개를 저었다.

"역시 안 되겠다. 카메라도 없는데 갑자기 하라고 하니까 영 분위기가 안 살아."

"그럼 제가 카메라 가지고 올게요."

의욕 충만한 연희의 모습에 강우가 한숨을 쉬었다.

"꼭 봐야겠냐?"

"네, 꼭!"

"보고 난 다음에 다시 한 번 보여 달라거나, 그러기 없기다?"

그럴 생각이었기에 당황했다. 이런 철두철미한 남자 같으니.

"알겠어요! 또 보여 달라고 안 할게요! 약속해요!"

증명이라도 하려는 듯 새끼손가락을 불쑥 내밀었다. 어린아이 같은 순수한 행동에 강우가 피식 웃었다. 새끼손가락을 거는 대신, 강우는 자리에서 일어나 연희에게 손을 내밀었다.

눈앞에 펼쳐진 커다란 손이 뭘 의미하는 건지 몰라, 멀거니 강우를 올려다봤다. 강우가 손끝을 살며시 흔들었을 때에야 손을 잡으라는 뜻임을 깨달았다. 잠시 망설인 끝에 강우의 손 위에 자신의 손을 겹쳤다.

강우의 손은 가늘고 길어서 여자 손 같았는데, 손을 겹치고 나니 볼 때보다 훨씬 크고 따뜻해서 놀랐다.

강우는 연희의 손을 단단히 거머쥐고 일으켜 세웠다. 바짝 끌어당기는 통에, 강우와 가슴이 닿을 만큼 가까워졌다. 두근, 하고 들리는 소리는 아마도 환청이겠지.

연희가 고개를 들자, 강우의 갸름한 턱이 보였다. 깨끗하게 깎은 수염 자국이 남성미를 풍겼다. 이상하게도 섹시해 보이는 턱에서 시선을 떼고 싶었다. 하지만 고개를 돌리기 전, 강우의 커다란 손이 연희의 자그마한 얼굴을 감쌌다.

강우가 고개를 숙여 연희와 눈을 맞췄다. 진갈색, 아름다운 눈동자가 연희로 가득 찼다.

"연희야……."

다정한 음성. 강우가 연기를 하고 있다는 걸 깨달았다.

"날 봐봐."

강우의 목소리는 달콤했다. 연희는 19년 인생을 살아오는 동안 이처럼 달착지근하고 촉촉한 음성을 들어본 적이 없었다. 연희를 따라다니던 사내놈들도 이런 음성을, 이런 눈빛을 갖지 못했다.

눈동자에 갇히고, 목소리에 젖었다.

연기인 줄 알면서도 숨을 쉴 수 없었다.

"정말로……."

강우가 살짝 미간을 좁혔다. 애정과 괴로움이 범벅된 표정. 너무도 사랑해서 견디기 힘들다는 듯 행복한 슬픔을 토해내며 한숨 섞인 목소리로 말했다.

"정말로 널 어떻게 해야 될지 모르겠다."

볼을 감싸고 있던 손이 머리를 지나 등을 거쳐 허리를 감쌌다. 반쯤 끌어안은 자세로 강우가 속삭였다.

"너를 어떻게 해야 될지 모르겠어."

사랑이 전해졌다. 이 사람이 정말로 나를 사랑하는구나, 이 사람이 내가 좋아서 견딜 수가 없구나, 그런 생각이 들 만큼 강우의 연기는 농밀하고 진실됐다.

승호는 강우가 던진 사슬에 묶인 듯 꼼짝도 않고 있는 연희를 물끄러미 응시했다. 어느 순간부터 두 사람의 대화에 끼어들기가 힘들었다.

낮을 지배하는 태양과 밤을 지배하는 달은 가슴이 에이도록 잘 어울렸다. 태양도, 달도 아닌 승호는 두 사람의 하늘에 침입할 수가 없었다. 간신히 비행기나 우주선을 만든다 해도 그들에게는 닿지 못할 것 같았다. 그들은 아주 멀리 떨어져 있어서, 두 사람이 앉아 있는 맞은편이 다른 세상처럼 보였다.

쓴웃음조차 짓지 못하고 두 사람을 지켜보는데, 연희에게서 손을 뗀 강우가 말했다.

"승호도 연기 잘해."

자기만 이런 창피한 짓을 할 수는 없다는 표정이었다.

"정말요?"

강우만을 향하던 연희의 시선이 승호에게로 옮겨졌다. 흙색 보석 같은 눈동자를 마주하자 숨이 턱 막혔다.

"대표님도 연기를 하세요?"

강우의 농담일 게 뻔했지만 연희는 일부러 물어봤다. 승호가 당황하는 모습을 보고 싶었기 때문이다. 그러나 목석 같은 남자의 얼굴엔 당혹감 따위는 떠오르지 않았다. 승호는 심연 같은 눈동자로 연희를 물끄러미 응시하기만 했다.

"아주 잘해. 굉장하지."

강우가 승호의 등을 떠밀듯 말했다.

"진정한 연기를 보고 싶으면 문승호한테 부탁하라는 말이 있을 정도야."

그래도 승호는 여전히 무표정. 연희가 손바닥을 짝 마주치며 말했다.

"보여주세요, 대표님! 보고 싶어요."

연기라.

태어나서 연기 같은 건 한 번도 해본 적이 없다. 강우가 왜 저런 말을 했는지도 모르겠다. 승호의 태양인 강우가 짓궂은 눈빛을 보내고 있었는데, 어찌 보면 짓궂은 게 아니라 뭔가를 담고 있는 것 같기도 했다.

"어떤 연기?"

승호의 질문에 연희가 고개를 살짝 옆으로 기울였다. 사랑스러웠다.

"강우 오빠랑 비교해야 되니까 강우 오빠 같은 걸로요."

사랑 연기를 바라는 건가.

승호는 쓴웃음이 나왔다. 연희를 바라보며 사랑 고백을 한다면, 그건 연기가 아니라 진심일 수밖에 없다. 거기에 생각이 미치자, 강우가 무엇 때문에 자신의 등을 떠밀었는지 알 것 같았다.

"루나."

승호의 음성은 딱딱했다.

"나는······."

미간에 깊은 주름이 생겼다.

"나는, 루나······."

승호는 뒷말을 잇지 못했다. 그저 천천히 다가와 연희와 마주 섰을 뿐이다.

승호의 새까만 눈동자가 연희로 가득 찼다. 그 안에 담긴 자신의 모습을 보는 순간, 연희는 숨을 쉴 수가 없었다. 어째서인지, 거울에 비친 모습보다 훨씬 아름다웠다. 자기 얼굴을 가지고 아름답네, 뭐네 말을 하면 나르시시즘이라고 비웃음을 당할 것이 뻔했지만 적어도 연희의 눈에는 그랬다.

고개를 살짝 내려 한참 동안 연희를 응시하던 승호가 조심스레 연희의 볼에 손을 얹었다. 강우와는 달리 차가웠는데, 연희는 그것이 긴장 때문이라는 걸 알지 못했다. 그저 이 차가운 남자는 체온마저도 차갑다고 생각했다.

"나는 네가……."

승호의 아름다운 얼굴이 고통스럽게 일그러졌다. 그러자 연희의 얼굴도 덩달아 일그러졌다.

어째서일까.

승호는 강우처럼 따뜻하고 달콤하게 말하지 않았다. 강우의 눈동자에 담긴 열기도, 음성에 담긴 간절함도 없었다. 그런데도 가슴이 미어졌다. 한 톤 낮은 그 음성이 폐부를 찔렀다.

'어서 사랑한다고 말해!'

두 사람을 지켜보던 강우가 속으로 외쳤다.

분위기 조성은 완벽했다. 연기이기는 하지만 강우에게 고백을 받은 터라, 승호에게 닫혀 있던 연희의 마음이 조금은 열렸을 터였다. 이럴 때에 승호가 진심 어린 목소리로 고백을 한다면 연희가 승호를 다르게 볼지도 몰랐다.

그러나 승호는 결국 고백을 하지 못했다. 아주 낮은, 그래서 연희밖에 들을 수 없는 한숨을 내쉬고 돌아섰다.

강우와 같은 고백은 없었지만, 연희의 가슴에 무겁고 아픈 돌이 얹어졌다.

'왜……?'

알 수 없었다.

'이거…… 정말 연기……?'

승호가 왜 저리 아픈 표정을 짓는 건지, 연희는 도무지 알 수 없었다. 혹시 사랑에 관한 아픈 추억이라도 있는 걸까? 첫사랑에게 고백을 했다가 차였던 일을 떠올리기라도 했을까?

'하지만…… 저 얼굴로 여자한테 차였을 리가 없잖아!'

심장이 격하게 두근거렸다.

고백을 한 것도 아닌데, 전처럼 너는 내 보석 따위의 말을 한 것도 아닌데, 그 어느 때보다도 더 뛰는 심장을 진정시킬 수가 없었다.

"권강우 씨 연기가 마음에 들었나?"

승호가 자리로 돌아가 앉으며 물었다. 아무 일도 없었다는 듯한 태도였다.

그래, 역시 아까 본 그 아픈 표정은 내 착각이었어.

"네, 마음에 들어요. 강우 오빠, 굉장했어요."

연희는 눈앞에 어른거리는 승호의 아픈 표정을 떨쳐내며 애써 아무렇지도 않은 척 말했다.

"그럼 권강우 씨가 당분간 루나의 연기 수업을 맡아주면 되겠군요. 프로필 사진 찍으러 간다고 하셨죠? 늦지 않으려면 서두르셔야겠습니다."

이번에도 착각인지는 모르겠지만, 승호가 자신들을 쫓아내려 한다는 생각이 들었다. 프로필 사진을 찍기로 한 시간까지는 세 시간도 넘게 남았고, 연희의 스케줄을 꿰고 있는 승호가 그걸 모를 리 없었기 때문이다. 그런데 강우는 맞다는 듯 고개를 끄덕이며 일어났다.

"말한 대로 당분간만이야. 이번 시즌 급하니까 급한 대로 내가 할게. 하지만 시즌 끝나고 나면 다른 배우를 섭외하든, 학원을 섭외하든, 방법을 강구하는 게 좋아. 간다."

"네."

승호는 일어나지 않았다. 다리를 꼬고 몸을 살짝 옆으로 기울인 채 두 사람은 쳐다보지도 않았다.

"우리 대표님, 어릴 적에 사랑하는 사람한테 차인 적이라도 있어요?"

사무실 문이 닫히자마자 연희가 물었다. 강우가 무슨 말이냐는 듯 연희를 쳐다봤다.

"연기할 때도 그렇고…… 우릴 막 쫓아내려고 하는 것도 그렇고……."

강우는 연희를 물끄러미 응시하다가 고개를 저었다.

"글쎄. 어릴 때의 승호는 나도 모르니까."

✽ ✽ ✽

어린이날이다.

당연히 어린이날에도 열심히 연습을 할 생각이었다.

"모처럼 어린이날이니까 어린이는 쉬어."

하지만 강우는 쉬라고 했다. 연습에 관해서만은 철저한 강우였기에, 하필이면 승호와의 약속이 있는 어린이날에 쉬라고 한 게 승호가 뒤에서 조정을 했기 때문이 아닌가 하는 의심이 들었다. 하지만 곧 그 생각을 떨쳐냈다. 문승호는 그렇게까지 해서 만나려고 할 인물은 아니다. 게다가 승호가 어린이날의 약속을(일방적인 약속이지만) 기억이나 하고 있는지 의심스러웠다. 그때, 지나가듯 말한 이후로 그 약속에 대한 언급을 조금도 하지 않았기 때문이다.

"누가 나갈 줄 알고?"

연희는 투덜거리며 거울 앞에 섰다. 강우가 쉬라고 했다고 진짜로 쉴 수는 없다. 1분 1초가 아까운 이때에, 하루를 쉬면서 날려버릴 수는 없었다.

어깨를 펴고 턱은 살짝 아래로 당기고 시선은 정면으로.

쉬울 것 같으면서도 어려운 자세였다. 거울 앞에선 대충 감을 잡아서 턱을 당기지만, 거울이 없으면 턱을 너무 당기거나 너무 내밀었다.

"절대로 안 나가!"

허리가 조금 아픈 걸 보니 자세가 잘못된 모양이다. 연희는 자세를 바로잡았다.

"어차피 문차반도 기억 못 할 거야."

그러면서 흘끗 시간을 확인했다. 오전 11시를 지나가고 있었다.

"게다가 명동이라니. 그 인간이 명동 같은 데에 진짜로 나올 리도 없어. 시끄럽고 사람 많은 거, 싫어하게 생겼잖아. 완전 나 불러놓고 자기는 안 나오려는 수작인 게 뻔해."

몸을 앞으로 숙여 살짝 스트레칭을 한 후, 다시 자세를 잡았다. 어깨를 펴고 턱은 살짝 아래로 당기고 시선은 정면으로.

"만약 나온다고 해도, 문차반이랑 할 게 뭐가 있어? 그냥 막 빈정거리고, 그런 것밖에 더해? 문차반 할 줄 아는 거, 그런 거밖에 없잖아."

다시 스트레칭. 다시 자세 바로잡기.

"굳이 나가서 욕먹느니 안 나가는 게 낫지. 영화 보면서 표정 연습도 좀 하고…… 일단 좀 씻어야지."

평소에 쓰던 싸구려 제품이 아닌, 경인이 선물해준 고급 바디클렌저로 몸을 씻었다. 패션쇼 당일 날 개시를 하려고 아껴뒀던 건데 손이 제멋대로 움직였다.

씻고 나와서는 무의식적으로 옷을 골랐다. 어떤 옷이 예쁠까. 뭘 입어야 예뻐 보일까.

승호가 사준 옷은 하나도 가지고 오지 않았기에, 강우와 경인에게서 선물 받은 옷 몇 벌을 전부 꺼내놓고 뒤적거렸다. 그러다가 자신이 무슨 짓을 하고 있는지 깨닫고는 머리를 쥐어뜯었다.

"악! 내가 왜 옷을 고르고 있는 거야! 나 안 나갈 거라니까!"

하지만 결국 머리도 말리고 옷도 챙겨 입었다. 무릎이 살짝 드러나는 연분홍색 원피스. 날씨가 조금 쌀쌀하고 바람이 많이 불어서 자주색 카디건을 걸쳤다.

"에이씨! 진짜 문차반 만나서 좋을 거 하나도 없는데."

연희는 자신이 승호에게 너무 끌려다니는 것 같은 느낌이 들어 찜찜했다.

"아, 진짜 그 인간 만나고 싶어서 나가는 거 절대로 아냐. 혹시 문차반이 괜히 나 기다리고 있을까봐 어쩔 수 없이 나가는 거지."

듣는 사람도 없는데 열심히 변명을 하며 힐을 신었다.

아파트를 나서는데 한 남자가 다가왔다. 고급스러운 슈트를 입은 중년의 남자였다. 인상이 좋아 보이지 않아서 마주치지 않기 위해 걸음을 빨리했는데, 남자 역시 걸음을 빨리해 연희에게 다가왔다.

"김연희 씨."

이름을 듣는 순간, 연희는 총에 맞은 것처럼 걸음을 멈췄다. 이쪽 업계에서 연희의 본명을 아는 이는 극히 드물었다.

'누구지?'

제일 먼저 혜진이 떠올랐다. 연희의 본명을 알고 있고, 연희에게 해코지를 하고 싶어 하는 인물. 그 외에는 떠오르는 사람이 없었다.

'강나은은 내 본명을 모르니까. 아니, 알려나?'

"영화관의 그녀, 맞죠?"

남자가 웃었다. 비린내가 나는 미소였다. 그렇다고 싫은 표정을 지으면 상대의 감정만 자극하게 된다. 연희는 애써 표정을 갈무리했다.

"누구시죠?"

"JAM 엔터테인먼트 아시죠?"

당연히 안다.

이 남자를 보낸 게 혜진이라는 추측이 확신으로 변했다.

JAM 엔터테인먼트는 혜진이 몸을 담고 있는 기획사로, MS의 라이벌 격인 기획사였다.

"이런 사람입니다."

연희의 반응을 안다는 말로 해석한 남자가 연희에게 명함을 내밀었다. 연희는 명함을 받는 대신 남자를 노려봤다.

"뭘 하고 싶은 거죠?"

"아이고, 나쁜 짓 하려고 온 건 아닙니다."

남자가 웃으며 명함을 살짝 흔들었다. 받은 후에 얘기하자는 의미였다. 연희는 어쩔 수 없이 명함을 받아 들었다. 명함에는 JAM 엔터테인먼트 대표 김순철이라고 쓰여 있었다.

'대표?'

혜진이라는 확신이 조금 흔들렸다. 혜진은 꽤 유명해지긴 했지만 탑은 아니었다. 대표씩이나 되는 사람이 혜진을 위해 움직여줄 것 같진 않았다. 그것도 MS 대표의 '그녀'라고 소문난 연희에게 해코지를 하기 위해서는 더더욱.

'사기꾼일지도.'

어쩌면 JAM과는 전혀 관계없는 인물일지도 몰랐다. 연희의 눈에서 경계심을 읽은 김순철이 사람 좋은 미소를 지었지만, 연희는 여전히 그가 의심스러웠다.

"우리 기획사로 오지 않을래요?"

"네?"

이건 예상 못 한 질문.

"우리 JAM에서 같이 일해보는 거 어때요?"

"전…… MS 소속인데요."

그래서 얼빠진 대답을 했다.

이 남자가 그걸 모를 리 없잖아!

"물론 알고 있죠. 아마 계약금도 받았을 거고, 계약 파기 시 위약금도 있을 거예요. 맞죠?"

"……"

"우리 기획사로 오면 위약금은 내가 물어주죠. 그리고 계약 조건도 무조건 MS의 두 배로 해주겠어요. 어때요? 우리 같이 일해보지 않을래요?"

파격적인 조건이었다.

연희는 어쩌면 자신에게 자신도 미처 몰랐던 무한한 매력이 숨겨져 있을지도 모른다는 생각을 하다가, 곧 실소를 흘렸다.

그럴 리 없잖아!

이 남자는 꿍꿍이가 있다. 너무 좋은 조건을 들이미는 사람은 무조건 의심을 해보는 게 맞다. 사람은 이유 없이 많은 것을 퍼주는 생물이 아니기 때문이다.

"그래요, 갑자기 이런 제안을 하니 내가 사기꾼같이 보일지도 모르겠네요. 어쩌면 JAM이랑 관계가 전혀 없는 놈일지도 모르고요. 맞죠?"

김순철이 웃으며 휴대폰을 꺼내 잠깐 조작한 후 연희에게 내밀었다. 사진이 떠 있었는데, JAM 소속 연예인들과 김순철이 함께 찍은 사진이었다.

"뒤로 넘겨보세요. 더 있어요."

연희는 손가락을 움직였다. TV에서 자주 보던 연예인들이 나왔다. 그중에는 혜진도 있었다. 연희는 혜진과 김순철이 친근하게 팔짱을 끼고 찍은 사진을 띄운 채 김순철에게 휴대폰을 돌려줬다. 김순철은 사진을 흘끗 봤지만 표정이 변하지는 않았다. 역시 혜진과는 관계없는 일인 것 같다.

'그럼 왜 이러는 거지?'

"그래요. 좋아요. 솔직하게 말하죠."

연희가 여전히 의심의 시선을 거두지 못하자, 김순철이 어쩔 수 없다는 듯 말했다.

"일단 자리를 좀 옮기는 게……."

"누가 들어서는 안 되는 일이라면 안 듣고 싶네요."

"아이고, 생각보다 훨씬 성격이 강하시네. 좋아요. 여기서 말하죠. 이러는 거, 이 업계에서는 흔히 있는 일이에요."

"흔히 있다고요? 위약금 몇 억을 물어주고 더 좋은 조건으로 빼가는 게?"

"그래요. 일단 김연희 씨는 MS 대표 덕분에 검색어에도 오르고 사람들 궁금증을 불러일으키는 존재가 됐어요. MS가 주력으로 키우는 연예인으로 알려졌죠. 그런 김연희 씨가 갑자기 우리 기획사에서 데뷔를 해봐요. 어마어마한 파장이 일어나겠죠. 떠들썩해질 거예요."

"정말요?"

"그럼요. MS에서 데뷔하는 것보다 훨씬 더 유명해질걸요. 어쨌든 MS도 그렇고 우리도 그렇고 알아주는 기획사니까요. 연희는 그 기획사의 대표들을 손에 넣고 흔든 대단한 인물이 되는 거구요."

"아아."

역시 이 남자는 사기꾼이야.

연희는 뻔뻔하게 웃는 김순철의 말을 도무지 믿을 수가 없었다.

"그렇구나. 덕분에 연예계의 생리에 대해 잘 알게 됐어요. 그럼 전 약속이 있어서……."

"어엇!"

김순철이 다급히 연희의 손목을 잡았다. 연희가 조용히 김순철의 손을 노려보자, 김순철이 퍼뜩 놀라며 손을 떼었다.

"아, 미안해요. 놓치기 싫어서……. 김연희 양이 꼭 우리 기획사로 와줬으면 좋겠어요. 두 배가 싫다면, 세 배는 어때요?"

"도의라는 게 있어요."

"……?"

"개도 자기한테 밥 주는 사람은 안 물어요. 어떤 호랑이는 자기를 보살펴준 사람에게 충성을 바치기도 해요. 한낱 짐승들도 그러는데 우린 호모사피엔스잖아요. 아무도 몰라줄 소녀를 시궁창에서 건져내 빛으로 끌어들인 사람을 배신하는 거, 그건 좀 인간이 할 짓은 아니지 않아요? 짐승도 안 그러는데."

"······."

"그럼 가볼게요. 붙잡지 마세요."

연희가 자기 머리를 톡톡 두드렸다. 인간이라면 생각 좀 하라는
의미였다.

연희가 떠난 후, 김순철은 미소를 지었다. 연희는 상상 이상으로
매력이 있었고, 김순철은 매력 있는 여자를 아주 좋아했다.

아는 사람만 아는 승호의 약혼녀 윤아미가 찾아와 '영화관의 그
녀' 루나에 대해 얘기할 때만 해도 심드렁했다. MS는 라이벌이긴
했지만 MS 소속의 연예인을 빼 오는 비열한 짓까지는 하고 싶지
않았기 때문이다. 게다가 부탁을 하는 상대가 승호의 약혼녀이기까
지 했다. 머리를 잘 굴리는 문승호가 JAM을 이용해 무슨 짓을 벌
이려 한다고 생각했다. 어쩌면 영화관의 그녀를 더 크게 홍보하기
위한 수작일지도 몰랐다.

그러나 윤아미와의 대화가 진행될수록 생각이 바뀌었다. 김순철
은 이쪽 업계에서 오래 굴러먹었다. 상대가 꿍꿍이를 품고 있는지,
초조해하고 있는지 정도는 대충이나마 알 수 있다. 윤아미는 느긋한
척했지만 초조해하고 있었다. 윤아미 혼자서 이런 일을 진행하고 있
다는 느낌을 받았다.

윤아미는 김연희를 섭외하는 데 드는 비용은 전부 MBN에서 대
줄 거라며, 은근히 압박을 가했다. 거절하면 MBN의 이름으로 가만
두지 않겠다는 협박성 멘트였다.

문승호의 꿍꿍이가 포함되어 있지 않다는 가정하에, 나쁠 거 없는 제안이었다. 아니, 오히려 좋았다. 김연희는 '영화관의 그녀'로 이미 한 번 떴다. 시간이 지나면서 조금 잊히기는 했지만, 주희수 쇼가 시작되면 그 존재가 다시 부각될 것이다. 어차피 MS에서 김연희를 띄워놨으니, MBN이 대주는 돈으로 데리고 와 JAM에서 데뷔를 시키면 김순철은 손해를 볼 게 하나도 없었다.

그래서 수락을 하고 김연희를 만나러 온 거였는데.

'문승호 대표, 자네 정말 보는 눈 있어.'

다른 사람들 눈에는 김연희가 그렇고 그런 모델 지망생 중 하나로만 보일지도 몰랐다. 예쁘장하기는 해도 특별히 눈에 띄는 외모는 아니니까. 그러나 30년 남짓 연예계에 몸을 담은 김순철에겐 연희의 성공 가능성이 보였다. 저런 흔들리지 않는 눈빛을 가진 아이들은 굳이 밀어주는 사람이 없어도 끝끝내 성공을 하곤 했다.

'이쪽 일을 시작한 지 십 년도 안 됐는데…… 문 대표, 자네란 사람 정말 대단해. 긴장 좀 해야겠군. 이대로 가다가는 우리 JAM이 눌려버리는 건 순식간이겠어.'

역시 승호를 만나러 가기로 한 게 잘못이다.

'내가 잘 속아 넘어가게 생겼나?'

휴대폰의 까만 액정에 얼굴을 비춰보며 걷는데, 누군가 앞을 막아섰다. 굽이 10cm는 될 듯한 펌프스가 눈에 들어왔다. 연회색 리본이 장식된 고급스런 펌프스를 보며 연희는 불길함을 느꼈다. 그리고 고개를 드는 순간, 그 불길함의 이유를 알게 됐다.

윤아미다.

문승호의 약혼녀.

입가에 우아한 미소를 띤 그녀를 보는 순간, 어째서인지 '올 것이 왔다.'는 생각이 들었다. 문승호를 가진 건 윤아미이고, 문승호는 연희에게 연애 감정을 조금도 품고 있지 않은데도 그런 생각이 들었다. 언젠가 한 번은 이 여자가 찾아올 것 같다는 생각을 하고 있었다.

'하긴, 내가 문차반이랑 같이 살았다는 거, 이 여자도 알고 있을 테니까.'

지난번 트레이닝 센터 건물 앞에서 마주쳤을 때도 그 사실을 알고 있었을지 궁금했다.

"루나 씨, 나 기억하죠?"

윤아미는 연희보다 한 뼘 이상 키가 작았기에 고개를 들어 연희를 올려다봐야 했다. 그런데도 작다는 느낌이 안 드는 게 신기했다.

"누구신지……?"

연희가 고개를 살짝 옆으로 기울이며 물었다. 아미가 인상을 찌푸렸다. 인형같이 생긴 얼굴이라서 찌푸린 모습조차 귀여웠다.

"내 기분을 상하게 할 의도였다면 성공이에요. 방금 기분이 정말 안 좋았거든요."

"……"

"우리 전에 한 번 본 적 있어요. 하지만 정말로 날 모르겠다면 다시 한 번 소개하죠. 윤아미, 문승호 대표 약혼녀예요."

아미가 손을 내밀었지만, 연희는 그 손을 잡지 않았다. 아미는 하얗고 가느다란 손을 무안한 기색 없이 거둬들였다.

"얘기 좀 해요."

"약속이 있어요."

"나에 대해 어디까지 알고 있는지 모르겠지만 난 MBN 회장님의 손녀예요. 모델이 되고 싶죠? 어디 데이트라도 나가는 모양인데, 데이트와 앞으로의 장래. 어느 쪽이 더 중요한지는 루나 씨도 알고 있을 거예요."

아미를 따라간 것은 앞으로의 장래 때문이 아니었다. 멋대로 행동하다가 승호에게 해를 끼칠 수는 없다는 생각 때문이었다. 아미가 자기 약혼녀인 승호에게 무슨 짓을 하지는 않겠지만, 그래도 모를 일이었다. 이미 김재욱 일로 승호를 실망시켰는데, 또 제멋대로 행동할 수는 없었다.

윤아미는 연아이보리색 스포츠카를 몰았다. 오픈 카였다. 오픈 카를 타본 건 처음이다. 다른 때라면 신기해했을 테지만, 그럴 겨를이 없었다.

이 여자, 도대체 왜 찾아온 걸까? 무슨 이유로?

어쩌면 승호가 농담 삼아 던졌던 사랑한다는 말을 들었을지도 모르겠다. 아니면 내 보석이네, 어쩌네 하는 말이 기분 나빴을지도. 문승호 성격에 자기 애인 앞이라고 해서 하고 싶은 말을 참지는 않았을 것 같았다.

'아무튼 문차반! 당신 때문에 이게 무슨 짓이야!'

진짜로 제대로 된 사랑이나 하면서 상대의 연인을 마주해야 하는 상황이라면 억울하지라도 않지. 사랑을 받는 것도 아닌데, 볼 때마다 가슴이 꽉꽉 짓눌리듯 아프기만 한데 이런 방문까지 받으니 화가 치밀었다.

'아, 진짜. 이상한 소리를 해대면 어떡하지?'

만약 윤아미가 내 남자랑 헤어져 어쩌고, 라는 말을 하면 가슴을 팡팡 두드리며 말해줘야겠다.

'아줌마! 나 그냥 상품이에요. 문차반, 날 그냥 물건으로만 생각한다고요!'

윤아미의 등장 때문에 승호를 만나러 가던 길이었다는 사실을 잊었다.

윤아미의 차는 한참을 달렸고 서울을 벗어났다. 높게 솟은 건물들이 사라지고 밭이 보이기 시작하자, 이 여자가 혹시 이대로 어디에 던져놓고 도망치려는 게 아닌가 하는 의심까지 들었다. 연희의 마음을 읽은 듯, 아미가 돌아보지도 않고 말했다.

"사람이 없는 곳에서 대화를 하고 싶을 뿐이니까 걱정하지 말아요. 태우고 갔다가 버리고 돌아오는 속 좁은 짓은 안 해요."

아무것도 없던 풍경이 조금씩 변했다. 띄엄띄엄 예쁘게 생긴 작은 카페들이 보였다. 버섯 모양, 배 모양. 서울에서는 볼 수 없는 귀엽고 아기자기한 건물들이었다.

윤아미는 그중 한 곳에 멈췄다. 예약을 해둔 곳인지, 중년의 여자가 얼른 두 사람을 안으로 안내하고 가게 밖으로 나갔다.

가게는 통나무로 만들어 아늑한 분위기를 자아냈다. 1층에는 벽난로도 있었는데, 겨울이면 정말로 불을 때는 듯 타다 만 장작들이 놓여 있었다. 두 사람은 2층의 창가 자리에 앉아서 밖의 정경과 1층의 정경을 모두 볼 수 있었다.

가게와 똑같이 통나무로 만든 테이블엔 약간 식은 홍차가 놓여 있었다.

"빌렸어요. 루나 씨랑 대화 좀 하려고."

아미가 살짝 웃었지만 연희는 묵묵히 잔을 들었다. 황금빛 액체를 물끄러미 응시하다가 마시지 않고 물었다.

"무슨 말씀을 하고 싶으신 거죠?"

"제안을 받았을 거예요. JAM에서 좋은 조건으로 스카웃하려는 제안."

"……"

"그래요. 사실 그거, 내가 김 대표님께 부탁을 드렸어요. 거기에 드는 비용, 전부 내가, 아니, 우리 MBN이 부담을 하는 걸로 해서요."

아미는 MBN이라는 말을 강조했다.

"좋은 조건이었을 텐데, 수락했나요?"

"……"

"표정을 보니 거절한 모양이네요. 루나 씨가 잘 모르는 모양인데, MS보다는 JAM이 나아요. MS는 생긴 지 몇 년 안 됐지만, JAM은 10년이 넘은 안정적인 기획사죠. 거기로 가는 편이 루나 씨의 미래를 보면 더 나았을 텐데. 왜 거절했어요?"

"사람은요."

연희는 찻잔을 내려놓고 입을 열었다.

"미래만 보면서 사는 게 아니거든요."

"철학적인 토론을 하자고 부른 거 아니에요."

"현재도 보거든요."

연희는 아미의 말을 무시하며 한 자, 한 자 느릿하게 말했다.

"과거도 보고요."

"루나 씨, 내가……."

"내 과거에는 남을 배신하지 말자고 결심하는 김연희랑 김영우가 있고요. 내 현재에는 몸이나 팔 계집애를 내 보석이라고 말해주는 문 대표님이 있어요. 그런데 그런 거 다 버리고 미래만 볼 수는 없 잖아요. 안 그래요?"

"그거 때문이에요, 루나 씨."

"그거요?"

"그래요. 문승호 대표, 내 남자예요. 내 약혼자. 미래의 배우자. 그런 사람이 다른 여자를 '내 보석'이라고 부르는 말, 듣고 싶지 않 아요. 같은 여자니까 알 거예요. 그게 일 때문이라도 그리 달가운 일이 아니라는 거."

연희가 하려던 말을 윤아미가 선수 쳤다. 생각지도 못하게 솔직 하게 나오니, 연희는 오히려 할 말이 없어졌다.

"루나 씨, 아주 매력적인 사람이고 성공할 거라고도 생각해요. 하지만 내 남자가 루나 씨를 계속 내 보석이라고 부르는 거, 그건 싫어요. 질투 나고 속상해요."

"……."

"내 남자의 보석은 나 하나였으면 좋겠어요. 원래 그런 거잖아요. 사랑에 빠진 사람은. 루나 씨가 이해해주리라고 믿어요."

연희는 입을 다물었다.

이 여자, 진심으로 하는 말일까?

일단은 그게 중요했다. 만약 윤아미가 처음부터 내 남자 돌려달라고, 당신이 떠났으면 좋겠다고 말했다면 윤아미의 말을 믿었을지도 모르겠다. 하지만 윤아미는 말했다.

―MS보다는 JAM이 나아요.

승호를 사랑하는데 그런 말이 쉽게 나올까? 내 사랑하는 사람이 운영하는 기획사. 그리고 그 라이벌 사. 둘을 비교하면서 라이벌 사가 훨씬 더 낫다고 하는 그 말을 저렇게 뻔뻔한 얼굴로 할 수 있을까?

그래, 어쩌면 대기업의 손녀라서 보고 배운 게 그런 거니 상황을 정확하게 판단할 수 있는 건지도 모르겠다. 하지만 내 남자가 아낌없이 투자해서 키우려는 연예인을 라이벌 사로 빼돌리려는 여자의 말은 도통 믿을 수가 없다.

"한 달에 5천만 원씩 30년 동안. 약속해줄 수 있어요?"

연희의 말에 아미가 고개를 살짝 옆으로 기울였다.

"무슨 말인지 모르겠네요?"

"한 달에 5천만 원씩 30년 동안 내 계좌에 입금해달라고요. 그러면 문 대표님 떠날게요. 떠나다 뿐이에요? 연예계에 발도 안 들여놓을게요."

"……."

"어때요? 약속할 수 있어요?"

"뻔뻔하네요. 본인한테 그만한 가치가 있을 거라고 생각해요?"

"네, 있을 거라고 생각해요. 문 대표님이 약속했거든요. 일 년에 몇 십 억 버는 것쯤은 아무것도 아닌 모델로 만들어주겠다고."

"그 말을 믿어요?"

"믿어요. 윤아미 씨는 자기 남자의 말을 못 믿어요?"

"……."

"난 문 대표님, 자기가 한 말은 지킬 줄 아는 남자라고 생각하는데 윤아미 씨 눈에는 그렇게 보이지 않나봐요. 안 됐어요, 문 대표님도. 자기 약혼녀한테서 신뢰도 못 받고."

"말을……."

아미의 입술이 파르르 떨렸다.

"말을 함부로 하지 않는 게 좋겠어요, 루나. 아직 어려서 잘 모르나본데, MBN의 힘은 루나가 생각지도 못한 곳까지 영향을 미쳐요."

"그럼 윤아미 씨는 아직 잘 모르는 어린애 데리고 뭘 하고 싶으신 거예요? 전 어려서 제멋대로고, 멀리 보거나 그런 거 할 줄도 몰라요. 내가 할 수 있는 건 그냥 내 멋대로, 내가 하고 싶은 대로 하는 것밖에 없어요. 전 그냥 문 대표님이랑 같이 일하고 싶어요. 그게 마음에 안 들면 윤아미 씨가 문 대표님께 직접 말씀하세요. 저 마음에 안 드니까 갖다 버리라고. 윤아미 씨 남자인데, 설마 윤아미 씨 말을 안 들어주겠어요?"

의미 없이 찻잔을 잡고 있던 윤아미의 손에 힘이 들어갔다. 한 모금도 마시지 않은 홍차가 부르르 흔들렸다.

"말이 통하지 않으니 더 이상 같이 있어봐야 의미가 없겠네요. 오늘 일, 후회하지 않기를 바랄게요."

아미는 뒤늦게 자기가 찻잔을 너무 세게 잡고 있었다는 걸 깨달은 사람처럼 서둘러 손을 떼고 일어났다.

주인 여자는 근처에 있었는지 아미가 나가자마자 안으로 들어왔다. 혼자 남은 연희에게 슬쩍 시선을 던지기는 했지만 곧 관심을 끊었다.

연희는 소파에 비스듬히 기대어 앉아 창밖을 응시했다. 아미의 차가 떠나는 게 보였다. 적갈색 세련된 머리카락이 머플러처럼 바람에 날렸다. 스포츠카가 몹시도 잘 어울리는 여자였다. 연아이보리색 늘씬한 차가 달려가는 길을 멍하니 보던 연희는 낮게 한숨을 쉬었다.

"집엔 어떻게 가지?"

〈2권에 계속〉

Scarlet

스칼렛

Scarlet
스칼렛